講談社文庫

迷路館の殺人

〈新装改訂版〉

綾辻行人

目次

迷路館の殺人

〈新装改訂版〉

——Y・UとY・Tに——

〈プロローグ〉

一九八八年九月二日、金曜日。

夏風邪をこじらせて自宅で寝込んでいた島田《しまだ》の許に、一冊の本が届いた。

＊

ラヴェンダー、ライラック、オーキッド……いくつかの色の名前を思いつくが、正確にどれなのかは分らない。とにかく薄い紫色のカヴァーである。

いわゆる「新書判」のサイズだ。カヴァー表1の中央に、同じ色の四角いスライド用フレームが斜め四十五度に傾けて置かれている。その中に収められた一枚の写真。血の海を思わせる深紅の背景に、ぽつんと浮かんだ黒い水牛の首……。

フレームの右上、薄紫の地の部分に本のタイトルが浮き彫りにされている。フレームの左側には、同様に浮き彫りにされた著者名が。

迷路館の殺人

鹿谷門実

本の腰には濃い緑色の帯が巻かれている。「稀譚社《きたんしゃ》ノベルス　今月の新刊」という文字の下に、白抜きのゴチック体で印刷された惹句。

書き下ろし本格推理！
今、明かされる
「迷路館殺人事件」衝撃の真相⁉

（まったくなあ……）

手にした本を裏返しながら、島田は思う。

（最近のこの種の本の宣伝文句は、ますます騒がしくなるな）

小説の売れない時代だ、と聞く。推理小説はそんな中でも、ある程度の市場を確保できているジャンルだというが、それにしてもここ数年、書店で見かける各出版社の「ノベルズ」の数と云ったら——。

多すぎて何が何だか分らない、というのが正直な感想だった。粗製乱造が祟《たた》って今に読者から見離されてしまうぞ、と他人事ながら心配になってきさえする。

裏表紙を見てみる。

著者近影と著者略歴があった。写真写りはあまり良くないように思えた。

複雑な迷路をその懐に抱く地下の館《やかた》「迷路館《めいろかん》」。集まった四人の推理作家たちが、この館を舞台に小説を書きはじめた時、惨劇の幕は切って落とされた！　密室と化した館の中で起こる連続殺人。真犯人は誰か？　……戦慄の大トリック！　驚愕の結末！　比類なきこの香気!!

思わず苦笑いしてしまう。

はて、著者自身は、恐らく担当の編集者が作るのであろうこの手の大袈裟《おおげさ》な「内容紹介」を、いったいどういう気分で受け止めているものなのだろうか。

普段なら、たとえば書店でこれと同じ本を見かけたとしても、手に取るだけで買おうとはしないところである。推理小説は決して嫌いではないが、彼は元来、海外作品のファンだったし、加えて、たまに気が向いて読む和製ミステリにはこのところ裏切られっ放しだったからだ。

しかし――。

自分がよく知っている人物が書いた本となれば、おのずと話は違ってくる。しかも、著者からじきじきに送られてきた謹呈本なのだ。読まないわけにはいくまい。それに、そう、その本の中身があの「迷路館殺人事件」だというからには……。

布団に潜り込み、腹這《はらば》いになる。

昨夜あたりで熱は峠を越えたようだった。まだ身体《からだ》の節々が痛みはするが、ちょうど退屈しかけていたところでもある。このくらいのページ数なら、二、三時間もあれば読みとおせるだろう。

枕に顎《あご》をのせながら、ページをめくった。

目次にまず、目を通す。

末尾に記された「あとがき」の文字を見て、彼はいつもの習慣で、本文よりも先にそのページへと進んだ。

あとがき

本来この一文は巻頭に置かれるべきものなのだが、「あとがき」を本文のあとに読まれる律儀な読者はあんがい少ないと思うので、あえて巻末に付すことにした。従って、以下の文章は未読の方に対する「前口上」と受け取られたい。

この作品を〝小説〟としてこのような形で発表することに、私自身、いまだいくばくかの躊躇《ちゅうちょ》を覚えないでもない。というのも——『迷路館の殺人』なる書名を見てすでにお気づきの方もおられるかもしれない——、この作品は現実のある殺人事件を直接の題材として書かれたものだから、である。

小説中の日付と同じ、一九八七年の四月に起こった事件だった。著名な作家の住まう奇妙な館で発生した怪事件として、当時これは、一部のマスコミによってかなりセンセーショナルに伝えられようとした。

　しかしながら結局、彼らはこの事件の全貌をうまく捉えきれなかった観がある。それもそのはずで、この事件はある非常に特殊な状況の下で起こったものであり、その実相を知る関係者が誰一人として、事件についての取材に応じようとしなかったのだ。警察当局は当局で、あまりにも異常な事件の様相にひどく困惑し、明らかとなった〝真相〟を一応のところは認めつつも、これを積極的に表に流そうとはしなかった。結果としてマスコミは、煮えきらない警察発表に基づく通り一遍の報道だけで、お茶を濁すしかなかったのである。

　見てきたような口を叩《たた》く、と思われるかもしれない。

　事件関係者が揃《そろ》って沈黙を通したのなら、では何故《なぜ》お前はその事件を題材にこの作品が書けたのか、と。

　告白しよう。

　私は実際にあの事件を「見てきた」人間なのだ。私こと鹿谷《ししや》門実《かどみ》は、一九八七年の四月に「迷路館」で起きたあの連続殺人事件の、関係者の一人なのである。

　今回その私が、自身が巻き込まれたあの事件の顚末《てんまつ》をこういった形で発表しようと思い立ったのには、大きく云って二つの理由がある。

一つは、編集者某氏の熱心な勧めがあったこと。

いま一つは、あの事件の渦中で死んでいった「彼ら」に対する追悼の念、とでも云おうか。

いささか気恥ずかしい云い方になるけれども、「彼ら」のうちの少なくとも何人かは確かに、推理小説《ミステリ》というこの畸型《きけい》の文学をこよなく愛し、それに多大な情熱を注いできた人間であった――と、私は信じている。だから、このようにしてあの事件の、いわば〝推理小説的再現〟を試みることが、死者たちに対する何よりの手向《たむ》けになるのではないか、と考えたのである。

以上のような作者側の事情はしかし、おおかたの読者にしてみればどうでも良いことだろう。

どんないきさつがあったにしろ、畢竟《ひっきょう》これは「たかが推理小説」でしかない。読者にとっては、日常の退屈をまぎらわすための一編のエンターテインメントでしかないわけだ。もちろん、それはそれでいっこうに構わない話だと――むしろそうであってもらわねば困るとも――私は思っているのだが。

最後に――。

この〝小説〟に登場する人物名・地名等の固有名詞は、諸々《もろもろ》の事情に鑑《かんが》み、大半に仮名が用いられていることを明記しておかねばならない。かく云う私自身も、何喰《く》わぬ顔で作中に出てくるのだが、その際にも「鹿谷門実」というこのペンネームで呼ばれたりはしない。

関係者中の誰が鹿谷門実なのか。

興味を持たれる読者もおられるかもしれないが、それはまあ、云わぬが花というものだろう。

一九八八年　夏

鹿谷　門実

昨年の四月、「迷路館」で起きた現実の連続殺人……。

島田は、その事件の内容を詳しく知る人間の一人だった。およそ尋常ならぬ状況下で発生したあの事件が、結局のところどういった〝解決〟を迎えたのかということも承知している。

（現実事件の〝推理小説的再現〟……か）

いったん本を閉じ、しばらく会っていないこの著者の顔を思い浮かべる。

（さて、どんなふうに料理しているものやら。お手並み拝見といこうか）

そして島田は、その本を読みはじめた。

迷路館の殺人

鹿谷門実

KITANSHA NOVELS
稀譚社ノベルス

目次

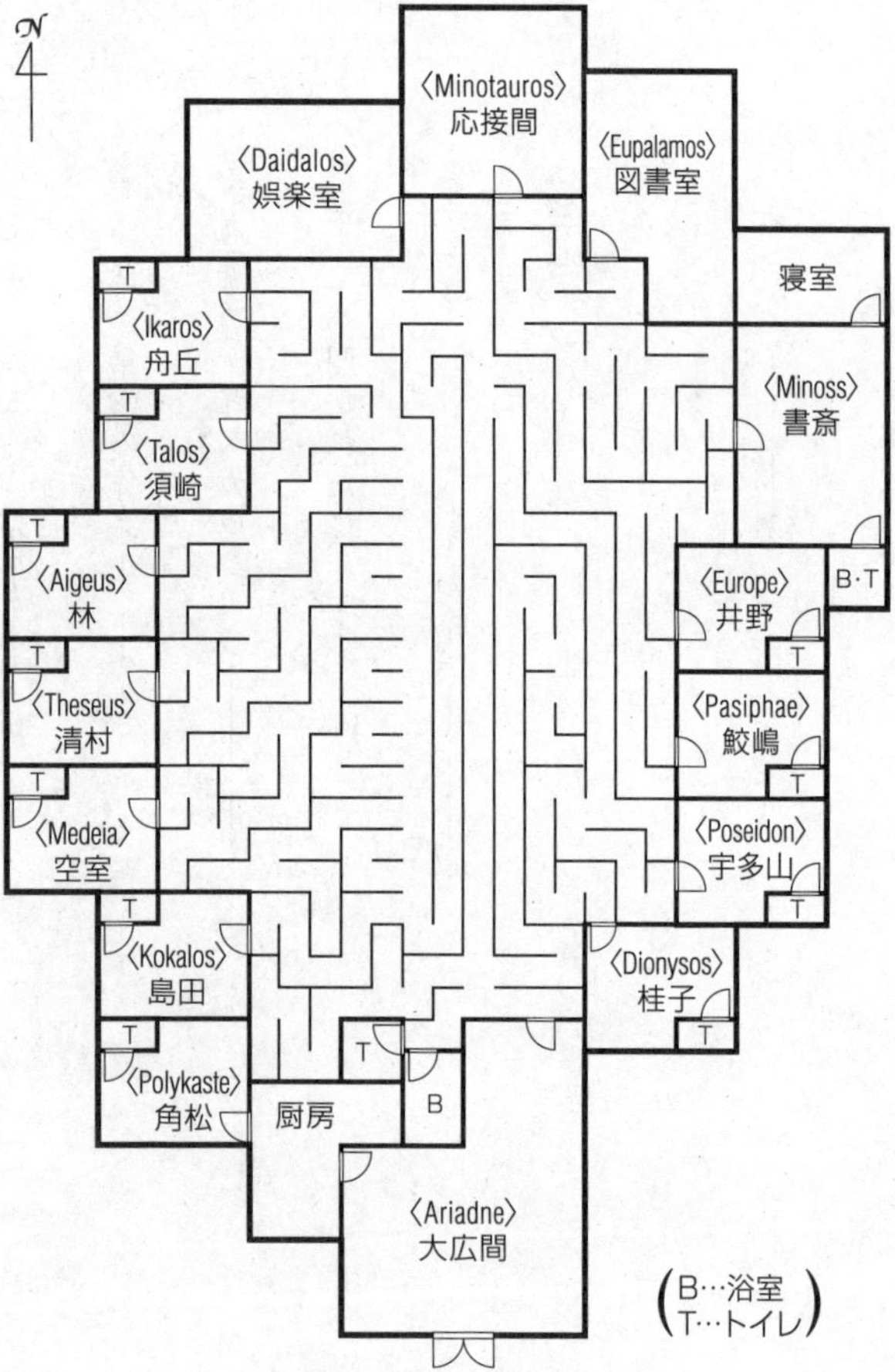
〈Minotauros〉
応接間
〈Daidalos〉
娯楽室
〈Eupalamos〉
図書室
寝室
〈Ikaros〉
舟丘
〈Minoss〉
書斎
〈Talos〉
須崎
〈Aigeus〉
林
〈Europe〉
井野
B·T
〈Theseus〉
清村
〈Pasiphae〉
鮫嶋
〈Medeia〉
空室
〈Poseidon〉
宇多山
〈Kokalos〉
島田
〈Dionysos〉
桂子
〈Polykaste〉
角松
厨房
B
T
〈Ariadne〉
大広間
（B…浴室
T…トイレ）

Fig.1 迷路館平面図

＊主な登場人物［（　）内の数字は、一九八七年四月時点の満年齢］

宮垣葉太郎《みやがきようたろう》……………日本推理小説界の老大家。「迷路館」の主人。（60）
清村淳一《きよむらじゆんいち》……………推理作家。（30）
須崎昌輔《すざきしようすけ》……………同。（41）
舟丘《ふなおか》まどか……………同。（30）
林宏也《はやしひろや》……………同。（27）
鮫嶋智生《さめじまともお》……………評論家。（38）
宇多山英幸《うたやまひでゆき》……………編集者。（40）
宇多山桂子《けいこ》……………その妻。（33）
井野満男《いのみつお》……………宮垣の秘書。（36）
角松《かどまつ》フミヱ……………お手伝い。（63）
島田潔《しまだきよし》……………推理小説マニア。（37）

——彼らに——

プロローグ

「どうも、お久しぶりでございます」

勧められたソファに浅く腰をかけると、宇多山英幸《うたやまひでゆき》は改めて云った。

「いやあ本当に、お元気そうで安心いたしました」

「ほう。そう見えるかね」

と云って、差し向かいで坐《すわ》った男は乾いた唇を気難しげに曲げた。薄く色の入った金縁眼鏡《めがね》のレンズの奥で、小さな目がゆっくりとしばたたかれる。

「『元気』などというのは、今の私には最も縁遠い言葉だな。私が何だって、東京の屋敷を処分してここに引っ込んでしまったのか、君も重々承知しているだろうに」

「それは……ええ」

見事なほどに真っ白な髪を、大まかに後ろへ撫《な》で上げている。秀でた四角い額、細い頬《ほお》と尖《とが》った顎《あご》、わずかに捩《ね》じれた高い鼻梁《びりょう》……。

宇多山の目に映るのは、昨年の春、最後に会った時と大差のないその老紳士——宮《みや》垣葉太郎《がきようたろう》の風貌だった。

しかし、そう、確かにあまり顔色が良くない。頰の削《そ》げ具合が以前より目立っているような気もするし、落ちくぼんだ双眸《そうぼう》からは往年の鋭い光がすっかり失せてしまったようにも思える。

「体調がすぐれなくてね」というのが、この二、三年、宮垣が口癖のように連発してきた台詞《せりふ》だった。会うたびに宇多山は、肉体の不調に関する彼の愚痴を聞かされたものである。が、それでいて宮垣は大の医者嫌いで、周囲の者が再三、病院で検査を受けてはどうかと勧めても、頑として動こうとしなかった。

「そんなにやはり、お身体《からだ》の調子がよろしくないのですか」

宇多山の生真面目な問いかけに対して、宮垣は顔全体を引きつらせるようにして薄く笑い、

「最低だね」

と答えた。

「だがまあ、それは仕方がないと諦《あきら》めてもいる。老いて死ぬのはきわめて当たり前のことだ。若い頃には、俺は長生きなんぞしたくない、むしろ人並みよりも早くに死ぬ

ほうが美しかろうと豪語していたくらいだから、それを翻して今さら、長寿記録に挑戦しようなんて気もさらさらない」

「——はあ」

頷いて、相手に合わせて笑いを繕ってみたものの、宇多山はこのとき軽い胸騒ぎを覚えずにはいられなかった。自身の健康について語る宮垣のその口調に、以前にもまして、何やらひどく自嘲《じちょう》めいた響きを聞き取ってしまったからだ。

宮垣葉太郎。

大手出版社「稀譚社《きたんしゃ》」の文芸編集部に勤める宇多山が、担当の編集者として、またその作品の熱心な読者として長年、付き合いを続けてきた〝探偵小説〟作家である。

一九四八年、戦後の探偵小説復興期に二十一歳でデビュー。処女長編『瞑想する詩人の家』は、当時の某巨匠をして、「とうてい若い新人の作とは思えぬほどの、重厚かつ刺激的な傑作。脱帽ものである」とまで云わしめたという。

以来、宮垣葉太郎はだいたい一、二年に長編一本の寡作を主義としてきた。父親が大変な資産家だったので「生活のために書く」必要がなかった、というのがその理由の一つでもあるのだが、結果的にはそうして発表しつづけた質の高い作品群ゆえに、いっとき日本の推理小説界を席巻した〝社会派〟の波間をもくぐりぬけ、彼は独自の地位を築くに至った。

とりわけ今から十年前、彼が五十歳の年に書き上げた長編『華麗なる没落の為に』は、宮垣ミステリの総決算とも云うべき大作で、小栗虫太郎《おぐりむしたろう》の『黒死館《こくしかん》殺人事件』、夢野久作《ゆめのきゅうさく》の『ドグラ・マグラ』、中井英夫《なかいひでお》の『虚無への供物』の三大巨峰にも比肩する日本推理小説史上の金字塔として、高い評価が定まっている。

現在の推理文壇における「影の大家」――とでも呼ぶべき存在。

つねづね宇多山はそう考えている。

大衆的な人気に支えられた、いわゆるベストセラー作家であったことは一度もない。しかし、時代の流行を超えて、宮垣ほど熱烈な〝信奉者〟を持つ推理作家も少ないのではないか。

その、一種独特な美学とペダントリーに彩られた作風、世界観、格調高い文体と厚みのある人間描写は、純文学畑からの称讃をも集めていたが、それでいてあくまでも〈たかがミステリ〉にこだわりつづけ、そこから離れようとしない。宇多山が何よりも好きなのは、宮垣のそんな、子供っぽいとも云えるような頑《かたく》なさであった。

たかがミステリ、されどミステリ――と、彼は云う。

頑固なまでに〝探偵小説〟を愛し、多大な情熱を傾けてきたその姿には、ありし日の巨人・江戸川乱歩《えどがわらんぽ》をすら思わせるものがあった。『華麗なる没落の為に』の発表後はもっぱら、みずからの主宰するミステリ専門誌『奇想《きそう》』の編集に努め、新しい人材の発掘に精力を注いでもいた。

そんな宮垣が、突然いっさいの仕事から手を引き、東京は成城《せいじょう》に構えていた邸宅を処分して、父方の故郷であるこの丹後《たんご》の地に住まいを移したのが、昨年の四月のこと——。

「この都市《まち》はもう、老いぼれには騒がしすぎる。人と情報が多すぎるのだ。田舎に引っ込んで静かに余生を過ごす、今が潮時というものだろう」

東京を去る際、彼は宇多山にそう語った。

『奇想』の仕事はすべて人に任せる、小説を書く気はもうない、短い雑文の類《たぐい》もお断わりだ、とも宣言した。

それは宇多山にしてみれば、まさに青天の霹靂《へきれき》だった。というのも、彼はしばらくの雑誌編集部勤めから、ようやく本懐である文芸書籍出版の部署に戻ったところで、何とかこの大家を焚《た》きつけて久しぶりの長編をともくろんでいた、その矢先の出来事だったからである。

「訪ねてくれるのはいいが、仕事の話はなしだぞ」

先日、電話で今日の約束を取り付けた時も、すかさずそう釘を刺された。

「エッセイだの何だのの細かい仕事もごめんだ。去年こっちへ越してきた時にさんざん云ってあっただろう」

多くの例に洩《も》れず、私生活における宮垣は相当に我がままな偏屈者だった。長編を発表しなくなったこの数年はことに、懇意にしてきた編集者でさえ取り付く島がないほどの気難しさを見せる。それはもしかすると、みずからの創作力の衰えに対する苛《いら》立《だ》ちの表われなのかもしれない、とも宇多山は分析していた。

「ええ。もちろん承知しております」

宇多山は相手の機嫌を損ねぬよう、慎重に言葉を選んだ。

「仕事の話は抜きで、久しぶりに先生とお会いしたく思いまして。ちょうど正月で帰るついででもありますので」

「ああ。そう云えば、君の里は宮津《みやづ》だったか」

宇多山の実家は京都府宮津市、名勝・天ノ橋立《あまのはしだて》の近くで旅館を営んでいる。毎年、正月か盆のどちらかには帰るようにしているのだが、そこからさらに丹後半島の奥へと分け入ったT＊＊という村落の外れに現在、宮垣が住まう屋敷はあるのだった。

旅館を継いだ兄に車を借り、一緒に帰省している妻は家に残して出てきた。冬の山道を走る自信はなかったので、大まわりになるが海岸沿いの国道を選んだ。宮津市内から二時間足らずの道のりである。地上は一面の雪景色だったが、幸い道路の状態は良好だった。

「迷路館《めいろかん》」と呼ばれるその屋敷はそもそも、宮垣葉太郎が十余年前に別荘として建てた家であった。

当初の目的にたがわず、夏の一時期を過ごすために使われていた頃には、宇多山も何度か招待されたことがある。その名称のとおり、家中の廊下が複雑な迷路状に入り組んだ奇妙奇天烈な建物で、初めて訪れた時にはずいぶんと面喰《めんく》らったものだった。宮垣はいつも、そうして驚く来客たちの反応を、まるで悪戯《いたずら》小僧のような顔で楽しげに眺めていた。

「ところで先生、本当にもう、ペンを執《と》るおつもりはないのでしょうか」

愛想のないお手伝いの老女が運んできた紅茶に砂糖を入れながら、宇多山はそろりと切り出した。電話ではああ云ったものの、編集者としてはやはり、できればこの「影の大家」に新しい作品を書かせたいという本音がある。

「ふん。やっぱりそう来たか」

怒鳴りつけられるのも覚悟していた。だが予想に反して、宮垣はさほど気を悪くしたそぶりは見せなかった。鼻筋にくしゃっと皺《しわ》を寄せ、テーブルのシガレットケースから煙草《たばこ》を一本、取り出してくわえる。

「まだまだ筆を折られるお年ではありませんよ。このところ易《やす》きに流れがちなミステリ界に活を入れる意味でも、ここはぜひ」

「無理を云うんじゃない」

と云って、宮垣は煙草に火を点《つ》けた。

「私にはもう、書けないのだ」

「そんなことはございませんよ。先生はまだまだ……」

「買いかぶりだな。かのヴァン・ダイン氏が云った言葉は正しい。一人の作家に半ダース以上の優れた探偵小説が書けるはずがない。私がこの四十年近く、いったい何作書いてきたと思うね。長編だけでも、その限界数の優に二倍は超えている」

宮垣は目を閉じ、同時に自分の吸い込んだ煙でひどく噎《む》せた。やがてそれが治まると、何やら虚ろな眼差しで指に挟んだ煙草の先端を見つめながら、

「去年の春までにさんざん考えた末、みずから見切りをつけたのだ。少なくとも納得のいく長編ミステリを書く力は、自分の中には残っていない——とね。一年近く経っても、その気持ちは変わっていない」

「ですが先生、思うにそれは、あまりにも弱気すぎはしないかと」

「くどいな、君も。私はもともと、すこぶる気の弱い人間だよ。たとえばね、宇多山君、私には少年時代から強い願望が一つあった。一度この手で人を殺してみたい、という願望だ。しかし結局、実行できないでいる。何十年も人殺しの話ばかり書いてきたのは、云わばその代償行為だな」

ろくに吸っていない煙草を荒々しく揉み消し、宮垣は宇多山の顔を睨《にら》みつけるように見た。宇多山が口を開きかけると、すかさずそれを遮って、

「まあ、今のは冗談だが」

と、また薄く笑う。

「確かに……ふん、私は弱気になっている。そりゃあ、云ってみれば探偵小説は私の生き甲斐だからな、書けるものなら書きつづけたい。が、ここでつまらんものを書いて宮垣葉太郎の名前に傷をつけたくはない、という想いがもっと強くある。ならば、潔く筆を折ってしまうに越したことはない」

「はあ……」

宇多山とて、そのあたりは複雑な心境なのである。

宮垣の新作原稿が取れれば、編集者としては大手柄だろう。だが、もしも本人の言

葉どおり、宮垣にはもはや、その名にふさわしい作品を書く余力がないのだとしたら？——それは何よりも、宮垣ミステリを熱愛する自分自身への裏切り行為になってしまう。

「そう思いつめた顔をするんじゃない」

と云って、宮垣はそれまでの険しい表情を少し和らげた。

「ま、私のことだから、いつまた気が変わるか知れたものでもない。実はひそかに一つ、考えていることもあるしな。その時には必ず、君に声をかける」

「と云うと、何か新作の腹案でも暖めていらっしゃるわけで？」

とたんに高くなった宇多山の声に苦笑して、

「現金な男だな」

宮垣は紅茶のカップに手を伸ばした。

「もうその話はよそう。約束が違うぞ、宇多山君」

たしなめられて、さすがに若干きまりが悪くなった。宇多山は、眼鏡の奥から射るようにこちらを見つめる宮垣の目を逃れて、通された部屋の調度に今さらながら視線を巡らせた。

象牙《ぞうげ》色《いろ》の絨毯《じゅうたん》が敷きつめられた、正方形の部屋だ。落ち着いた煉瓦《れんが》色《いろ》の壁。中央に置かれた――いま宇多山たちが坐っている――アンティークなソファセット。――宮垣自身が〈ミノタウロスの間〉と呼んでいる応接室である。

奥の壁ぎわに据えられた低いサイドボードの上方に、その名称にちなんでだろう、見事な二本の角を生やした水牛の頭の剝製《はくせい》が飾られている。「ミノタウロス」とは、ギリシャ神話に登場する牛頭人身の怪物。クレタ島のミノス迷宮に棲《す》んでいたと伝えられるそのモンスターの名を冠したこの部屋は、迷路館の最奥部に位置する。

黒い水牛の目に嵌《は》め込まれたガラス玉が、部屋の照明を反射して、まるで生きているかのように光った。無神経な来訪者に対する敵意めいたものをそこに感じてしまい、宇多山は思わず身をすくめた。

「そうそう」

と、宮垣葉太郎が口を開いた。

「まだ決定した話ではないが、君には云っておこうか」

「――はい？」

「何をそんな、おっかなびっくりの顔をしている」

まさか、剝製の目が不気味で……などと云えはしない。曖昧《あいまい》に唇を緩めて左右に首を振ると、

「四月一日の私の誕生日に、この家でささやかなパーティでも開こうかと考えていてね」

宮垣は云った。

「還暦祝い、というやつだな。君にもぜひ来てもらいたいんだが。何なら奥さんも一緒に。どうかね」

「もちろん、喜んで」

二、三年前までは、独身の宮垣がそうやって自宅に人を集めるのは珍しい出来事ではなかった。むしろ、ことあるごとに若い作家や編集者を呼び集めては酒を汲《く》み交わしていたものだが……。

「いずれ招待状を出すから、都合をつけておいてくれたまえ」

と告げる宮垣の、いま一つ冴えない顔色を窺《うかが》いながら、宇多山は尋ねた。

「他にはどんな方をお呼びになるのでしょう」

「まだはっきりと決めてはいないが。そう大人数にはならんよ。まあたぶん、君のよく知っている連中ばかりだろう」

幾人かの顔と名前が頭に浮かんだ。

「それと、あるいは一人、面白い男を紹介できるかもしれない」

「と云いますと」

「暮れにひょんなことで知り合ったんだが、九州の、何とかという寺の三男坊と……ま、会えば分る。きっと君も興味を持つと思うがね」

「はあ」

「さてと、どうかな。せっかくだから夕飯を食べて帰ったら。さっきの婆さんだが、あれでなかなか料理がうまい」

「ああ、いえ」

　宇多山は腕時計を見て、

「実家のほうに妻を待たせてありまして。実はその、妊娠しているもので……ちょっと心配で」

「ほう。それは知らなかったな」

　宮垣はあからさまに白い眉《まゆ》をひそめた。彼の非常な子供嫌いはよく承知していたのだが、本当のことを云うより他に、誘いを断わる口実が思いつかなかった。

「どうも申し訳ございません」

　宇多山が丁重に頭を下げると、宮垣は澄ました顔で「構わんよ」と云って、新しい煙草をくわえた。ところが二、三服ふかしただけでまた、ひどく咳込《せきこ》んで火を消してしまう。

それから三十分ばかりとりとめのない話をした後、宇多山はいとまを告げた。

気に懸けていた作家の様子が「元気」なのかどうか、いささか判断に迷うところではある。が、彼の中にまだ創作への情熱が残っていることは確かめられた。それだけでも、今日の遠出は収穫だったと云えるだろう。

しかし――。

むろんこの時、宇多山は思ってもみなかったのである。まさかこれが、生きている、宮垣葉太郎と言葉を交わす最後の機会になろうとは。

第一章　迷路館への招待

1

「やっぱりもう春なんだなあ。お正月に来た時とは全然、海の色が違うのね」

助手席に坐った桂子《けいこ》が声を上げた。その屈託のない、少女のような口調に、宇多山は口許をほころばせる。彼女は宇多山よりも七つ年下——と云っても、今年でもう三十三歳になる。

桂子の視線を追うようにして、右手に広がる若狭《わかさ》湾《わん》にちらと目を走らせた。

確かにそう、三ヵ月前に見た同じ海とはまるで別の顔をしている。風景を照らし出す太陽の色自体が、あの時とは違うのだ。穏やかにうねる水の青さが違う。しぶく波頭の白さが違う。

「でもわたし、冬の日本海のほうが好きだな。暗いけど、何だか凄く奥深さみたいなものがあって。宇多山さんはどう？」

結婚して四年になるが、桂子はいまだに夫のことを「宇多山さん」と呼ぶ。夏に初めての子供が生まれれば、この呼び方も変わるんだろうか——などと考えながら、宇多山は返事を探した。

「冬の海は、僕は怖いほうが先に立ってね。小学生の時、従兄《いとこ》のおにいさんが冬の海で死んでるんだ。釣りに出て、あっと云うまに波にさらわれて」

「ふうん。その話、前にも聞いたことがあったっけ」

「云ったような気もするなあ」

四月一日、水曜日の午後——。

宇多山英幸は妻の桂子とともに、迷路館へと向かう途上にいた。

年始に訪れた時と同じ、海沿いの国道一七八号線。今回もまた、実家の兄に車を拝借して出てきたのである。

宮垣葉太郎の秘書・井野《いの》満男《みつお》から手紙が届いたのが、ちょうど二週間前のことだった。例の還暦記念パーティを執り行なう、との案内状である。

日時は四月一日の午後四時。場所は宮垣邸「迷路館」。夜は同館に宿泊の予定で来てくれるように。問い合わせは井野まで。――とあった。

パーティの件は正月に宮垣本人の口から聞かされていたので、そのつもりで早くからスケジュールの調整はつけてあった。「奥様もご同伴でおいでください」という誘いも、喜んで受けることにした。桂子と宮垣とは、宮垣が東京に住んでいた時分に引き合わせて顔見知りの仲だったし、妊娠の経過は順調で安定期に入ってもいた。

ただ、少し心配なのは参加者の数だった。

そんなに大人数にはならない、と宮垣は云っていたけれども、あまりたくさんの人間が集まるようなら桂子を連れていくのは考えものだ、と思った。彼女は、内向的というほどでもないのだが、わりあいに人見知りをするほうだ。体調も普通ではないことだし、初対面の人間が多すぎるのは良くない。

だが、普段は東京にいるという井野満男に電話で問い合わせてみて、宇多山は一安心した。参加者は、自分たち夫婦を含めて全部で八名の予定だというが、そのほとんどが桂子も面識のある人間だったからである。

「ねえね、あとどのくらいなの」

外の景色に飽きてきたのか、小さく欠伸《あくび》をしながら桂子が訊《き》いた。

「一時間もないよ。もうちょっと行くと経ケ岬《きょうがみさき》――丹後半島の最北端だから」

「それにしても宮垣先生、凄い田舎に引っ込んじゃったのね。いくら年を取ったからって云っても、東京を離れてこんなところまで。わたしには考えられないな」

「お父さんのほうの里がこの辺らしいんだ」

「それにしても――」

と、桂子は首を捻《ひね》る。

「寂しくないのかなあ」

「孤独が好きだ、っていうのが先生の口癖だけどね」

「ずっと独身なんでしょ。子供嫌いだともいうし……やっぱりずいぶん変わった人なのね」

「変わっているのは確かだね。だけど、あれで悪い人じゃない」

「うん。それは分ってる。何度か成城のお宅へ伺った時にも、わたしにはにこにことよく話してくださったし」

「君は気に入られてるみたいだから」

「そう？」

はにかんだように微笑《ほほえ》み、それから桂子は「寂しくないのかなあ」とまた、独りごつように云った。

「でも先生、昔はお盛んだったんでしょ、いろいろと」

「らしいね」

過去に何度か耳にしたことのある、宮垣の女性関係に関する噂――。

若い頃、宮垣は人目を惹《ひ》くほどの美男子だったと聞く。中年を過ぎてからも、本人がその気になれば色事の相手には不自由しなかっただろう。しかしさすがにこの数年は、そういった噂もついぞ聞こえてこなくなっていた。

「結婚を考えるような相手、誰もいなかったのかしら」

「さあ……」

ふと、三ヵ月前に会った際の宮垣の顔を思い出して、宇多山は低く息を落とす。

孤独な老人。そんな言葉がやはり、現在の宮垣の姿に重なってしまう。東京にいた頃の彼に対しては、一度も感じたことのないイメージだった。

「いったん隠居しちゃったものの、やっぱり寂しいんじゃないかな、先生」

桂子が云った。

「わたしたちを呼んでパーティをしようっていうくらいだから。――今日集まる人たちは、みんな先生のお気に入りばっかりなんでしょ」

「そうだね」

妻の横顔に目を配りながら、宇多山は電話で井野満男から聞いた参加者の氏名を復誦してみた。

「須崎昌輔《すざきしょうすけ》。清村淳一《きよむらじゅんいち》。林宏也《はやしひろや》。舟丘《ふなおか》まどか。それから鮫嶋智生《さめじまともお》。——この五人には、君も会ったことがあるだろう」

「ええ。みんな作家の先生よね」

「鮫嶋さんは評論家だよ」

「同じようなもんじゃない。ええと、待ってね、ペンネームは確か……」

桂子は軽く目をつぶり、人差指を伸ばして白い額に当てた。そして、五人の作家と評論家が使っている筆名を順番に挙げていく。

須崎昌輔。清村淳一。林宏也。舟丘まどか。鮫嶋智生。

宇多山がいま口にしたこれらの氏名は、すべて彼らの本名だった。五人は皆、宮垣が主宰してきた雑誌『奇想』の新人賞出身者で、文筆活動に際しては各々《おのおの》、本名とは異なる名をペンネームとして用いている。

ところが、彼らの〝師匠〟とも云える宮垣葉太郎が、何故かこのペンネームなるものを好まないのだった。紙の上だけならともかく、実生活においてもそういった名で互いを呼び合うのは気色の悪いこと甚《はなは》だしい、と云うのだ。

宇多山はしかし、ペンネーム肯定派である。

現実を離れた夢（あるいは悪夢）の世界を紡ぎ出す職業には、それにふさわしい仮面が必要だろうと思うのだ。単に好みの問題だと云ってしまえばおしまいだが、宮垣がこれを否定するのは、だから宇多山にしてみれば不思議でならない。あるいは、宮垣自身が親から与えられた名前で通してきたがゆえの、後輩たちに対する我がままなのかなとも思えてしまう。――ともあれ。

そんなわけで宮垣葉太郎の〝弟子〟たちは皆、〝師匠〟の前では決して仕事用の名前を使わない。担当の編集者も含め、このことは昔から一つの暗黙の取り決めとなっていた。

「一、二、三、四……」

指を折りながら呟《つぶや》くと、桂子は「ねえ」と運転する宇多山を見やり、

「集まる人、わたしたちを入れて八人って云ってたわよね。もう一人は？」

「ああ……」

宇多山はシャツの胸ポケットから煙草を探り出しながら、

「僕もよく知らないんだ、それは。作家や編集者ではないらしくて、確か……そう、どこかのお寺のお坊さんだとか」

「お坊さん？」

桂子が目を丸くする。

「正月に行った時、先生がそんなふうに云ってたんだけどなあ。面白い男だから、きっと君も気に入るだろう、とか」

「ふうん」

「一人くらい未知の登場人物がいるのもいいだろう」

「それはそうだけど……あ、駄目よ宇多山さん」

云われて、宇多山はくわえた煙草に火を点《つ》けようとしていた手を止める。

「ごめん。つい……」

妊娠中、桂子のいる場所での喫煙は御法度になっているのだった。

「じゃあ、ちょっと休憩にしましょ。――あっ、あれが経ヶ岬？」

右手前方、だった。海に向かって突き出した小高い丘の上に、灯台の影が見え隠れしている。頷《うなず》いて、宇多山は車を路肩に寄せた。

2

白いガードレールに縁取られた海岸線。黒々と続く無骨な岩礁に打ち寄せる波の音が、耳に心地好《よ》い。風はまだ冷たさを残しているものの、穏やかに降り注ぐ陽光がぬくぬくと上着を暖める。

春だな——と、しみじみ思った。今の季節にこの地方へ帰ってくるのは、いったい何年ぶりのことだろうか。

切れかけたニコチンを肺から血中に補給しながら、宇多山は海のほうを向いたまま大きく伸びをした。こうしてうららかな風景の中に身を浸していると、東京の雑踏からこの地へ逃れてきた老作家の心中も、何となく理解できる気がする。

背後に足音が近づいてきた。桂子が車を降りてきたのか、と思っていると、

「あのう、ちょっとすみません」

予期せぬ低い声が聞こえ、宇多山は驚いて振り返った。

「申し訳ないんですが、あの、ちょっと困ってしまって」

見知らぬ男が立っていた。

年齢は宇多山よりもいくつか下——三十六、七といったところか。黒いジーンズに上も黒の、ざっくりとしたセーターを着ている。浅黒い骨張った顔に、やや大振りな鷲鼻。濃い眉《まゆ》の下で、落ちくぼんだ垂れ気味の目を細くして、

「驚かせてすみません」

男はひょこりと頭を下げた。

痩《や》せぎすで、背が高い。そうやって頭を下げてやっと、小男の宇多山と同じ高さに目の位置が来る。

「どうなさいました」

不審な点がないか観察しながら、宇多山は丁寧に尋ねた。すると男は、波打った柔らかそうな髪を軽く掻《か》きながら、

「車がトラブっちゃいまして」

そう答えて、面目なさそうに道路のほうを指さした。

道はこの少し先で、左曲がりのカーブを作っている。左側にせりだした崖に遮《さえぎ》られて見通しがほとんど利かない、その向こうから確かに、赤い車のテール部分がわずかながら覗《のぞ》いていた。

「パンクでもしましたか」

「いえ。どうやらレギュレイターあたりがイカれてしまったらしくて」

「ははあ。それは困りましたね」

「修理を呼ぼうにも、近くに電話ボックスがなくって。さっきから途方に暮れてたん

ですよ。できれば、どこか電話のある場所まで乗せていってもらえませんか」

「なるほど」

と頷いてから、宇多山は改めて相手の様子を観察する。見た感じはいくらか胡散《うさん》臭げだけれども、話しぶりや物腰に怪しい気配はない。むしろ好感が持てた。

「構いませんよ。どうぞ」

車のほうに戻りながら、腕時計を見た。午後二時五十分。指定の時刻まではまだ余裕がある。

「ねえ、どうしたの」

外に出てこちらを窺《うかが》っていた桂子が、小首を傾げて問いかけた。

「車のトラブルなんだって」

「やあ、すみません」

宇多山と並んで歩きながら、男は桂子に向かって右手を挙げ、それから自分の腕時計に視線を落として、

「しかし弱ったなあ」

と呟いた。

「何か急ぎの用でも？」

「ええ。ちょっとその、四時の約束で行かなきゃならないところがあって」

「ほう。四時、ですか」

宇多山たちの約束と同じ時刻である。

「それはどちらまで？」

「この先の、T＊＊という村落の外れの……」

おや、と思った。宇多山は立ち止まり、相手の風体をもう一度まじまじと見た。

「もしかしてそれ、その行き先というのは、作家の宮垣葉太郎氏の……？」

「はあ？」

男も立ち止まり、ぽかんとした顔でこちらを見返した。宇多山は慌てて、

「あ、違いましたか」

「いえいえ。まさにそのとおりなんですけど。——はあん」

人懐っこい笑顔を見せて、男は云った。

「じゃあ、お仲間ってわけですか」

「——のようですね」

宇多山はさっきのお返しでぺこりと頭を下げ、

「私、稀譚社の編集者で、宇多山と申します。彼女は妻の桂子」

「こりゃあ偶然ですねえ。僕は……」

今日、宮垣の家に招待されている者で知らない顔と云えば、一人しかいない。

「どこやらのお坊さんでしょう？　とてもそうは見えませんが」

何となく愉快な気分になって軽口を叩くと、

「宮垣先生からお聞きですか」

男は白い歯を覗かせ、名を名乗った。

「島田《しまだ》潔《きよし》といいます。はじめまして」

＊

もう少し国道を進んだ先に小さなレストハウスがあるのを、宇多山は知っていた。相談の結果、とりあえず故障車をそこまで牽引していき、預かってもらうことにした。そうして島田は宇多山の車に同乗し、とにかく定刻にまにあうよう迷路館へ行こうという段取りである。

レストハウスの責任者に話をつけて、島田が宇多山の車の後部座席に落ち着いたのが午後三時半。ちょうど四時には到着だな、と目算を立てながら、宇多山は車をスタートさせた。

「いやあ、本当に助かりましたよ。せっかく招待していただいて、何時間も遅刻なんてしてしまったら顰蹙《ひんしゅく》ものですもんね」

いかにもほっとした様子で、島田が話しかけてくる。

「宇多山さんは、稀譚社の編集さんだと云っておられましたけれども、ずっと宮垣先生の担当を？」

「ええ。かれこれ二十年近くのお付き合いになります」

「ふうん。じゃあ例のカボツも、あなたが？」

「カボツ？」

聞き憶えのない単語に、宇多山が首を傾げると、

「やあ、失礼」

島田は照れ臭そうに笑って、

「宮垣先生の、例の傑作のことですよ。『華麗なる没落の為に』」

助手席の桂子が、くすっと声を洩らした。

「華……没……はは あ、なるほど。そんなふうに呼ばれているのですか」

「世間一般ではどうだか知りませんが、少なくとも学生の愛好家《マニア》連中はそう呼んでるみたいですね。大学のミステリクラブにちょっと知り合いがいるもので」

「ほう。では、あなたもかなりのマニアだというわけですね」

「いやあ、そんなに威張れたものでもないけど。まあ、寺の手伝いでお経をあげているよりはずっと……」

見かけからはとうてい想像できないが、やはりこの島田潔という男、どこかの寺の坊主であるらしい。

「宮垣先生とはどういうお知り合いなんですか」

と、桂子が尋ねた。

「単なる愛読者――ファンの一人です」

島田はぼそぼそと答える。

「宮垣作品は短編もエッセイの類も全部、読んでいます。やあ、そう云えば宇多山っていう名前、本の『あとがき』で何度か見かけたような気がするなあ。ねえ、宇多山さん」

「それは光栄です」

ルームミラーに映った島田の顔をちらりと見る。まるで邪気のない、実に楽しげな表情である。

「宮垣先生とは去年の暮れ、ひょんなことで知り合ったと聞いていますが、どういうきっかけで？」

「何て説明したらいいかなあ」

島田は少し返答に詰まったが、やがて、

「もともと僕が、宮垣葉太郎のファンであったのは確かなんですけどね、去年ご本人と知り合ったのは……何と云うか、そうだなあ、建物の引き合わせた縁、とでも云いますか」

「建物の？　迷路館のことですか」

「ええ」

ミラーの中で頷く島田の表情が、その時すっと真顔になったように見えた。

「中村青司《なかむらせいじ》という名前をご存じですか」

と、島田が訊いてきた。

「中村……」

どこかで聞いた憶《おぼ》えがある気もするが、即座には思い出せなかった。島田は黙って宇多山の反応を窺っている。

「わたし、知ってる」

腹の上で組み合わせていた手をほどいて、桂子が声を上げた。

「何かの雑誌で見たように思うの。確かその人、ちょっと変わった建築家で……」

それでやっと思い出した。

中村青司。

宇多山も、新聞か週刊誌で見た記憶がある。すでにこの世を去った奇嬌な建築家。彼の手に成る奇妙な建物のいくつか。そして……。

「あの中村青司ですか」

とつぜん島田の口に上ったその名前の意味を考えながら、宇多山は云った。

「じゃあ島田さん、もしかして……」

「お聞き及びじゃないようですね」

どういう意図があってだろうか――あるいは自然にそうなってしまったのか――、島田はそれまでの気さくな調子から一転、凄むような重々しさで云うのだった。

「いま向かっている迷路館もね、その中村青司が手がけた建物なんですよ」

3

T＊＊の村外れから山手に向かい、細い未舗装路に入る。鬱蒼《うっそう》とした雑木林の間を縫って進むうち、やがて右手に宮垣邸の門が現われる。

開放された鉄柵の門を抜けるとすぐ左側に、広い駐車用のスペースがある。そこには二台の乗用車が駐《と》められていた。

一台は見憶えがあった。宮垣が乗っている黒塗りのメルセデスベンツ。もう一台は旧型の白いカローラだったが、今日の招待客のうち、車でやって来る者は他にいないはずだ。すると、予定の八名以外に誰か来訪者がいるということか。

車を降り、松の木立に挟まれた薄暗い小道を行く。まもなく前方に見えてきた岩の塊のような建物を指さして、

「あれが玄関?」

桂子が驚いたふうに云った。

「何だか凄い……不気味な感じ」

「なかなか先生好みの雰囲気だろう」

「うーん。でも、ずいぶん小さいのねえ。あの奥に迷路があるの?」

一見したところ、確かに小さな建造物である。

幅にしておよそ四メートル。高さは一階分、三メートルほどしかない。岩で造られたささやかな祠《ほこら》、とでもいった佇《たたず》まいだ。この両側に連なる低い石垣の向こうには、

離れた位置からだと殺風景な平地が続いているとしか見えないから、桂子が疑問に思うのも無理はなかった。

「おや、奥さんは初めてなんですか」

と、二人のあとについてきた島田が訊いた。

「ええ。わたしは今日が……」

「あの建物はね、玄関部分だけなんだよ」

と、宇多山が桂子に説明する。

「玄関だけ？」

桂子はショートにしたさらさらの髪を撫《な》でながら、並んで歩く宇多山の顔を見た。

「どういう意味、それ」

「つまり、迷路館の本体はあの下に——地下にあるんだ」

「地下にぃ？」

かれこれもう十年近く前になるだろうか。宇多山が初めてここを訪れた時には、迷路館が地下に造られた建物であることを前もって知らされていた。だからあの時は、この地上の「入口」を見てまず、むかし西ドイツを旅行して訪れたリンダーホフ城の「ヴィーナスの洞窟」を思い出したりもしたものだったが……。

三人は小道を玄関へと進んだ。近づくにつれて、「祠」の向こうに広がる地面の状態が明らかになってくる。

二百坪余りの広い面積を取り囲んだ石垣。その内側は、鉄骨の間に厚いガラスを嵌め込んで作られた、一辺一メートル弱の平たいピラミッドの群れで埋められていた。目を細めると、地面全体が青黒く波打っているようにも見える。――これが、地下の館の屋根に当たる部分なのである。

玄関口は、組み上げた灰白色の花崗岩で四角く縁取られている。頑丈そうなブロンズの格子扉の奥に、巨大な石――恐らくコンクリート製の模造品だろうが――でできた二枚扉がある。

格子の手前右側には、大人の胸の高さまである大理石の像が置かれていた。下半身は四つ脚の獣、上半身は人間の姿をしている。牛頭人身ではなくて牛身人頭の、これもまたミノタウロス。ギリシャ神話の例の怪物の形状を、ダンテらが誤って解釈した結果、このような異形の異形が生まれてしまったのだという。

「その、口の中に手を入れてごらん」

石像の頭部を指さし、宇多山が桂子に云った。

「ええっ」

桂子は戸惑いを見せる。

「どうして……」

「まあいいから、とにかく手を入れて、中を探ってごらんよ」

怪物は端整な青年の顔を載せている。その、何かを叫ぶように大きく開かれた口の中へ、桂子はそろそろと右手を差し入れた。――とたん、彼女は「あっ」と声を洩らして宇多山を振り返り、

「これ?」

「そう。それ」

「引っ張ればいいのね」

「そうだよ」

「ははん」

後ろで見守っていた島田が云った。

「なるほどねえ。呼び鈴、ですか」

この手のお遊びは、宮垣の得意とするところだった。ミノタウロス像の口の中には、玄関の呼び鈴のスイッチが仕掛けられているのである。

しばらくして、奥の石扉が開かれた。出てきたのは、三ヵ月前の訪問の際にも顔を

合わせたお手伝いの老女だった。

「宇多山英幸と桂子です。それからこちら、島田潔さん」

「——はい」

ワンテンポ遅れた返事のあと、老女は外側の格子扉を開けた。どうやら宇多山の顔を憶えてはいないようだ。

「どうぞ」

しゃがれた無愛想な声で云って、老女は三人を招き入れた。

老けて見えるだけで、ひょっとすると「老女」と呼ぶほどの高齢ではないのかもしれない。太り気味で背が低い。桂子もずいぶん小柄なほうだが、さらに低い。それがよちよちと穴蔵のような建物の奥へ入っていく姿を見て、あまりに失礼だなと反省しながらも、宇多山は「ノートルダムの傴僂男《せむし》」を連想した。

石扉の向こうは、ちょっとしたホールになっている。両側の壁は全面、剝《む》き出しの黒っぽい岩肌。天井には直径二メートルほどの、ドーナツ形のステンドグラスが造り付けられている。その中央に吊り下げられたシャンデリアは消えており、ひんやりとしたホールの空間には、彩色ガラスを通して射し込む自然光だけがあった。

「他の皆さんは、もう来ておられますか」

すでに約束の四時を少しまわっていた。宇多山の問いに答えるでもなく、

「どうぞ」

とまた云って、お手伝いは小さな身体の向きを変えた。

正面奥には二枚の扉がある。中央の、外と同じブロンズの格子扉が、地下の「本体」へと通じる入口だった。もう一枚はその右側にある細い木製のドアで、これは物置か何かなのだろう。

老女のあとに従い、三人は中央の扉を抜けた。

まっすぐに地下へ延びる幅広の階段。敷きつめられた厚手の絨毯に、足音がすべて吸い込まれる。

「別世界への通路ってとこね」

と、後ろから桂子が囁《ささや》いた。

「まさに」

さらに後ろで、島田が云う。

「去年ここへ初めて来た時にはね、感動しましたよ。まさに〝カボツ〟の作者が住むにふさわしい、まさに中村青司の名にふさわしい……」

中村青司。

再び島田の口から出たその名前に、宇多山はふと、「不吉な」と云うにはあまりにも漠然とした、何かしら予感めいたものを感じた。

中村青司。

記憶にある、彼が手がけたとされる奇妙な建物の名称。「十角館《じゅっかくかん》」に「水車館《すいしゃかん》」——だったか。そして、それらの館《やかた》で起こったと伝えられる事件……。

建物の引き合わせた縁、というようなことを先ほど島田は口にしていたが、あれはいったいどういう意味なのだろう。単に彼が、建築家中村青司に興味を持っているというだけの話なのか。その建築家の作品の一つが、たまたま宮垣葉太郎の住むこの迷路館であった——と、ただそれだけの？　あるいは他に何か、もっと深い意味があるのだろうか。

階段の下にはまた小さなホールがある。紺色の絨毯《じゅうたん》に灰色の石壁。高い天井で光る照明は弱々しく、いよいよ穴蔵めいた雰囲気が強くなる。

正面に閉じた大きな両開きの扉。真っ黒な木枠に、くすんだ原色を用いたステンドグラス風の模様ガラスが入っている。

ノブに短い手を伸ばし、老女が扉を引き開けた。その向こうはすぐに大広間である。薄暗く狭い空間から、さっと広がる視界——。

「どうぞ」

老女は脇へ退き、三人を促した。宇多山が先頭に立って歩を進める。すると、いきなり——。

「助けて」

苦しげに呻《うめ》く異様な声が聞こえた。ほとんど同時に、右方向の死角から宇多山の肩へ、何者かがどさりと倒れ込んでくる。

「わっ」と叫んで、宇多山はその場から飛びのいた。桂子が短い悲鳴を上げる。倒れ込んできた人影は、支えを失ってそのまま膝《ひざ》を折り、崩れ落ちるようにして床に突っ伏した。

「あっ、清村さん！」

絨毯に頰《ほお》を埋めながら、こちらに向かって捩《ね》じ曲がった男の顔。それを見て、宇多山は慌てた。

「いったい……」

「何？　どうしたっていうの」

桂子が上着の袖《そで》にしがみついてくる。

「た、助け……」

浅黒い顔を歪めて、倒れた男——清村淳一はまた呻いた。

「どうしたんですか」

持っていた鞄《かばん》を床に落として呆然と佇む宇多山の横をすりぬけ、島田が清村のそばに駆け寄った。

「大丈夫ですか。しっかりして」

肩を揺すられて、閉じていた清村の瞼《まぶた》が薄く開いた。虚《うつ》ろな双眸が、間近に屈《かが》み込んだ島田の姿を映して瞬間、ひくりと動いた。それから、呆然としつづける宇多山の顔へと視線が上がる。

「宇多山、さん……」

震える唇。その端にどろりとした赤い液体が付着しているのを見て取り、宇多山は強い眩暈《めまい》に襲われた。

(あれは……血？)

(ああ、そんな……)

十角館に水車館……惨劇に彩られた中村青司の館。そして今、まさかこんなに唐突な形で、この迷路館でも？

「莫迦《ばか》なっ！」

大声を上げながら、宇多山は倒れた清村の身体を迂回《うかい》して広間に飛び込んだ。

「何があったんですか⁉」

4

L字形に広がった部屋のあちこちに、招待客たちの姿が散らばっていた。取り乱した宇多山の蒼白な顔めがけて、彼らの視線がいっせいに突き刺さる。

鮫嶋智生がいる。

舟丘まどかがいる。

須崎昌輔がいる。

あと一人、林宏也の姿は見えなかったが、それに気づく余裕さえ、この時の宇多山にはなかった。

「こんにちは。お久しぶりですね」

左側手前のソファに坐っていた鮫嶋智生が、くわえていた煙草を指に挟み取って、軽く手を挙げた。

「奥さん、おめでただそうですね。予定日はいつですか」

何気ないふうに話しかけられ、宇多山は哀れなほどに狼狽《ろうばい》した。鮫嶋の言葉を無視した恰好《かっこう》で、おろおろと背後を振り返る。扉のところには、緑色のカーディガンを着た清村淳一が俯《うつぶ》せに倒れたままだ。そばに屈み込んだ島田が、不思議そうにこちらを窺っている。

「これは――」

宇多山は室内に向き直り、誰にともなく問うた。

「いったいこれは、どういうことなんですか」

壁に貼られた大きな姿見を背にして、右手奥の寝椅子に須崎昌輔が腰かけている。宇多山の問いかけには答えず、我れ関せずといったそぶりで背を丸めながら、膝の上で開いていた本に目を戻した。

その手前、広いテーブルに頬杖を突いてこちらを見ていた舟丘まどかが、すいと立ち上がった。黒いドレスを身にまとった、華《はな》やかな顔立ちの女性である。

「こんにちは、宇多山さん」

鮮やかな口紅で彩られた唇に微笑をたたえて、こちらに歩み寄ってくる。その悠然とした態度と、背後で起こっている事件とのギャップに、宇多山はさらにうろたえるしかなかった。

「いい加減にしたら？　清村君」

倒れ伏した男の背中に一瞥《いちべつ》をくれ、まどかが云った。

「初対面の方もいらっしゃるのに、失礼でしょ」

彼女のその言葉で、ようやく宇多山は事の次第に気づいたのだった。「ははあ」と
ぎこちなく頰を緩めながら、再び扉のほうを振り返る。

「そういうことですか」

宇多山が云うと同時に、倒れていた清村がむくりと身を起こした。その傍らで、島
田がきょとんと目を見張る。

「どうも失礼しました。でも、なかなかの名演技だったでしょう」

からりと笑って、清村は口許に付いていた赤い汚れをハンカチで拭った。

「やめろって云ったんですけどね、ほんとにもう、子供みたいに」

「まあまあ、いいじゃないか」

「悪ふざけが過ぎるわ。だいたいね、あなたのそんなところが、あたしは……」

「厳しいお言葉ですねえ、舟丘女史」

清村とまどかのやりとりを見て、

「はあん。こりゃあ、やられたなあ」

島田がひょろりと立ち上がり、両手を組んで頭の後ろにまわした。

「四月莫迦《エイプリールフール》のお遊びでしたか」

*

「ふうん。お寺の三男さんか。じゃあ、別にあなた自身がお坊さんっていうわけじゃないんですね」

「ええ。しかしまあ、盆とか彼岸の書き入れ時に親父の手伝いをするくらいは……」

「普段は何をしておられるんです」

「ぶらぶらしてます」

清村淳一は、四月一日の茶番劇の成功に大満足といった様子だった。まんまと一杯喰《く》わされた島田のほうも、気を悪くするどころかしごく愉快そうな顔である。並んでテーブルに着くや否や、初対面の二人は賑《にぎ》やかに話を始めていた。

「お寺のほうはお兄さんが継がれるわけですか」

「いや、それが微妙なところで」

「と云うと？」

「家の恥を晒《さら》すことになるけれど、長男が目下、行方知れずの状態なんですよ。勉《つとむ》っていう名前なんですけどね、十五年前にふらっと海外へ出たっきり、戻ってこないんだなあ」

　家族にしてみれば深刻な問題だろうに、島田は冗談めかした口振りでそんな打ち明け話をする。清村はオーバーに両腕を広げて、

「そいつは大変だ」

「で、下の兄貴はと云うと、これがまるで寺を継ぐ気なんかないようでしてねえ。およそ仏道とは縁遠い仕事をやってる」

「何を？」

「今日お集まりの方々と、まんざら関係がなくもない商売ですよ。毎日のように、やれ強盗だ人殺しだ、ってね」

「ははあ。すると……」

「大分県警捜査一課の警部殿、なんです」

「へえ。そりゃあ確かに……」

　清村淳一、三十歳。

　四年前、『奇想』の新人賞に入選して作家デビュー。受賞作「吸血の森」は、オカルト的な題材を乾いたタッチで描いた好編だった。すらりとした長身に面長の整った

顔立ち。一見して爽《さわ》やかな好青年といった印象だが、そうそう一筋縄ではいかない性格であることを、宇多山は知っている。

「してやられましたね」

ソファに並んで身を落ち着けた宇多山と桂子に、向かいに坐った鮫嶋が話しかけてきた。

「宇多山さんのあんなに驚いた顔、初めて見ましたよ」

「いやあ、お恥ずかしい」

「わざわざ厨房からケチャップまで調達してくるんだから、あの人も困ったものです。もっとも、さすがに役者さんだけあって、演技はなかなか堂に入ってましたね」

「あら。彼、俳優さんなの」

と、桂子が宇多山に訊く。

「『暗色天幕《あんしょくテント》』っていう小劇団にいたらしいね。もう辞めてるはずだけど」

「へえぇ。——びっくりしたわ、わたしも」

「いきなりだったからなあ」

「それにしても、あのお手伝いのお婆さん、凄いと思わない?」

そう云って、桂子は入口から向かって左奥にあるドアのほうを見やった。今さっき老女が入っていた、厨房に続くドアである。

「顔色一つ変えなかったもの。もしかして、もう惚《ぼ》けちゃってるのかしら」

「あの人は、ああいう人なんですよ」

苦笑混じりに鮫嶋が云った。

「給料分の仕事をこなす以外のことには、あんまり関心がない。宮垣先生はかえってそういうところを重宝がっておられるみたいですけど。それに、さっきの騒ぎはあれで二回目だから」

「ほう」

軽く身をのけぞらせ、宇多山も苦笑いした。

「鮫嶋先生がその犠牲者に？」

「いえ、私は一番に来ていたので……。清村さんは舟丘さんのあと、三番目の到着でした」

「じゃあ、須崎先生が？」

須崎昌輔、四十一歳。

今日集まる宮垣葉太郎の〝弟子〟たちの中では、最年長の人物である。中世ヨーロッパを舞台にした重厚な本格物を得意とするが、大変な遅筆のため、編集者からは敬遠されがちな作家だった。

「清村さんも、相手を見てやればいいのに」

声を低くして鮫嶋が云う。

「須崎さん、相当に腹を立てたみたいで、ずっと黙ったきりなんですよ」

「そりゃあそうでしょうねえ」

振り向いて見ると、須崎は相変わらず奥の寝椅子で本を読んでいた。黒い角縁眼鏡をかけた神経質そうな顔。茶色いセーターを着た貧弱な身体は、猫背が目立つ。――彼が清村の「名演技」に大慌てするさまを想像しようとしたけれど、どうしてもうまく絵が浮かばなかった。

「林さんはまだ？　到着されていないようですね」

時刻はもう四時半が近い。宇多山が確かめると、鮫嶋は黙って頷きながら煙草をくわえた。その手の動きを、桂子の視線が追う。できれば喫煙は控えてくれるよう頼もうと、宇多山が口を開きかけると、

「あ、失礼」

云われる前に事情を察して、評論家はライターの火を消した。

「どうも、恐縮です」

　宇多山が頭を下げると、

「早産の確率が高くなるっていいますからね」

　穏やかに応えて鮫嶋は、水色のマタニティウェアに身を包んだ桂子に向かって微笑みかけた。

「六ヵ月くらいですか」

「八月の予定です」

　と、桂子が答える。

「楽しみですね。男の子か女の子かは、もう？　最近は超音波検査で事前に分るそうですが」

「いえ。聞かないことにしてるんです」

「そちらの——洋児《ようじ》君は？　元気にしてますか」

　宇多山が訊くのに、

「ああ、それは……ええ、おかげさまで」

　そう答えたものの、評論家は目に見えて表情を曇らせた。

　洋児というのは、今年九歳になる鮫嶋の一人息子の名前である。宇多山も一度会ったことがあるが、生まれつき重度の精神遅滞があり、身体的にもいろいろと不安要素が多いらしい。現在は確か、どこかの養護施設に入っているはずだった。

「身体のほうはだいぶ丈夫になってきたんですよ。しかしその、ずっと片親で育ててきたものだから、やはりあの子なりのその、情緒的な面が心配で……」

「大変ですね。――ところで」

まずい話題を出してしまった、と思い、宇多山は話の矛先を転じた。

「宮垣先生はまだ、顔をお出しになっていないのですか」

「そうなんです」

煙草の箱をジャケットのポケットに戻しながら、鮫嶋は答えた。

「私の着いたのが三時頃だったんですが、まだ一度も」

「ほう。それはちょっと変ですねえ」

そこで宇多山は、上の駐車場に駐めてあった車の件を思い出した。

「鮫嶋先生は、東京からはどうやって来られました?」

「昨夜、新幹線で京都まで来て、一泊したんです。今朝、京都を発《た》って……」

「列車で?」

「もちろんそうですよ。――それがどうか」

太い眉を訝《いぶか》しげにひそめて、鮫嶋は宇多山を見据えた。

「皆さんの中で、ここまで車で来られた方は？」

「いないと思いますね。須崎さんは免許を持っていないはずだし、清村さんと舟丘さんは、駅からタクシーに乗ったとか云ってましたから」

「やっぱりね」

宇多山は腕組みをしながら、残ったもう一つの可能性を検討してみた。

「あのお手伝いさんは、この家に住み込みなんでしょうか」

「違うはずです。村の自宅から通ってきていると、宮垣先生から聞きましたが」

「それは、車で？」

「車……ああ」

と、そこで鮫嶋にも、宇多山の考えていることが分ったらしい。

「駐車場にあったあのカローラですか」

「そうなんです。いったいどなたの車だろうか、と」

「実は私も、妙だなと思ってはいたんですよ。角松《かどまつ》さん——角松フミヱというのがあのお手伝いさんの名前なんですが、彼女は確か歩いてきているはずだし」

「歩いて？」

桂子が口を挟んだ。

「けっこう距離、ありますよね」

「雨や雪の日など、場合によってはここに泊まっていったり、宮垣先生が車で送っていくこともあったり……と聞いていますが」

「でしょうね」

「となると、いよいよ考えられるのは……」

云いながら、宇多山は何となく広間を見まわす。

「何がどうしたんですって？」

三人の会話を聞きつけたらしく、舟丘まどかがこちらへやって来た。

彼女は三十歳、清村と同じ年齢である。小造りだけれども非常に肉感的なプロポーション。胸許まで伸ばした艶やかな黒髪。五年前にデビューした当時は、若くて美しい女流新人の登場が大いに注目を集めたものだったが、作家としてはその後、伸び悩みの状態が続いているようだ。

「いえね、外に駐めてあったカローラの持ち主は誰なんだろうか、と」

宇多山が答えた。

「どうもこの中には、該当者がいないようなんですよ」

「井野さんのじゃないんですか」

「彼の愛車はプレリュードでしょう」

と、鮫嶋が云った。まどかは微妙に肩をすくめて、

「じゃあ、誰か他に来てる人がいるわけ？」

「どうやらそういうことみたいですね」

厨房のドアが開き、お手伝いの角松フミヱが茶を載せた盆を持って出てきた。島田と清村がいるテーブルにそれを置くと、押し黙ったまま踵《きびす》を返す。宇多山は彼女に、もう一人の来客は誰なのかと尋ねようとしたのだが、その無愛想な態度を見てあえなく思いとどまった。

その時、澄んだ鐘の音が広間に響いた。玄関の呼び鈴が鳴らされたらしい。厨房へ戻りかけたところでそれを聞き、フミヱが入口の両開き扉のほうへ向き直る。

「林君だわ」

と云って、まどかが清村の動きを窺った。案の定、清村は嬉々《きき》として椅子から立ち上がり、足取りも軽やかに厨房へ駆け込んでいく。血糊用のケチャップを失敬しにいったに違いない。

林宏也は、作家たちの中では最年少の二十七歳。小柄でおとなしい、いかにも気の弱そうな青年だった。清村の「悪ふざけ」の標的としては、まさに打ってつけの相手

だとも云える。

「また同じこと、するつもりかしら」

まどかが呆れ顔で呟いた。

「莫っ迦みたい」

5

もじゃもじゃの癖毛に無精な口髭《くちひげ》、小太りの身体によれよれのコートを着た林宏也が見事〝第三の犠牲者〟になったあと、そうして全員が揃《そろ》った招待客たちは、角松フミエが出してくれた茶を飲みながら、迷路館の主人が現われるのを待った。

ところが、約束の四時から一時間も経とうかというのに、宮垣はまだ姿を見せない。秘書の井野満男もまた、いっこうに広間には現われなかった。

「まさか、井野さんが来ておられないというようなことは……」

宇多山が不安を口にすると、鮫嶋がすぐさまそれを否定した。

「私が着いてまもなく、一度ここに顔を出されたんですが」

「そうですか。その時には、何か？」

「いえ、別に。ただ、そう云えば何だかそわそわしておられましたね。気懸かりな問題でもあるような感じで」

「何かまずいことがあったのかなあ」

「まずい、と云うと？」

「たとえば、宮垣先生の体調が思わしくないとか」

三ヵ月前、自身の体調について「最低だね」と評した時に見せた、老作家の引きつったような薄笑いが頭に浮かぶ。

「ああ、確かにそういうこともあるかも」

物憂げな声で鮫嶋が云った。

「先月の初めに私、呼ばれてここへ来たばかりなんですよ。その時も先生、何だかひどく辛《つら》そうなご様子でしたから」

鮫嶋智生は、非常に手堅い仕事をコンスタントに続けている文芸評論家で、今日集まった五人の中では最も宮垣の信頼を得ている、というのが宇多山の見解だった。二人でこの館にこもり、ミステリ談義に明け暮れて一夏を過ごしたという逸話もある。

年齢は須崎よりも三歳下の三十八だが、宮垣との出会いはいちばん早くて、十年前『奇想』の第一回新人賞の評論部門で宮垣の絶賛を受けたことが、文筆業を始める契機となった。それまでは、都内の高校で数学の教師をしていたという。

痩身中背。短くした髪に彫りの深い知的な顔立ち。白いスーツでも着こなせば、若い頃は〝美青年〟で通用しただろうなと思わせる。

「正月に私がお会いした際の印象では、ずいぶん弱気になっておられるようだ、と」

宇多山が云うと、

「先月もそういう感じでしたね」

鮫嶋は少し声をひそめた。

「もう年だからとか、自分が死んだあとのこととか、そんな話題も出ました」

「死んだあとの？」

「ええ。例の『宮垣賞』創設の件も、また云っておられました。遺産はすべてその基金に充てるつもりだ、とかね」

「宮垣賞」については、以前から宇多山も聞かされている。江戸川乱歩がみずから自分の名を冠した文学賞を設けたように（運営母体は当時の日本探偵作家クラブだが、乱歩自身が基金を寄付している）、宮垣もまた、自分の名をそういった形で残したいと公言してはばからないのだった。

「遺産のすべてと云うと、相当な額になるでしょうに」

「そうですね。東京にまだだいぶ土地を持っておられるから、今だと十何億、あるいはそれ以上……」

「凄い」

桂子が目を丸くする。

「誰も血縁の人はいないのかしら」

「いないはずだよ」

と、宇多山が答えた。桂子は悪戯《いたずら》っぽく笑《え》んで、

「十何億なんて、もしもそんなお金を巡って相続争いでも起こったりしたら、それこそ殺人事件ものじゃない？」

「云えてるね」

そして、時刻が五時を何分かまわった頃——。

右手奥のドアが開かれ、秘書の井野満男がようやく姿を現わした。

「お待たせして申し訳ございません」

歯切れの良い硬質な声が、広い部屋の隅々にまで響き渡った。

グレイのスーツで若干太り気味の身を固め、薄くなってきた髪はきっちりと七・三に分けている。見るからに真面目そうな風貌の男である。

「不測の事態がありまして……どう対処するべきか、検討するのに今まで時間がかかってしまいました。どうも申し訳ございません」

「不測の事態？」

奥のドアにいちばん近い位置にいた須崎昌輔が、宇多山たちがここに来てから初めて耳にする声を発した。

「何かあったのですか」

「ええ」

井野は深々と頷いて、大広間にいる八人の顔をゆっくりと見ていった。それから、象のような小さな目を力なく足許に向け、嚙《か》みしめる口調でそれを告げた。

「宮垣先生が今朝、自殺されたのです」

第二章　競作・迷路館の殺人

1

ざわついていた部屋の空気が、一瞬にして静まり返った。

寝椅子に腰かけた須崎昌輔は、膝《ひざ》の上の本から目を上げたまま、角縁眼鏡のレンズの奥でしきりに瞬《まばた》きを繰り返した。テーブルの隅で身を縮めていた林宏也は、髭《ひげ》の下の小さな口をぽかんと開けている。清村淳一は椅子から半ば尻を浮かせた恰好《かっこう》で、その横にいて、先ほどから何やらテーブルの上で忙しく指を動かしていた島田潔はその動きを止め、井野満男の顔を凝視した。

こちらのソファでも、反応は似たり寄ったりだった。

鮫嶋智生も舟丘まどかも、大きく身を乗り出そうとした姿勢で凍りついている。告げられた言葉を聞いたとたん、はっと止まった桂子の息遣い。宇多山はと云うと、首を井野のほうに捩《ね》じ曲げたまま停止、次の瞬間には両手を上着のポケットに潜り込ませた。無意識のうちに煙草を探っていたのだ。

「はは、ははは……」

やがて、声を発したのは清村だった。ドアの前に立つ井野の顔を真正面に見据え、テーブルに片手を突いて立ち上がる。

「駄目ですよ、井野さん。その手は喰《く》わない」

道化た調子で吐き出された台詞《せりふ》に、

「どういうことでしょう」

と、秘書は鋭く眉《まゆ》をひそめた。

「しらばっくれないでくださいよ」

真っ白な前歯を剝《む》き出して、清村は笑った。

「エイプリルフールのお遊びには、そろそろ食傷気味なものでね」

その言葉で、場の緊張が一気にほぐれた。「よく云うわ」と呟《つぶや》いて、まどかが元どおりソファに身を沈める。

「まあでも、せっかく先生が企てた計画を無視しちゃうのも悪いし、ねえ、ここは適当に……」

「誤解されては困ります」

むっとした目で、井野が清村をねめつけた。努めて冷静を保とうとするように、口許に手を当てて小さく咳払いをすると、

「これは冗談でも何でもありません。いくらエイプリルフールだと云っても、そんなたちの悪い嘘は申しません」

「しかし……」

云いかけて、清村の顔からわずかに血の気がひいた。

「じゃあ、まさか本当に？」

井野は真顔で頷《うなず》いた。

「残念ですが、本当に宮垣先生は亡くなられたのです」

場に再び沈黙が訪れる。この間、招待客たち各々の心によぎった想いは果たして、どのようなものであったろうか。

「井野さん」

上着の袖《そで》にしがみついていた桂子の手をやんわりとほどいて、宇多山はソファから立ち上がった。

「もう一度、確認させていただけますか。つまりその、宮垣先生が今朝お亡くなりになった、そしてそれは自殺であった、と？」

「そのとおりです」

秘書は躊躇《ちゅうちょ》なく答えた。

「自殺というのは間違いないのですか」

「その点については、絶対に間違いございません。寝室のベッドで、多量の睡眠薬を飲まれた様子です」

ああ……と、長い溜息が部屋のあちこちで落ちた。宇多山は井野に向かって歩を進めながら、

「遺書は？」

「ありました」

「医者は？　医者は呼んだのですか」

「医者は、来ています。死亡診断も、すでに」

医者は来ている。井野のその言葉を、駐車場にあった余分な一台の車と結びつけるのは容易だった。

（あれは、変事を知らされて駆けつけた医師の車だったのか）

「警察は？」

寝椅子から井野の顔を見上げ、須崎昌輔が問うた。

「警察にはもう知らせたのでしょうね」

「そのことですが」

井野はつかりと一歩、足を踏み出す。難しい顔で一同に視線を巡らせて、

「本来はもちろん、ただちに警察へ通報せねばなりません。しかしながら、いかなる選択をするべきかというところで、私たちは非常に特殊な状況に置かれてしまったらしいのです」

「おっしゃる意味がよく分りませんが？」

「それは……この場所ではちょっと説明しにくい問題でして」

「変死である以上、警察に知らせる必要があります。すぐに電話を」

そう云って腰を上げる須崎を、

「お待ちください」

と、井野が両手を挙げて制した。

「確かにそのとおりです。警察には知らせなければいけない。ですが、今も云いましたように非常に特殊な状況で……つまり、亡くなった宮垣先生ご自身が、しばらくは

警察に連絡してはならないと云い遺しておられるのです」

「先生自身が？」

「何なの。どういうことなの」

まどかがソファから立った。

「さっぱりわけが分らない！」

「落ち着いてください」

場のざわめきを抑えて、井野は云った。

「とにかくですね、ここでいくらお話ししても埒《らち》が明きません。皆さん、どうか先生の書斎までおいでください。そこですべての説明をさせていただきます」

「――何てこった」

暗然と呟く島田潔の声が、宇多山の耳にまで届いた。ひょろりと立ち上がる彼の手から、何か黒いものがテーブルの上に投げ出される。

「こいつの作り方、教えてあげる約束だったのになあ」

二本の手に二本の足。尖《とが》った二つの耳に槍のような尻尾。背中には二枚の翼が付いている。――それは黒い紙で作られた、宇多山が今まで一度として見たことがないような〝折り紙〟だった。

2

大広間から館の中央部へ続くドアを出ると、すぐ右側——一メートル足らずで行き止まりになった廊下の一角に、等身大のブロンズ像が一体、置かれている。古代ギリシャ風のエキゾティックな衣装をまとった、若い女性の立像である。

左手をふくよかな胸に当て、右手を前へ、掌《てのひら》を上にして差し出している。この女性像の正体を、初めてこの家を訪れた桂子以外の者たちは誰もが知っていた。

紫黒色《しこくしょく》に塗られたドアの表面の、ちょうど目の高さあたりに留められた長方形の青銅板に、その名前が刻まれている。

〈ARIADNE〉

アリアドネ。

これもまた、怪物ミノタウロスと同じくギリシャ神話の登場人物の一人である。ミノス王の娘でありながら若者テセウスに恋し、怪物を倒すため迷宮《ラビュリントス》へ踏み込む彼に、道標に使う糸玉を授けた王女……。

館の最深部にある応接室〈ミノタウロス〉に対して、この大広間はそのアリアドネの名で呼ばれる。同様にこの館では、全部で十数室ある部屋のそれぞれに、ミノス迷宮のエピソードにゆかりのある神話の人物たちの名が与えられているのだった。

井野のあとに従い、八人の客たちは薄暗い廊下を進んだ。

廊下の幅は一メートルに満たない。部屋の中や玄関からの階段部分とは違って、床に絨毯《じゅうたん》は敷かれておらず、焦茶色のPタイルが剝き出しになっている。高い天井は、廊下の幅を一辺とする正方形のユニット――鉄骨とガラスで組まれた例の平たいピラミッドがそれだ――によって形成されている。ガラスは青みがかった厚い模様ガラスなのだが、そこから射し込む自然光はもう夕闇に侵されつつあった。

廊下は、直線と直角を基調としながら複雑に入り組み、館の中央部の相当な面積を埋め尽くしている。すなわち、この家の名称の由来たる「迷路」を形作っているわけである。

「ほんとに迷路みたいになってるんだ」

宇多山の横にぴったりと寄り添って歩きながら、桂子が囁きかけた。

「こんな変な家に一人で住んでるなんて、宮垣先生も」

と、そこまで云って、はっと口をつぐむ。

今しがた聞かされたばかりのこの家の主人の「死」。それをまだ、彼女は実感として受け入れられないでいるらしい。

いくつもの靴音が、砂色の壁で仕切られた狭い谷間のような空間に反響する。明りが灯される前の夕暮れという演出も手伝って、宇多山は何だか自分が、幾度も歩いたことのある迷路館の迷路とは異なる、見知らぬ「迷宮」の奥深くへと吸い込まれていくような感覚に囚《とら》われた。

この「迷宮」の主の、あまりに突然の「自殺」。

――今さら、長寿記録に挑戦しようなんて気もさらさらない。

三ヵ月前、淡々とそんなふうに語っていた彼……。

(あの時すでに、あの人は今日の日のことを考えていたのだろうか)

それにしても――と、一方で宇多山は思う。

井野満男の奇妙な言動は何なのだろう。

すこぶる冷静に見える。それはまあ、彼の持ち前の性格なのだとしても、いったい何故、この時間まで彼は皆に事件の発生を知らせなかったのか。今まで何を「検討」していたというのだろう。そしてまた、警察への連絡を遅らせるのが宮垣当人の「遺志」だとは、いったいどういうことなのか。

加速をつけて暗さを増してくる迷路状の廊下を、右に折れ、左に折れ……やがてようやく、一同は目的の部屋——宮垣葉太郎の書斎に到着した。

頑丈そうな紫黒色のドア。そこには大広間のドアと同様、長方形の青銅板が貼り付けられている。

〈MINOSS〉

刻まれた文字を目で辿《たど》る。

ミノス。

名工ダイダロスに命じて迷宮を造らせたクレタの王の名だが、製作者のミスだろうか、ローマ字表記のその綴《つづ》りは本来よりもSが一つ多かった。

井野がドアを押し開ける。八人は無言のまま、鈍い足取りでその部屋に入った。

畳敷きにして十数畳の広さがある。薄暗がりの中、左右両奥に見える二枚のドア。右がトイレと浴室、左が続き間になった寝室へと通じている。

入ってすぐ左側の壁を探り、井野が照明のスイッチを入れた。四方の壁面に取り付けられたランプ型の電灯に、黄色い光が灯《とも》る。そこでやっと、宇多山は見知らぬ迷宮を彷徨《さまよ》っている幻想から解放された。

「どうぞ、こちらへ」

井野が奥へと進み、左のドアを開けた。寝室の明りは点《つ》いていた。

客たちはそろそろと互いの顔を窺《うかが》い合った。隣室で待ちかまえているものとの対面に、誰もが気後れを感じざるをえないのだ。

「さあ皆さん、どうぞ」

ドアの横で待つ井野に促され、鮫嶋がまず足を踏み出した。そのあとを、さすがに神妙な面持ちの清村が続く。宇多山は桂子の手を引き、島田のあと、いちばん最後に寝室に入った。

「どうも先生、お待たせいたしました」

後ろ手にドアを閉めながら、井野が云った。「先生」と呼ばれた相手の男は、部屋の奥に据えられたベッドのそばに立っていた。壁に貼られた姿見を背に、黙って頷きを返す。

「黒江《くろえ》辰夫《たつお》先生です。宮津のＮ＊＊病院の内科部長さんで、この数ヵ月、宮垣先生がお世話になっておられました」

井野に紹介されて、男は黙ってまた頷いた。

五十年配の太った男だ。はちきれそうな身体を白衣で包んでいる。半ば禿《は》げ上がった卵形の頭。人の良さそうな丸い目で、取り巻いた客たちの顔を順に見ていく。

「このたびは、まことにご愁傷さまです」

厚ぼったい唇から嗄《しわが》れた声を絞り出し、彼はベッドに視線を投じた。

「宮垣さんに限ってまさか、こんなことになろうとは思いもしませんでした」

掛けられた布団が、仰臥《ぎょうが》した人間の形に膨らんでいる。そして枕の上——顔の部分には、事態を象徴する白い布が……。

黒江の手が布に伸びる。固唾《かたず》を呑んでその動きを見守りつつも、宇多山は同じ目の端で、ナイトテーブルに置かれたグラスと白い錠剤の入った薬壜《くすりびん》、作家の愛用していた金縁眼鏡といった品々を捉えていた。

布が取り去られた。

「ああ……先生」

悲鳴の響きを含んだ、まどかの呟き。同時にいくつもの溜息《ためいき》や喘《あえ》ぎのような声が、各人の口から零《こぼ》れる。

(何て安らかな死に顔だろう)

(しかし先生、どうしてあなたは……)

堅く目を閉ざした老作家の顔を見つめながら、宇多山は痺《しび》れたように熱くなる両の瞼《まぶた》をきつく指で押さえた。

3

「説明いたします」

寝室から書斎に戻ると、井野満男は一同に向かって云った。

「大変に重要なことですので、どうかよくお聞きください」

入口から向かって右手の壁ぎわに、黒い電話機とワープロの機械が置かれた立派な書斎机がある。井野はその傍らに立つと、革張りのアームチェアを引き出して黒江に勧めた。

「どうぞ先生、おかけください。それから」

と、秘書は一同を見やって、

「かなり込み入った話になります。皆さんも適当にお坐《すわ》りください。椅子の数が足りなくて恐縮ですが」

書斎机とは反対側の壁ぎわに、小さなテーブルとストゥールが二脚あった。宇多山は桂子をストゥールに坐らせ、自分は後ろの壁に背を凭《もた》せかけた。もう一脚のストゥールに、須崎昌輔が背を丸めて腰を下ろす。残り五人は、井野を半円状に取り囲むような恰好で部屋の周囲に散らばっていた。

「まずは順を追ってお話しするべきでしょうね。今日、私が宮垣先生のご遺体を発見するに至った経緯から——」

井野は両手をみぞおちのあたりで几帳面に組み合わせ、注目する一同の顔にちらちらと目を配りながら語りはじめた。

「本日予定されていたパーティの準備その他のため、私は一昨日《おととい》の夜からこの家にやって来ておりました。皆さんにお泊まりいただく部屋の用意をしたり、食料その他の必要品を買い出しにいったりと、昨日《きのう》は終日ばたばたしておりまして、ゆっくり先生とお話しする時間もなかったのですが、いま思い返すと、確かに先生の様子はいささか変だった。顔色が悪くて、言葉少なで……お身体の具合がすぐれないのだろうか、明日は大丈夫なのだろうかと、私もひととおりの心配はしていたのです。

昨夜、先生がお休みになったのが午後十一時過ぎのことです。部屋に引き揚げられる際、私に向かって『明日はくれぐれもよろしく頼む』と、ことさらのように強く云っておられました。

そして今朝、正午近くなっても部屋から出てこられないので、どうしたんだろうかと不審に思っていた矢先、こちらの黒江先生がお見えになったのです。黒江先生には以前お会いしたことがありました。宮垣先生がときどき宮津の病院まで赴いて、診察を受けていらっしゃるのも存じておりました」

あれほど医者嫌いだった宮垣が……と宇多山は内心、驚きを禁じえなかった。ということは、それほどまでに——宇多山たちが感じていた以上に、宮垣の健康状態は悪かったのか。

「黒江先生のお話によれば、ゆうべ宮垣先生から自宅に電話がかかってきたのだ、と。今日の正午に来てくれないか、と頼まれたそうなのです。

そうでしたね、先生」

井野が確認すると、黒江は神妙に頷いた。

「おっしゃるとおりです。病院があるのでと難色を示したところ、そこを何とか都合をつけてほしい、と強く頼まれましてな。宮垣さんにそう云われると、私も無下に断わるわけにはいかんかった。何しろ……」

言葉を切り、ちょっと考えてから黒江は続けた。

「この際だから、申し上げても構わんでしょう。つまりですな、宮垣さんは肺に重篤な病……癌《がん》を患っておられた。しかも相当に病状が進んでいて、回復は非常に難しい状態だったのです。その事実を、ご本人も正確に知っておられました」

宇多山は、煙草を吸ってはひどく噎《む》せ返っていた老作家の姿を思い出した。

(肺に、癌が……)

(……そうだったのか)

「そんなわけで」

と、井野があとを受けて続けた。

「黒江先生が来られて、私はこの部屋まで宮垣先生を呼びにきたのです。ところが返事がない。ドアには鍵が掛かっている。広間に戻り、電話の内線で呼び出してもみました。けれども誰も出ない。これは何かあったのだと思って、合鍵を使って入ってみますと、先生は寝室のベッドで、さっきご覧になったとおり……。

すぐさま黒江先生をお連れして、診ていただきました。ですが、とうに手遅れだったのです。そうして死体の枕許——自殺に使われた睡眠薬の壜の横に、遺書が置いてあった。これがその遺書です」

スーツの内ポケットから一通の白い封書を取り出して、井野は皆に示した。

「封筒の表に『井野君へ』とあります。この文字は宮垣先生の筆跡に間違いありません。中身の文章はワープロで書かれていますが、末尾に今日の日付と署名が、自筆で記されています」

封筒から、四つに折りたたんだ一枚の便箋《びんせん》が取り出された。秘書は丁寧にそれを開き、記されている文章を読み上げた。

「『私の死はみずから選んだものだ。慌てないようにしなさい。決してすぐに警察へ知らせてはならない。黒江医師が来ているはずだ。彼に証人になってもらい、書斎の机の上にあるカセットテープを聞くこと。私が死後に望むすべてが、それに録音してある。必ずその指示に従ってほしい。一九八七年四月一日　宮垣葉太郎』

どうぞ皆さん、ご確認ください」

井野は封筒と便箋を重ねて、いちばん近くに立っていた清村に手渡した。

「――ふん。確かに先生の字ですね」

真顔で頷いて、清村は隣にいた林に「遺書」をまわす。そのあとはひたすら重苦しい沈黙の中で、老作家の「遺書」は各人の手から手へと渡った。

「よろしいですね」

やがて手許に戻ってきた封筒と便箋を傍らの書斎机に置くと、井野は代わって、同じ机の上から一本のカセットテープを取り上げた。

「これが問題のテープです。とにかくまず、このテープを聞いていただかねばなりません」

部屋の入口から見て正面の壁ぎわに、特注の木製ラックに収められたAV機器と、おびただしい数のレコードやCD、ビデオテープなどのソフトが並んでいる。無類の映画好き、クラシック音楽好きでもあった宮垣の、自慢のコレクションである。

テープをケースから取り出しながら、井野は足速にラックの前へ向かった。アンプのスイッチを入れ、カセットデッキにテープをセットする。

『……諸君』

まもなく、やや唐突なタイミングでスピーカーから流れ出した声に、一同は身を硬くした。確かにそれは、この迷路館の主人、宮垣葉太郎その人の口から発せられた声に相違なかったのである。

『これを諸君が聞く頃には、私はすでにこの世の住人ではなくなっているだろう。このあと私は、みずからの意志をもって己《おのれ》の生と訣別するつもりだからだ。

私の身体は――もう黒江医師の口から聞かされているだろうか――肺癌に冒されている。去年の九月に検査を受け、初めて判明した。私という人間を信頼して癌の告知をしてくれた黒江さんには申し訳ないのだが、完治の見込みがほとんどない病と戦いながら生きつづけるのは、私の本意ではない。もはや手術は難しい状態で、するとあとは放射線やら抗癌剤やらで多少なりとも延命を、という話になるわけだが、そこまでして残り少ない生にすがるのも私の美意識には反する。だから――。だから私は、六十歳の誕生日の朝、みずからの手でこの命を絶つ道を選ぶのだ。人間、何事も潔くあらねばならない』

ここでテープの声は、「ふっ」と低く笑った。

『さて、そこでだ。

自分が死ぬのは良いとして、私には気懸かりな問題が二つばかりある。一つは、けっこう多額に上る私の資産の行方。もう一つは、諸君のうちの四人――須崎君、清村君、舟丘君、林君、君たちのことだ。

二番目の問題から説明しよう。

私はある意味で非常に傲慢《ごうまん》な人間だが、自分がこの四十年間、取り組んできた仕事に対する誠意と愛情だけは誰にも負けないと思っている。ポウに始まり現代に至るまで、数多くの先達《せんだつ》によって育て上げられてきた〝探偵小説〟というこの文学形態を、他の何物よりも愛おしく思う。口はばったい云い草だが、私はみずからの人生をすべて、この畸型《きけい》の文学の創造に捧げてきた。同時にまた、みずからの後継者たる人材の発掘にも、私なりに力を注いできたつもりだ。

そしてそう、「奇想」が輩出した多くの新人作家のうち、特に私が目をかけている才能がすなわち、今回の〝還暦祝い〟に招いた君たち――須崎、清村、舟丘、林の四君である、と。ただし――これが肝心な点なのだが――、私が君たちの今日《こんにち》までの達成に満足していると思われては困る。そのくらいは君たちも分っていよう。

君たちそれぞれに対する不満を、いちいちここで述べ立てはするまい。ただ、これだけは云っておきたい。総じて、君たちはまだまだ甘い。己の実力を充分に出しきってはいない。現在の君たちを見るにつけ、この先、君たちがその才能を完全燃焼させるようになるまでには、作家としてあと一皮も二皮も剝《む》ける必要があると思う。はて、いったいそれはいつの日のことか……。

これがまあ、私の抱いている懸念の一つであるわけだ。いいかな』

名指しされた四人の作家たちは、複雑そうな表情で互いの顔を盗み見た。

『次に、もう一つの気懸かりについて述べよう。私の遺産の問題だ。

正確な金額は分らないが、親の代から東京に持っていた不動産がまだだいぶ残っているから、これは恐らくかなりの額に上るだろう。不動産としてはむろん、この迷路館もある。建てるのにかかった費用はさておき、まあ、こんな妙な家では処分に困るだろうがね。その他、保有している有価証券、銀行預金、作品の著作権……すべてを合わせれば、ふん、十何億かにはなるか。

ところで、諸君も知ってのとおり、私には現在まったく親類というものがいない。結婚も一度もしていない。そこで私は、かねがね自分の死後、この財産を宮垣葉太郎の名を冠した文学賞の制定・運営のための基金として使うようにと公言してきた。それを指示する正式な書類も近々、作成するつもりでいた。しかし今、私はこの計画に若干の変更を加えたいと考えているのだ。

私の全財産のうち半分を、これまでの公言どおり「宮垣賞」の基金に充てる。そして残りの半分を、私はある個人に譲ろうと思うのだ。

この個人の氏名はまだ決定していない。それはこれから審査されねばならない。

どういう意味か、と首を傾げる諸君の顔が目に浮かぶようだな。――いいかね？　こういうことだ。今回、還暦祝いと称して諸君をここに招いたのは、他でもない、私の遺産の相続者を誰にするか、これを諸君の手によって決めてもらうためなのだ。そしてその候補者となるのが、さっき云った私の気懸かりの一つ――須崎君、清村君、舟丘君、林君、君たち四人なのだ』

聞く者たちの反応を楽しもうとでもするかのように、テープの声はここで長い間を取った。

「どういう意味？」

まどかがきょろきょろと場を見まわした。

「ねえ。いったいこれ、どういう……」

「まだ続きがあります」

井野がたしなめた。

「とにかく黙ってお聞きください。ご質問はそのあとで」

『このアイディアが浮かんだ時、私は愉快でたまらなかったよ。まさに前代未聞の試みではないか。私の脳細胞もまだまだ捨てたものじゃない、とね』

テープの声が話を再開する。

『さて、きちんと説明せねばなるまいな。私がこのあと——つまり私の自殺が発覚したあと、諸君に対して望む行動を、だ。

その一。

私の自殺を警察に知らせるのは、これより五日後、四月六日の正午とする。それまでは決して、部外者をこの館に立ち入らせてはならない。五日間くらいならまあ、死体もそうひどく腐らずに済むだろう。

その二。

それまでのあいだ諸君は、井野君と黒江医師を除き、原則としてこの館から一歩も外へ出てはならない。諸君の中にはいろいろと予定のある者もいるだろうが——特に多忙な宇多山君には申し訳ないのだが、そこは無理にでも都合をつけてほしい。お手伝いの角松フミヱについてはすでに、一日から六日までこちらに泊まり込んでくれるよう頼んである。黒江さんは、どうか死者の意向を尊重して、館を出てからも六日の正午までは決してこのことを他言されないよう、お願いしたい。

その三。

そうしてこの五日間において、遺産相続者の審査・選抜が行なわれる運びとなる。さっきも云ったとおり、候補者は四人。

君たちはこの期間内に——正確には四月五日の午後十時を締切として、審査材料となる小説を一編ずつ書かなければならない。できあがった四人の作品を、編集者の宇多山君、評論家の鮫嶋君、それから〝愛好者代表〟ということで島田君、この三人が読み、六日正午までに優劣の判定を下す。その結果、最も優秀であると認められた作品の作者に、私は遺産の相続権を与えようと思うのだ。審査員の……』

場が騒然としはじめた。あまりにも突飛な「遺言」の内容に、集まった誰もが驚きを抑えられない。

「お静かに」

と云って井野が、回転を続けるテープに一時停止《ポーズ》をかけた。

「しかし井野さん、これは……こんな無茶苦茶なことって」

宇多山が云うと、

「確かに突拍子もない話ですが」

秘書は小さな目をしばたたいた。

「とにかく先をお聞きください。このあたりがいちばん重要な部分ですので」

少し巻き戻しをしてから、井野はポーズを解いた。

『……相続権を与えようと思うのだ。審査員の諸君にはむろん、相応の額の報酬を約束する。

その四。

作品の規定枚数は、四百字詰め原稿用紙に換算して百枚程度とする。本当は長編を書かせたいところなのだが、こういった演出をしてしまう以上はまあ、仕方があるまい。五日間で百枚。多いとも少ないとも、人によって一概には云えない分量だろう。たとえば、筆の遅い須崎君などはこれを厳しいと感じるかもしれないが、ここではそうだな、遅筆と寡作とは意味が違うのだということを、自己弁護も兼ねて云っておこうか。

その五は、作品のテーマについて。

当然ながら、君たちが書かねばならないのは〝探偵小説〟だ。審査のほうも、あくまでそのつもりで行なっていただきたい。加えて私は、作品の内容に関していくつかの条件を示したいと思う。

それは……うむ、ここがこの〝コンテスト〟の最大の妙味とも云えるかな。

まず、作品の舞台としてこの家、迷路館を使うこと。なおかつ、登場人物には今日ここに集まった人間を使わなければならない。その中にはもちろん、この私、宮垣葉太郎も含まれることになるだろう。私を死者として扱うかどうかは、諸君の自由にしてよろしい。

条件はさらにもう一つある。作中で起こる事件は殺人事件とし、それぞれの作者すなわち君たち自身を、その被害者にしなければならない。

どうだろう。なかなか楽しい趣向だとは思わないかね。現実に滞在している奇妙な館を舞台に、みずからを被害者とする探偵小説を書く。実に魅力的なモティーフではないか。残念なのは、私自身がその作品を読めないこと、だが。

その七……いや、六か。

原稿の執筆は、各人に割り当てられた部屋で、用意してあるワープロを使って行なうこと。字の上手下手というのは、これがけっこう作品の評価に影響を及ぼす可能性もある。確か君たちは四人とも、最近はワープロで仕事をしていたはずだったな。だからまあ、問題はないだろう。

何らかの不正行為の発覚が即、失格につながるのは云うまでもない。定められた期間中、館から外へ出ることも〝違反〟に含まれる。また、この〝コンテスト〟に参加あるいは協力する意思のない者が一人でも現われた場合には、その時点で〝コンテスト〟は中止、この遺言は無効になるものとする。

以上、述べた内容を保証する正式な書類は、すでに作成して金庫に保管してある。井野君はそれを確認のうえ、すみやかに事が進むよう行動してほしい。

さて……ああ、こんなに長々と喋ったのはずいぶん久しぶりだな。さすがに疲れてしまった。

この、恐らくは史上最大の懸賞小説に、君たちがその才能を遺憾なく発揮してくれることを心から期待しつつ、私は一足先に冥途へ旅立つとしよう』

4

井野がテープを止め、巻き戻しを始める。先刻とは打って変わって、室内に散らばった八人は口を開くことを忘れ、各々いま聞いた「遺言」の内容を心中で反芻《はんすう》しながら、じっとその動きを見守るばかりだった。

「お聞きになったとおりです」

巻き戻しが終わると、井野はデッキからテープを取り出し、元どおりケースに収めてから一同に向かった。

「皆さんへのご報告が遅れたのは、このテープの内容を私なりに検討していたためでした。テープの最後に触れられている『正式な書類』については、すでに確認済みです。法的にも充分、有効なものであると認められます」

二十代後半から十年近くの間、誠実な秘書として宮垣葉太郎に仕えてきたこの男は、作家宮垣の熱烈な信奉者である一方、弁護士の資格を備えてもいた。もっとも、「肌に合わない」との理由でそれを生業《なりわい》とはせず、東京では普段、司法試験向けの予備校講師などをしているらしい。

「私自身は宮垣先生の秘書として、先生のご遺志が実現するよう、あらゆる努力をする義務があると考えております。先にこのテープをお聞きになった黒江先生は、幸いにも協力を約束してくださいました」

「こんなとんでもない事態に出くわすのは、むろん初めてですが――」

黒江が応えて云った。膝の上に置いていた茶色い鞄《かばん》を足許に下ろしながら、

「まあ、故人の遺志はできる限り尊重せねばなりますまい。若干その、抵抗を覚えないでもないが」

「要らぬご迷惑をおかけするようなことは、決してないよう取り計らいます」

井野が自信ありげに云う。

「きわめて特殊なケースですが、恐らくその辺は、警察に対しても弁解が成り立つと思いますので」

書斎机のそばに戻り、先ほどの封筒の上にカセットテープを重ねて置くと、秘書は改めて一同の顔を見まわした。

「ご質問があれば、どうぞご遠慮なく」

口を開きかけた者は何人かいた。宇多山もその一人で、何か訊きたい、訊かねばとは思うのだが、うまい言葉が見つからない。他の者たちも似たような様子である。

「明後日《あさって》の午後にあたし、テレビ出演の予定が入ってるんだけど」

やがてまどかが、独り言のように云いだした。

「初めての機会だから、けっこう楽しみにしてるのに……」

「テレビぃ？」

呆れたように大声を張り上げたのは清村。

「あのねえ舟丘センセイ、それどころじゃあないでしょうが」

「何よ、その云い方」

まどかは見る見る頬《ほお》を紅潮させて、

「分ってるわよ、あなたの云いたいことぐらい。こっちは何億っていう遺産がかかってるんだぜ、でしょ」

「状況を理解してはいるようだね」

「莫迦《ばか》にしないでちょうだい。——でも、こんなの正常じゃない。たった百枚の原稿が、そんな大金の行方を決めるなんて」

「いかにも宮垣先生らしいじゃないか。先生の自殺はそりゃあショックだけど、ただじゃあ死なないっていうのはこういう……おっと失言。何にせよ、とりあえず僕たちは、先生に才能を見込まれていたことをありがたく思うべきだろうね」

清村は凭れかかっていた壁から背を剝《は》がし、井野のほうに向き直った。

「もちろん僕たちは、このゲームに参加させていただきますよ。もちろんね。須崎さんと林君も当然、異存はないでしょう」

「いかがですか、お二方」

井野の問いかけに、ストゥールで背を丸めていた須崎がこくりと首を縦に振る。林は鼻の下の髭をせわしなく撫《な》でながら、

「僕も」

とだけ、小さな声で答えた。

「あとは〝審査員〟の皆様だ」

清村は鮫嶋と島田、宇多山の顔を順に見やり、

「まさか、お断わりだなんて云う人はいないでしょうね。——鮫嶋先生？」

評論家は頷き、軽く目を閉じながら答えた。

「宮垣先生のお望みである以上、私としてはそれに従うしかありません」

「島田さん？」

「ああ……いやあ、僕はどうせ閑人《ひまじん》だから」

寝室のドアに凭れて腕組みをしていた島田は、そう云って唇をすぼめた。

「——にしても、こいつは責任重大だなあ」

「宇多山さんは？」

「はあ。それはその……」

即答を避けつつ、宇多山は桂子の様子を窺う。その動きを見て取り、

「奥さんのお身体がご心配ですか」

と、井野が訊いた。

「ええ。やはりその……」

「奥さんについては、そうですね、例外と考えても良いだろうと思います。〝コンテスト〟における役割は明示されていませんから。何でしたら、黒江先生とご一緒に先に帰られても」

「いえ。わたし大丈夫です」

きっぱりと云って、桂子は宇多山を振り返った。

「大丈夫。せっかく来たのに一人で帰されるなんて、そのほうが嫌だわ」

「よし。決まりですね」

清村が意気揚々と声を上げた。ついさっき隣室で味わったショックも、思いがけぬ展開にすっかり吹き飛んでしまったらしい。

「競作・迷路館の殺人——か。ふん。『史上最大の懸賞小説』とはね、さすが宮垣先生、よく云ったもんだ」

第三章　その夜

1

黒江辰夫が帰っていくと、井野の手によって玄関の二枚の扉が施錠された。さらに、玄関ホールと地下への階段を仕切る格子扉にも鍵が掛けられる。

続いて彼らがしなければならなかったのは、明日以降六日までの各自のスケジュールを調整する作業だった。しばらくの間、大広間に一台だけ置かれた電話機は、主に東京への長距離通話で塞《ふさ》がりっ放しの状態となった。

ようやくそれが一段落したのが、午後七時前のことである。

「皆さん、ちょっとこちらにお集まりください」

井野がテーブルに八人を呼び寄せた。

「どうしてもやはり不都合があるという方は？　おられませんか。――おられませんね。けっこうです。

何点か、注意事項を申し上げておかねばなりません。どうぞおかけください」

二時間前この広間に姿を現わして以来、彼の態度や話しぶりは終始、落ち着き払ったものだった。

雇い主の「遺言」を忠実に守らねばならない。そういった強い義務感のなせる業《わざ》だろうか。いや、単なる職業意識だけで、こうまで冷静な対処ができるものではない。そこには恐らく、宮垣葉太郎という特異な作家の趣味や性癖――もっと大袈裟《おおげさ》に云えば一種の思想――に対する、深い理解と共感があるのに違いない。

いずれにせよ大したものだな――と、宇多山は自分よりもいくつか年下の、実直そうな目をしたこの秘書のことを、ある意味で見直したい気分だった。むろん、それ以上に「大した」人物は、このとんでもない〝遺産相続ゲーム〟を企てた宮垣葉太郎その人であるわけだが……。

「まず、皆さんにお泊まりいただく部屋の件ですが、すでに部屋割りは決めてあります。そして、これは昨日から私も気づいていたことなのですが、須崎さん、清村さん、舟丘さん、林さんの部屋には、それぞれ同じ機種のワープロが置いてあります。

文書保存用のフロッピーディスクが三枚、B5の印刷用紙が五百枚、機械のマニュアルその他、必要なものは揃《そろ》っているはずですが、もしも不備があるようでしたら私にお申しつけください。

部屋割りは、なにぶんこのとおり複雑な家ですので、図に書き込んでコピーしておきました」

黒い書類鞄から人数分のコピーを取り出すと、井野はそれを皆に配った。

井野の云ったとおり、A4判の大きさのその紙にはこの館《やかた》の平面図が描かれており、部屋の割り当てが几帳面な文字で記入されている。宇多山と桂子は、それぞれ〈ポセイドン〉と〈ディオニュソス〉。館の東側で、この大広間にいちばん近い位置にある部屋だった。

「初めてここにお泊まりになるのは、確か宇多山夫人お一人だけですね。他の皆さんはご承知かと思いますが、念のためひととおりの説明をさせていただきます」

井野が続ける。

「トイレは各部屋に備わっております。浴室はこの広間を出て左にありますので、ご自由にお使いください。図書室、応接室、娯楽室も常時開放しておきますので、自由に出入りなさってけっこうです。ただ、先ほどの書斎には鍵を掛けさせていただきました。お入りにならないようお願いいたします。

食事は原則として、この広間で摂《と》っていただきます。いちおう朝食は午前十時、昼食は午後一時、夕食は午後八時と決めて用意させますので、普段の生活時間と合わない方もおられるでしょうが、そこはご容赦ください。この広間と応接室にあるサイドボードのお酒は、好きにお召し上がりになって構いません。

玄関の鍵は私が預からせていただきますが、どうか皆さん、決して外へはお出にならないように。つまらないことで、先ほどの遺言をふいにしたくはありませんので。万が一、何か緊急の事態が発生した場合は、すぐに私までお知らせください。——よろしいですね」

「ねえねえ」

小声で云って、桂子が宇多山の肩をつついた。

「何だい」

「どうしよう。余分の着替えとか、持ってきてないわ」

「私が明日、車で買い物に出ますので」

井野が聞き留めて答えた。

「皆さん、必要な品を今夜のうちにメモしてお渡しください。まとめて購入してきます。——それでは」

と、秘書はサイドボードの上の置時計に目をやり、

「とりあえず荷物を、ご自分の部屋のほうへ。各部屋の鍵はドアの鍵孔に差し込んであります。八時には食事の用意ができるはずなので、ここにまたお集まりください」

2

さてここで、この奇妙な館——迷路館の部屋の配置を簡単に説明しておく必要があるだろう。(Fig.1「迷路館平面図」p.20参照)

地上の玄関から階段、そして大広間は、全体として見たとき建物の南側の端に位置する。これに対して、中央の広大な迷路部を挟んだ北側の端に、応接室〈ミノタウロス〉がある。その東西両側にあるのが図書室と娯楽室で、それぞれにミノス迷宮の共同設計者である〈エウパラモス〉と〈ダイダロス〉の名が付けられている。ミノス王の名を持つ主人の書斎・寝室は、図書室〈エウパラモス〉に隣接した位置にある。

迷路部をぐるりと取り囲む恰好《かっこう》で、残りのスペースを十一の部屋が埋めている。東側に四部屋、西側に七部屋。これらの部屋にも先述のとおり、それぞれ神話の登場人

物の名が付けられており、角松フミヱが普段から使っている〈ポリュカステ〉が厨房から出入りできるのを例外として、どの部屋へ行くのにも中央の迷路を通らなければならない。全室にトイレが備え付けられているのは、だから当然と云えば当然の配慮だった。

井野の話が終わると、客たちは各自の荷物を持ち、配られた平面図のコピーを片手に大広間を出ていった。幾度となくここを訪れたことのある者もいるが、それにしてもこの家の複雑な迷路の構造を完全に記憶できているはずがない。図がなければ、多かれ少なかれ迷ってしまうに違いなかった。

全員が一度に出ていっても、狭い廊下だから混雑は目に見えている。宇多山は桂子が立ち上がろうとするのを止め、皆の姿が消えるのを待ってからテーブルを離れた。

そうして広間を出ると、出たところにまだ男が一人、残っていた。島田潔である。手提げのバッグをぶらぶらと振りながら、ドアの傍らに置かれた例のブロンズ像を眺めている。

「それがどうかしましたか」

宇多山が尋ねると、

「いえね、これって――」

島田は平面図を持った左手を、すっと像のほうに伸ばした。

「ギリシャ神話のアリアドネ姫、でしょう？」

「そのつもりなんでしょうね」

「ふん。——いやね、この右手の恰好」

と、島田は像のその部分を軽く指先で触れ、

「何かをこう、掌《てのひら》の上に載せて差し出しているような感じですよねえ」

「ええ」

「妙だと思いませんか、何も持っていないっていうのが。本来この掌の上には、テセウスに渡す例の糸毬《いとまり》が載っていて然《しか》るべきだと思うんですけど」

「なるほど。しかしこれは、それを渡したあとの像だと考えればいいわけじゃありませんか」

「ふうん。渡したあとねえ……」

何やら名残り惜しそうに呟きながら、島田は尖《とが》った顎《あご》を撫《な》でる。宇多山と桂子が先に行こうとすると、そこでやっとアリアドネのブロンズ像から目を離し、すたすたとあとをついてきた。

ドアを出て左、そしてすぐに右へ折れる。行き止まりに続く左右への分れ道をやり

すごすと、廊下はまっすぐに北へ延びている。両側の壁にぽつぽつと明りが灯《とも》っているが、その光は弱々しくて、空間はむしろ薄闇に近い。天井を見上げると、整列したピラミッドのガラスは黒々と夜に溶け込んでいる。

直線をずいぶんと進んだところで、右手に分れ道が現われる。宇多山と桂子は、ここを曲がらなければならない。

「ああ、そっちですか。宇多山さんの部屋は……はあん、〈ポセイドン〉か。ミノタウロス出生の張本人ですね」

島田が気さくな調子で話しかけてくる。

「ええと、僕の部屋は〈コカロス〉。——この先を左、か。コカロスってどういう人物なのか、ご存じですか」

「シシリー島の王の名ですね。ミノス王の許から逃れたダイダロスを保護した、という役まわりです」

「ふうん」

島田は手許の平面図をしげしげと見ながら、

「やあ、知らない名前がだいぶあるなあ。あとで調べなきゃなあ」

部屋の割り当ては、恐らくこの〝コンテスト〟を想定して宮垣が決めておいたのだろう。館の西側に作家たちが、東側に〝審査員〟が、といった形でおおよそ振り分けられている。それで云うと、島田は宇多山と同じ側であるはずだが、部屋数の都合で西側にまわされたようだった。

島田と別れると、桂子がそっと宇多山の手を握ってきた。

「どうしたの」

宇多山が訊くと、彼女は心細げな声で、

「何となくね、宮垣先生の遺体があの部屋にあるのかと思うと、わたし……」

「ああ」

溜息とともに、胸がずっしりと重くなる。常識離れした事の展開のせいで、つい忘れてしまいそうになるが……そうだ。それが現実なのだ。

(先生のあの、安らかな死に顔……)

「それにね、宇多山さん。よく考えてみるとやっぱり、こんなのって普通じゃないと思う」

「怖くなってきた?」

「怖いっていうんじゃないけれど」

桂子は足を止めて周囲を見まわし、

「だけどね、この廊下を歩いてると、何だかあっちこっちに何かが隠れていそうな感じで、ひどく気味が悪い。あの仮面《マスク》にしても……ね」

廊下の壁にはところどころに、白い石膏の仮面が飾られているのだった。

青年、女性、老人、獣……どれも違う顔をしたそれらの白い目は、弱々しい光の加減でだろうか、全部がじっとこちらを見つめているようにも感じられる。あるいは「迷路の道標代わりに使え」という意味があるのかもしれないが、確かにあまり気味の良い装飾とは云えない。

いくらか足速になって、二人は廊下を進む。歩きながらやがて、桂子が訊いた。

「ね、わたしの部屋――〈ディオニュソス〉って、どういう人の名前なの」

「この世で初めて葡萄酒《ぶどうしゅ》を造ったっていう、お酒の神様だよ。別名バッカス」

「あ、その名前なら聞いたことある」

「ミノタウロスの話は君も知ってるだろう」

「うん。だいたいのところは」

「迷宮の怪物を倒したテセウスは、アリアドネを連れてクレタ島から逃げ出した。その後、アリアドネはテセウスに捨てられてしまうんだけど、そこへディオニュソスが現われて、彼女を自分の妻にしたっていうエピソードもある」

「ふーん。ややこしいんだ」

「日本のもそうだけど、神話っていうのはどれもこれも、やたらと人物関係が入り乱れてるから。まあ、だからこんなふうにして、たくさんの部屋の全部に〝関係者〟の名前が付けられるわけだけどね。あとで須崎先生にでも講釈してもらうかい?」

「物知りの顔してるものね、あの先生。でも、何となく陰気で、わたし苦手だな」

桂子を部屋まで送っていってから、宇多山は自分の部屋に入った。二つの部屋の間には幸い、迷うような箇所はない。これなら別々でも安心だ。

井野の言葉どおり、ドアの鍵孔に鍵が差し込んであった。鍵には小さな黒いタグが付いており、白抜きのローマ字で〈POSEIDON〉と記されている。

さっき島田が、この海神について「ミノタウロス出生の張本人」と云っていたが、確かにそう云えないこともない。ポセイドンが贈った白い雄牛に対して、ミノス王の妃《きさき》パシパエが抱いた異常な愛情の結果、畸《き》型《けい》の王子ミノタウロスは産み落とされたからである。

客室は八畳ほどの洋間で、右手奥にトイレのドアが見える。左手にベッドが、その手前に机が置かれ、ベッドを挟んだ向かいの壁には大きな姿見が貼られている。

鞄からカーディガンを取り出した。寒くはないが、空気がいやに冷え冷えと感じられる。

上着をベッドに脱ぎ捨て、カーディガンの袖に腕を通しながら、何気なく姿見に映った自分の顔を見る。色黒で童顔、ぎょろりとした目の縁に薄く隈《くま》ができている。だいぶ疲れているな、と思った。

多忙と、毎日のように飲む酒と……。宮垣ではないが、考えてみれば宇多山もこの十何年間、身体に良いことなど何一つしていない。

(ああ……)

堅く目を閉ざした老作家の顔が、またぞろ脳裡《のうり》に蘇《よみがえ》る。

(何もそこまで、死に急ぐ必要はなかったでしょうに……先生)

やりきれぬ想いが心を締めつける。しかしそれとは裏腹に、

(このとんでもない状況の中で、いったいどんな作品が生まれてくるのだろう)

否応なく高まる期待に、編集者としての自分は胸を躍らせている。それもまた事実なのだった。

いったいどんな作品が……？　そして、四人の作家たちのうちの誰が、巨額の〝賞金〟を手に入れることになるのだろうか。

3

「……弱ったなあ。ほんと、弱った」

「うるさいねえ。弱ったって云っても、そいつはどうにも仕方がないだろう」

「だけど、僕にしてみたら大問題なんです」

「すぐに慣れるって。最初からそう決め込むんじゃないの」

「そりゃあ、清村さんはいいですよ。もともと書くのも速いし」

「速けりゃいいってもんじゃないさ。もっとも、須崎さんくらい遅いのは考えものだがね。君はあれほどじゃないだろ」

「それはまあ……」

清村淳一と、もう一方は林宏也の声だ。迷路を形成する砂色の壁を隔てた向こうから、二人分の靴音とともに響いてくる。

宇多山と桂子は曲がり角の手前で立ち止まり、顔を見合わせた。

「……けどね、やっぱりキーボードがあれだと」

「そんなのは大した問題じゃない。速さだけで云やあ、僕にしたって手書きのほうがずっと速いんだからさ」

「いえ、速さよりもむしろ、これは心理的な問題で」

「もう……。僕の知ったことじゃないな。僕ら四人は今や、云ってみればライバル同士なんだからね。井野さんにでも直訴してみたらどうだい」

二人の声と足音が、間近に迫る。

「どうしたのですか」

と問いかけて、宇多山は足を進めた。角を曲がると、ちょうど二人が右手からやって来たところだった。

「やあ、宇多山さん。林君がね、うるさいんですよ。僕に愚痴るのは筋違いだって云ってるのに」

「何か不都合な問題でもあったのですか、林さん」

「ええ。あの、その、実は――」

林は俯いて、無精に伸ばした硬そうな癖毛をがりがりと掻きまわした。

「部屋に用意されているワープロが、ちょっと」

「と云いますと？」

「用意してあったのはＮＥＣの〈文豪《ぶんごう》〉なんですけどね、彼がいつも使っている機種と勝手が違うから困るって云うんですよ」

と、清村が代わって答えた。

「ははあ」

宇多山は納得して頷いた。

「そう云えば、林さんは〈オアシス〉でしたっけ」

「そうなんです。それでちょっとめげてしまって。慣れないキーボードだと、やっぱりその……」

冴えない声で云って、林はさらに髪を掻きまわす。

ここ数年、普及が著しい日本語ワードプロセッサだが、各メイカーが競って発売している機械は、そのほとんどが「ＪＩＳかな配列」と呼ばれるキーボードの文字配列を採用している。かなを入力する方法としては、別にローマ字入力のモードも用意されており、どちらを用いるかはユーザーの好みで自由に設定できる。宮垣葉太郎がこの二、三年、使用していたＮＥＣの〈文豪〉という機種（だから今回用意されたのもそれだったのだろうが）も、この例に洩れない。

ところが一方、富士通《ふじつう》が出している〈オアシス〉という機種が、その例外として存在するのである。〈親指シフト〉という呼称で知られるその入力方式は、使うキーの数が従来よりもずっと少なくて済むというメリットを持っているが、それゆえ、キーボードのかな配列が他機種とはまったく異なっている。そんなわけだから、〈オアシス〉のユーザーで普段からその入力方式に馴染《なじ》んでいる林が、機種の違いを嘆くのは当然とも云えた。

「まあまあ。大丈夫ですよ、林さん」

眉を寄せた若い作家に向かって、宇多山はとりあえず励ましの言葉をかけるしかなかった。

「五十音のほうは憶《おぼ》え直すのが大変でしょうけど、ローマ字入力にすれば、何時間かですぐに慣れてしまいますから」

「——はあ」

と、林はあくまでも浮かない顔である。

気持ちは分るものの、このあたりの気の弱さが作家林宏也のウィークポイントなのだ——と、宇多山は思う。彼が書くミステリは、その緻密さと手堅さでけっこう高い評価を受けているが、いま一つ若々しいパワーに欠ける。それは何よりも、彼のこういった性格の表われではないかと思うのである。

四人は揃って大広間に向かった。

広間にはすでに須崎と鮫嶋が戻っていて、ソファで話をしていた。まどかと島田の姿はまだ見えない。テーブルにはそろそろ、食事が用意されはじめている。

ドアの近くの寝椅子に、井野が腰かけていた。林がさっそくワープロの件を訴えると、彼は冷然と首を横に振って、

「それは我慢していただくしかありませんね。確かに、いくらかのハンディにはなるでしょうが」

「そうそう、井野さん」

肩を落として溜息をつく林の横から、清村が話しかけた。

「僕の部屋ですけどね、ドアのプレートが外れてるんですが」

「清村さんは――」

と、井野は傍らから例の平面図を取り上げ、

「ああ、〈テセウス〉ですか。そう。あの部屋のプレートは留め具が緩んでしまってましてね、去年から外したままなんですよ。ご不便ですか」

「いや。不便っていうほどでもないんですけど、さっきは少し……目的の部屋に到着したものの、ドアに表示がないもんで戸惑ってしまった。鍵のタグがあったから、まあすぐに確認できましたが」

「何でしたら、紙に書いて貼り付けるなり……」

「それには及びませんよ。何度か往復すれば、自分の部屋への道順くらい憶えられるだろうし」

そう云って、清村は血色の良い薄い唇をちろりと舐《な》める。

「しかし、怪物退治の主人公の部屋のドアが〝名無し〟だっていうのは、あんまりさまになりませんねえ」

「井野さん。ところで――」

と、今度は宇多山が話しかけた。

「お手伝いの角松さんには、事情はすべてお話しになっているのでしょうか」

「それなんですが」

井野は厨房のドアのほうをちらと見やり、

「六日までこちらに泊まり込んで食事を作ってくれることは確認しましたので、宮垣先生の件は当面、伏せておいたほうがいいだろうと」

「先生がまったく顔を出されないと、変に思われるのでは？」

「先生は病気で寝ておられるから、と云っておきました。食事は私が部屋まで運ぶことにしてあります」

「なるほど。彼女がいる場所では、話す言葉を考えなければなりませんね」

「いえ。それもあまり気にしなくて大丈夫でしょう」

ちょうどそのとき厨房のドアが開き、フミヱが食器を持って広間に入ってきた。井野は心持ち声を低くして、

「彼女、だいぶ耳が遠いんですよ。そして、あまり私たちのしていることには関心がない。五日間はちょっと長丁場ですが、まあ、部屋でテレビでも見せておけばそれで文句も云わない人ですから……」

「いい匂いがしてきたな」

清村が云って、テーブルのほうへ足を進めた。

「もう八時ですね。こんな場合だけれど、すっかり腹が減っちまった。まだ揃ってないのは？　まどか女史と島田さんですか」

軽く肩をすくめてみせるその仕草が、彼には妙に似合っている。

「あ、これこれ」

と云いながらテーブルの上から何かを摘《つま》み上げて、清村が宇多山のほうを振り返った。見ると、先ほど島田が作っていた黒い〝折り紙〟である。

「宇多山さん、ご存じでしたか。僕はいつだったか、何かの本で目に留めた憶えがあ

るんだけど、実物は初めて見ましたよ。見事なもんだな」

「はあ……」

清村に近づきながら、宇多山はその折り紙の形状を観察した。

「ほう。悪魔、ですか」

「耳に翼、口、足、手にはちゃんと指が五本ある。これが一枚の紙で、一つの切り込みも入れずに作られているんですよ」

「ほほう。それは凄い」

「〝愛好者代表〟らしいけど――」

折り紙の「悪魔」を掌の上に立たせて、清村は宇多山の顔を窺《うかが》った。

「彼、宮垣先生とはどういう知り合いなんでしょうね。聞いてますか」

「いや。詳しいところは、私もまだ」

「じゃ、あとで訊いてみなきゃね。僕たちにしてみれば、〝審査員〟の信頼性っていうのは非常に気になる問題ですから」

「今日の逆だったんですよ」

4

出されたコーヒーにたっぷりとミルクを入れながら、島田潔は宇多山の質問にそう答えた。

「つまり、宮垣先生が車のトラブルで困っておられるところへ、たまたま僕が通りかかったんです」

「ほう」

食後の一服を——と、思わず煙草に手が伸びそうになるのを抑えつつ、宇多山は軽く身をのけぞらせた。

「まったく偶然に、ですか」

「ええ。もっとも、僕のほうはその時、迷路館を一度見てみたいと思ってここへ向かう途中ではあったんですが。

去年の十二月のことです。雪が心配な時期だったから、僕は今日と同じルートで、宮津からこの村へ向かっていた。そこで偶然、エンコしているベンツに出遇《であ》ったんですよ。さすがに場所は今日と違いましたけどね。いま思えば、宮津の病院へ行かれた帰りだったんじゃないかなあ」

コーヒーをうまそうに啜《すす》り、島田は続ける。

「トラブルは単なるパンクだったんですけど、タイヤを交換するのに一人で苦労しておられて……根がお節介なもので、最初はそれが宮垣葉太郎だとも知らずに修理を手伝ってあげたんですが、途中で何となく気がつきましてね。こりゃあ本の写真と同一人物じゃあないかって。

といったところがまあ、先生と知り合ったきっかけだったんですよ。ちょっとお手伝いをしただけなのに、たいそう感謝されちゃって、時間があればぜひ家に来て夕食でも、と。僕にしてみれば、もともとこの家が見たくてこっちまで足を延ばしたんだし、それより何より、長年愛読してきた大作家のお招きですもんね、大喜びでお誘いに乗って、あつかましくもその夜はここに泊めていただいたんです」

「ふうん。そういう偶然もあるんですねえ」

いたく感心したふうに云ったのは、清村である。

「それできっちり、あの気難し屋の先生に気に入られちゃったんだから、島田さんも大したもんですよ」

「そうなのかなあ」

と応えて、照れの表現だろうか、島田は厚い唇を丸くすぼめる。

「でもまあ、けっこう僕の話を面白がっておられるようではあったなあ」

「例の中村青司氏は、どう関係してくるわけですか」

宇多山が訊くと、

「そうですね。もしも僕が、少しなりとも宮垣先生の気を惹《ひ》いたのだとすれば、きっとそれ絡みの話があったからなんだと思います」

「聞かせてくださいますか」

「ええ。そりゃあ、別に隠すことでもないし……」

島田はそこで、軽く洟《はな》を啜り上げた。

「中村青司? 聞いたことがあるな。はて、それって誰でしたっけ」

清村が首を捻《ひね》るのに、

「この家の設計者の名ですね」

ぼそりと須崎が答えた。両肘《りょうひじ》をテーブルに突き、両手の指を組み合わせて口許に当てながら、度の強そうな四角い眼鏡越しに島田の顔を見据える。中村青司の名前に、この作家もまたいくらか興味をそそられたらしい。

「『青屋敷《あおやしき》』『十角館』それに『水車館』……ご存じの方もおられますよね」

島田は云った。

「どれも中村青司という建築家が設計した家です。この青司という人物は一年半ほど前に他界しているんですが、そもそもそれが、彼みずからが住んでいた九州の青屋敷で起こったある事件での死だったんです」

「思い出したわ」

口に運ぼうとしていたカップをぴたりと止めて、まどかが声を上げた。

「大分県の何とかっていう島の、あの殺人事件でしょ。確かその半年後には、同じ島の十角館でも……」

「ええ。そのとおりです。さらには岡山県の山中に建つ水車館も、ある異常な殺人事件の舞台となりました」

島田はまた洟を啜り上げ、

「実は僕、何の因果か、この三つの事件すべてに関係していたんですよ。中でも、去年の秋に終幕を迎えた水車館事件では、関係者一同とともに一晩、あの館で過ごすことになってしまい……自分で云うのも気恥ずかしい話ですが、事件の解決に一役買ったりもしまして」

「そいつは凄い」

半ば茶化すように、清村が手を叩いた。

「現実の名探偵と会うのは初めてだ」

「宮垣先生にも同じように云われました」

「ふん。先生なら大喜びだったでしょうね。——ってことは島田さん、あなたは、殺人課の警部殿であるお兄さんの優秀な片腕でもあるわけだ。その密命を受けて、わざわざ今度はこの迷路館にまで出張してきた。中村青司の館で起こる次なる事件を阻止せよ、とかね」

「まさか」

島田は苦笑した。

「兄貴と僕は、そういった点ではまったく無関係ですから。僕の個人的な行動が、たまたま事件とぶつかってしまっただけで……。

それでですね、去年の水車館事件のあと、有名な宮垣葉太郎の迷路館もまた中村青司の手に成る建物なのだと知りましてね、ぜひともこの目で見てみたいと居ても立ってもいられなくなった。要は、厄介《やっかい》な野次馬根性が高じて、というわけです」

「なるほど」

島田の語る探偵譚に、子供のように目を輝かせる宮垣の顔を想像して、宇多山は深く頷いた。同様にきっと、魔法のように作り出される珍しい折り紙作品の数々にも、老作家は拍手を惜しまなかったことだろう。

「ところで島田さん、預けてきた車のほうは大丈夫なのですか」

ふと思い出して、宇多山は問うた。

「ええ。さっきあのレストハウスに電話して、適当に事情をでっちあげて頼んでおきましたから」

と、そこでまた島田は洟を啜り上げる。

「風邪でもひかれましたか」

「かもしれませんね。いけないなあ」

「桂子夫人に診てもらったらどうです」

清村が云った。島田はちょっと驚いたように宇多山と桂子のほうを見て、

「と云うと、奥さんはその、看護婦さんか何かを？」

「元お医者さんなんですよ。ね？」

と、清村。島田はいよいよ驚き顔で、

「本当ですか」

「医大を出て、しばらく病院の耳鼻咽喉科《じびいんこうか》に勤めていたんです。結婚して、もう辞めましたけど」

桂子がはにかんだ調子で答える。

「ふうん。じゃあ、凄い秀才なんですねえ」

「そういうふうに見られるの、嫌なんです」

「いやいや、全然そうは見えませんよ。——あ、今のは失礼な云い方だなあ。すみません」

頭を掻く島田に、桂子はくすくすと笑い声を洩らした。

五年前に宇多山が桂子と出会った時、彼女はずいぶんと悩んでいたものだった。偏差値が良いからと国立大の医学部へ進み、医師を志したものの、いざ病院に勤めてみるとどうしても耐えられない。その原因は主として、患者との人間関係における重圧だったらしい。自分にはどうもこの職業は向いていないようだ——と、彼女が真剣に辞職を考えはじめていた頃だった。

結婚して医者を辞めることに、宇多山は反対しなかった。周囲からはさんざん「もったいない」との声が上がったが、その後すっかり和やかになった彼女の顔を見ていると、これで良かったのだとつくづく思う。

「それじゃあ」

と云って立ち上がったのは、須崎昌輔だった。

「私はもう」

時刻は午後九時半をまわっている。

「おや。さっそく原稿ですか」

清村が肩をすくめる。その声音には、わずかに皮肉の響きが聞き取れた。

「今宵は宮垣先生の通夜なんだし、もう少しみんなで、酒でも飲んで故人を偲《しの》びましょうよ」

それを無視する恰好で、須崎はそそくさとドアのほうへ向かう。やがてその姿が廊下に消えると、清村は欠伸《あくび》を嚙《か》み殺すような声で呟いた。

「やれやれ。億の金がかかるとなると、さすがにあの人も必死だな」

5

「そろそろ私は休ませていただきます」

そう云って秘書の井野が場を辞したのが、午後十時過ぎのことだった。

「明日の買い物のメモは、もうよろしいですか。――では皆さん、明朝十時の朝食で……」

食事の後片づけが済んだテーブルでは、相変わらず無愛想な面構えのお手伝いが、清村に急《せ》かされて人数分のグラスと氷を用意していた。清村はいそいそとサイドボードに並んだ洋酒を物色しはじめる。

「宇多山さん、あんまり飲みすぎちゃ駄目よ。酔っ払って迷路で迷っても、わたし知らないからね」

さっそく桂子が釘を刺す。返答に困って、宇多山が何となく手をこすりあわせていると、

「奥さんの云うとおり」

まどかが、からかうように云った。

「宇多山さんの芋虫だけは、あたしもう見たくなぁい」

「イモムシ？　何ですか、それ」

不思議そうに島田が訊く。まどかは赤い唇を艶っぽくほころばせて、

「泥酔すると宇多山さん、芋虫になっちゃうんですよ。場所がどこだろうと床に這いつくばって、ごろごろ転がって、『ボクは芋虫だぁ』『原始の時代に返るのだぁ』なん

て、ほとんどわけが分らない」

「そりゃあ凄いなあ」

「宮垣先生の成城のお宅には、酔っ払った宇多山さんを縛りつけておくための柱があったくらいなんですから」

「ふうん。並みじゃありませんねえ」

愉快そうに笑う島田は、先ほどからテーブルの上でまた紙を折っている。最初は何なのかよく分らなかったのが、だんだんと翼を広げたプテラノドンの形になってきていた。

「僕としてはぜひ一度、その芋虫を見てみたいなあ」

「皆さん大袈裟《おおげさ》に云われるだけですから、あまり真に受けないでください。それにね、四十の大台にも乗ったことだし、そろそろお酒も控えようかと思ってるんです」

宇多山がささやかな反論に出ると、

「いま云ったの、忘れちゃ駄目よ」

してやったりとばかりに微笑んで、桂子が耳許に囁《ささや》きかけた。

「ちゃあんとお腹の赤ちゃんも聞いてましたからね」

*

午後十一時を過ぎた頃、まどかが席を立った。

「あれ。もう帰っちゃうのかい」

数杯の水割りですっかり顔を赤くした清村が、立ち上がろうとする彼女の肩に手を置く。

「あまりのんびりもしてられないでしょ」

冷ややかに清村を一瞥《いちべつ》して、まどかは置かれた手を払った。彼女のほうは相当、アルコールには強いらしい。何杯か飲んでいるのに、顔色一つ変わっていない。

「つれないねえ、まどかちゃん。もうちょっと優しくしてくれてもいいじゃない」

「甘ったれるんじゃないの」

「あとで部屋へ行ってもいい？」

「冗談はやめて」

ぴしゃりと云って、まどかは椅子から腰を上げた。

「来てごらんなさい、痴漢防止用のポケットブザーで撃退してあげるから」

「おやまあ。こんなところにまでそんな無粋なものを？」

「備えあれば、ってね。——じゃあ皆さん、お先に」

広間を出ていく女流作家の後ろ姿を、いくぶんこわばった面持ちでじっと見送る清村。その様子に、宇多山はよけいな想像を逞《たくま》しくしてしまう。というのも、清村とまどかの二人は、昨年の夏まで婚姻関係にあったからである。

彼らが知り合ったのは、成城の宮垣邸でのことだった。まどかが『奇想』の新人賞を獲り、清村が翌年それに続いた——今からちょうど四年前の春の話である。

話し上手でルックスも申し分ない清村に、当初はむしろまどかのほうが惹かれたようだった。しばらく浮いた噂が飛び交った後、周囲の予想を裏切ることなく二人は結婚したのだが、結局それはわずか二年足らずで破局を迎えた。

清村の女遊びが絶えないからだとか、逆にまどかのほうに不倫の相手ができたのだとか、離婚の原因についてはさまざまな噂が囁かれているが、どうやら別れ話に積極的だったのは妻の側らしい。慰謝料を巡るいざこざこそなかったものの、清村のほうはなかなか離婚を承諾しなかったという。

未練があるのかな——と、今のような場面に出くわすとつい思ってしまう。そう云えば、二人が顔を合わせるところを見るのはずいぶん久しぶりだが……。

「さあて、と」

清村は、別れた妻のそっけない態度に少しばかり気を削がれたふうだったが、やがて快活な口調で云いだした。

「娯楽室でビリヤードでもしないかい、林君」

「今からですかぁ」

と、林は乗らない声である。

「でもあの、僕もそろそろ部屋に戻ろうかと」

「おやおや」

「ワープロにも慣れなきゃいけないし……」

「はん。ま、好きにするさ」

鼻白んだ顔で、清村はひょいと肩をすくめた。

「そう云う清村さんは、そんなにのんびりしていて大丈夫なんですか。白紙状態から百枚というのは、あなたでもけっこうきつい仕事でしょう」

グラスを片手に鮫嶋が云う。清村はにやりと笑って、

「審査員の先生じきじきのご忠告ですか」

「忠告だなんて、そんなつもりはありませんけど」

「いえいえ。謹んで承りますよ。しかしね、いかんせんまだ肝心のアイディアが何も

出てこない。こんな状態でワープロに向かってみても、ぜんぜん書けない性分でしてね、僕は。

島田さんはどうです？　ワンゲーム、付き合いませんか」

「いやあ、ビリヤードは僕、まったく心得がなくて」

「そりゃあ残念だな」

グラスに半分ほど残っていた水割りを一気に飲み干すと、清村はよろりと椅子から立ち上がった。

「じゃあまあ、一人で遊んでくるとしますか。宮垣先生の幽霊でも出てきて、相手をしてくれるといいんですけどねえ」

6

「四人の先生方の作品が締切までに出揃ったとして、ですね」

清村が独り娯楽室に向かい、続いて林が場を去ると、やがて島田がおもむろに云いだした。

「いったいどんな基準で〝審査〟を行なうんですか。何せそんな経験はまるでないものですから、弱っちゃうんだなあ。おまけにその結果が、億単位のお金の行方を左右するとなると……」

「確かに責任重大ではありますが、必要以上にそれを意識しすぎるのもどうかと思いますよ」

と、鮫嶋が答えた。

この評論家もかなり酒には強いほうである。口調や表情はまったく素面《しらふ》と変わらないが、アルコールが入るとニコチンへの欲求が高まるのは誰しも同じらしい。テーブルの上に置いた煙草の箱を、さっきからいらいらと指先で玩《もてあそ》んでいる。妊婦に気を遣って、我慢してくれているのだろう。

「それに島田さん、作品の評価といったものは多分に個人の好みが関わってくる問題ですから、私たちはそれぞれの立場から忌憚《きたん》なく意見を述べて、真摯《しんし》な話し合いの中で結論を探っていくしかないでしょう。

たとえば、優れたミステリの条件としてよく云われるのは『(1)冒頭の不可解性(2)中盤のサスペンス(3)結末の意外性』ですが、これにだっていくらでも例外はある。むろん、ある程度の客観的な基準みたいなものはありますけれど、あの四人は四人とも、それは充分にクリアしている作家だから……」

「云えてますね。どの方の作品も僕、けっこう読んでるんですけど、それぞれに独自のものを持っておられます。ただ、それこそ宮垣葉太郎の作品なんかに比べると、やはり何か、いま一つも二つも物足りない」

「その辺が、宮垣先生のおっしゃる『気懸かり』だということですね。宇多山さんに云わせれば、例の『何か過剰なもの』ですか」

訊かれるなり、宇多山はぐぐっと身を乗り出して、

「そのとおりです」

と強く頷いた。

「編集者としては、あるいは正しい態度ではないのかもしれませんが、いわゆる作品の完成度とか、売れるか売れないかとか、そんなのは極端に云ってしまえば、私にとってはどうでもいい話なんです。こんなトリックは実現不可能だとか、警察の捜査方法の記述が実際とは違うとかとね、細かいキズをあげつらうしか能がないような作品評にもうんざりです。肝心なのはまさにその、何か過剰なものにどれだけ私の心が共鳴するかということであるわけで、それで云うと、現在の日本のミステリ界の状況は暗澹《あんたん》たるものであるわけで……」

疲労のせいもあってだろうか、もう相当以上に酔いがまわってきているのが自分で

も分った。ついつい舌の回転が速くなり、連動して酒を呷《あお》るピッチも上がる。

この「何か過剰なもの」(厳密な定義は宇多山自身もできないでいるのだが)について考えてみた時、四人の作家のうち、一応の本命は須崎昌輔だろうと思う。ただし、彼がこの五日間で百枚を書き上げられれば、の話だ。それができない可能性も、彼の非常な遅筆を考えれば充分にある。

しかしもちろん、他の三人がこの異常な状況の働きかけによって、どれほどの作品を書いてしまうかは予断を許さないところだ。ひょっとすると、彼らが揃ってとんでもない傑作を完成させるかもしれないのである。

「島田さんは、どういったミステリがお好きなんですか」

と、鮫嶋が尋ねた。島田は洟を啜りながら、

「そうだなあ。僕は大してこだわりがない性格なので、いわゆる古典的なパズラーからサスペンス、ハードボイルドまで、何でも楽しめてしまいますね。まあ、その中でも何がいちばん好きかと問われれば、やっぱり〝本格〟のファンだと答えることになるんですけど」

「本格ミステリの作家では、誰が?」

「本人はカー・マニアを自称しています。クイーンも好きだしクリスティもいい、最

近ではコリン・デクスターやP・D・ジェイムズも見逃せない作家だけれども、大好きなのはやっぱりカーですね。本当にもう、古き良き探偵小説っていうあの感じがたまらなくて……」

「日本の作家の名は出ませんね」

「宮垣葉太郎の大ファンですよ」

「なるほど」

「鮫嶋先生は、確かクイーン信者でしたっけ」

「『信者』というのはちょっと大袈裟ですけど」

鮫嶋は言葉を切ると、とうとう我慢できなくなったらしい、煙草をくわえて桂子のほうを見やり、

「一本だけ、吸わせてください」

と云った。桂子は微笑を返して、

「そこまで気を遣ってくださらなくてもいいですよ。広い部屋ですし」

「すみません」

煙草に火を点《つ》け、鮫嶋は島田のほうに向き直った。

「若い頃に読んで圧倒されたクイーン作品の端正な論理《ロジック》に、私がいまだ魅了されつづ

けているのは確かですね。もっとも、論理論理とあまり厳密性を追求しすぎるのも考えもので、クイーンの初期作品の論理構築にしたって、あれもしょせんは砂上の楼閣にすぎないという話になりかねないわけですが」

「僕はどちらかと云うと、論理よりも意外性を重視する読者ですね。少しくらいアンフェアだろうが何だろうが、最後で派手に引っくり返して驚かせてくれれば、それでだいたい許せてしまう」

「だったら、舟丘さんの一連の短編なんかはお気に入りでしょう」

「そうですねえ。『端正な論理』と云うと、じゃあ鮫嶋さんは堀之内《ほりのうち》……いや、林さんの作風がお好きだということになりますか」

島田が口にしかけたのは、林宏也の筆名だった。「ペンネームでは呼ばない」という宮垣邸におけるルールを、島田も聞かされているのだ。彼を含めた来客の全員が、いまだにそのルールを守りつづけているのはやはり、館の主人である老作家への敬意と畏怖の表われなのだろう。

これよりあとも〝審査員〟たちのミステリ談義は続き、やがて午前零時が近づいた頃、桂子が先に席を立った。このとき宇多山は彼女を部屋に送っていったのだが、そこから大広間まで戻ってくる際、何度も道に迷ってしまうことになる。

真夜中の薄暗い迷路で、独り……。

砂色の壁のそこかしこから、こちらを見つめる石膏の仮面《マスク》。その白い目がいつになく不気味に感じられ、酔いにもつれる足で先を急いだ。途中で幾度か立ち止まり、それらの顔に向かって何事か話しかけようとしていたような気もするが、そのあたりの記憶はもはや定かでない。

ようやく大広間に辿《たど》り着いた時、島田は鮫嶋を相手にいろいろな折り紙を作ってみせていた。そこへ割って入り、新しいウィスキーのボトルを開けてストレートで飲みながら、気がつくと宇多山は、宮垣葉太郎の書いた〝探偵小説〟の数々がいかに素晴らしいものであるか、充血した目に涙を溜めながら力説していた。

そうしてその夜はゆっくりと更けていき……最後に確認した時計の時刻が、午前一時過ぎだっただろうか。

広間のソファで正体なく眠り込んでしまった宇多山は、見知らぬ迷宮の中を果てしなく彷徨《さまよ》いつづける夢を繰り返し見た。

第四章　第一の作品

1

黒々と天井で交差する、幾何学模様の鉄の骨。その隙間《すきま》を埋めた厚いガラスの群れが、闇から光へと徐々に転じつつある。淡い青の色に彩られながら射し込む陽光。退く夜の闇。遥か神話の時代より繰り返されてきた、光と闇の交替劇——。

朝。——魑魅魍魎《ちみもうりょう》が跋扈《ばっこ》する闇の掌《たなごころ》より解放されたその部屋の中には、しかし今、ついにその闇から逃れ出ることの叶《かな》わなかった者が一人、冷たく取り残されていた。

古来、死と転生の象徴とされてきた迷いの道を懐《ふところ》に抱くこの館——迷路館。その最奥部に位置する、正方形の部屋である。

毛足の長い象牙色《ぞうげいろ》の絨毯《じゅうたん》の上に、その者は仰向けになって倒れている。不自然に硬直した四肢、爪を立てる形で凍りついた十本の指……すでに生命を闇の混沌に落とした、一個の肉塊。

死は何よりも、異形の香りに満ちている。だがそれに加えて、この者の骸《むくろ》には尋常ならぬ一つの特徴が見られた。残酷な、そのくせ童子の悪戯《いたずら》を思わせる滑稽《こっけい》さをも伴った、何とも奇怪な装飾。それは……。

毒蛇のごとく大口を開けた頸部《けいぶ》の傷。折れた菊の花さながら、頭部があらぬ方向を向いている。そんな死体を浮かべた赤黒い血の海の中、本来その者の顔があるべき場所に、さらなる一つの異形が置かれているのだ。

この部屋の名称に使われている、迷宮に棲む怪物の姿形に見立てようとでもいうのか。その黒き異形は、昨夜まで部屋の壁に飾られていた水牛の頭であった。

2

「宇多山さん、宇多山さん！　起きてください。宇多山さん……」

激しく肩を揺すられて、ようやくの思いで宇多山は瞼《まぶた》を開いた。焦点が定まらず、ぼうっと霞んだ視界の中央に認めたのは、大きく口を開けた鮫嶋智生の顔だった。

「……宇多山さん!」

「あ……おはよう、ございます」

身を起こそうとしたとたん、ぐらりと頭が揺れた。脳天から耳の奥にかけて、ずぅんと鈍い痛みが走る。

「また飲みすぎたかな。――ここは? ああ、広間ですか」

ソファで眠ってしまったようだった。カーディガンの前がはだけ、ズボンは皺くちゃになっていた。

「どうかなさいましたか、鮫嶋先生」

「大変なんですよ。とにかく起きて、一緒に来てください」

まくしたてるように鮫嶋が云う。どうやら本当に何か「大変」なことがあったらしい、その頬からはすっかり血の気がひいている。その目には明らかな動揺の色が見て取れる。

「どうしたというんですか」

もう一度尋ねて、宇多山はソファから腰を上げた。ぐらり、とまた頭が揺れる。たまらず片手をソファの背に突いた。

「大丈夫ですか」

「ええ。まあ、宿酔《ふつかよ》いには慣れてますので。それより、いったい何が」

「とんでもないことが起こったんです」

眉間に深い縦皺を寄せながら、鮫嶋は答えた。

「応接室で、須崎さんが死んでるんです」

「須崎さんが……えええっ？」

宇多山は耳を疑った。これは現実なのか？　ひょっとして、まだ悪い夢の中にいるのではないか。

「死んでるって、何でそんな……」

「そ、それが」

評論家はもつれる舌で告げた。

「それが実は、どう見ても他殺の状況なんです」

「他殺……」

(須崎昌輔が、殺、殺された？)

鮫嶋の様子を見る限り、これは冗談でも何でもないらしい。瞬間、宿酔いの症状もどこかへ吹き飛んでしまい、その代わりに宇多山は、もっとたちの悪い悪心《おしん》と眩暈《めまい》に襲われた。

（須崎昌輔が、殺された……）

とにかく早く来てくれと云う鮫嶋に従い、広間から廊下へ飛び出した。

とうに夜は明け、時刻はもう午《ひる》に近い。高く昇った太陽の光が色ガラスの天井から射し込み、迷路館の迷路は、夜間とはまた異なる趣だった。上方から降る、うっすらと青く彩色された光線。――明るい。けれども依然、そこかしこに闇の気配が潜んでいるかのような……。

ほとんど駆け足で先を行く鮫嶋は、寝間着の上に薄手のジャケットを引っかけた恰好である。宇多山は、おぼつかぬ足取りであとを追った。

館の北端にあるその部屋の前に辿《たど》り着くと、ドアの外にパジャマ姿の清村淳一がいた。まるで室内から何かが出てくるのを阻もうとでもするように、紫黒色の扉板にべったりと背を凭《もた》せかけている。宇多山たちの姿を認めると、彼はいかにもほっとした顔を見せた。

「島田さんに起こされて来てみたんですが。こいつはいったい……」

「角松さんは？　ここにいたでしょう」

鮫嶋が問うと、清村は小さく頷《うなず》いて、

「僕が駆けつけた時には、この場所にうずくまっていたんです。あんまり真っ青な顔をしてたから、部屋へ戻って休んでいるようにと」

「島田さんは？　どこに」

「まどかと林君を起こしにいきましたよ」

おりしもそこへ——。

ひんやりと澱《よど》んだ空気を震わせて、複数の靴音が近づいてきた。島田潔と林宏也だった。島田は黒いトレーナーにジャージー、林は清村と同じくパジャマのまま。誰もが寝ているところを叩き起こされたらしい。

「桂子は？」

気になって宇多山が訊くと、

「さっき私が起こしにいってきました」

鮫嶋が答えた。

「ですが、奥さんはここには来ないほうがいいだろうと思って。着替えたら広間で待っているようにと云ってあります」

「そうですか。いや、どうも……」

「それよりも早く、中の様子を」

島田が云って、ドアの前へ進み出た。

「本当にここで、須崎さんが？」

「本当ですよ」

と、清村が答えた。掌《てのひら》を両瞼《りようまぶた》の上に当てて緩く首を振りながら、

「気の強くない人は見ないほうがいい」

「失礼」

と云って島田は、ドアを塞《ふさ》いで立っていた清村を脇に退かせ、ひょろ長い腕をノブに伸ばした。

「このドアの鍵は？」

「角松さんに呼ばれて私が来た時には、掛かっていませんでしたが」

と、鮫嶋が答える。

「ふうむ」

頷いて、島田はノブをまわした。ゆっくりとドアを押し開いた。——とたん。

「うおっ……」

叫びとも呻《うめ》きともつかぬ声が、島田だけでなく、彼の後ろから室内を覗《のぞ》き込んだ宇多山と林の口からも洩れた。

落ち着いた煉瓦《れんが》色《いろ》の壁に囲まれ、毛足の長い象牙色の絨毯が敷きつめられた正方形

の部屋。宇多山が三ヵ月前の訪問時、宮垣葉太郎と最後の言葉を交わした応接室〈ミノタウロス〉である。

部屋の中央に置かれたアンティークなソファセット。その手前、ドアから見て左前方の床に、それ——須崎昌輔の死体は転がっていた。

昨夜、広間を出ていった時と同じ服装だった。黒いスラックスに地味な茶色のセーター。痩《や》せぎすの貧弱な身体が仰向けに倒れ、動きを失っている。首のあたりを中心として絨毯に広がった赤黒い色が、彼の死を如実に物語っていた。

ここではしかし、その毒々しい血の色以上に、集まった者たちの心をおののかせたものがあった。死体の異様な形状、である。

首が折れている、いや、ちぎれかけている、とでも云ったほうが適切だろうか。

頸部に大きな切れ目ができている。そして、その生々しい傷口を裂き広げるようにして、頭部があらぬ方向へ捩《ね》じ曲げられ、ほとんどちぎれる寸前の状態なのだ。

死体の異様さは、それだけに留まらなかった。というのも——。

そうやって本来あるべき位置から強引に排除された頭部に代わって、死体の首の先には、二本の角を生やした黒い水牛の頭が置かれているのである。

「ああ、こんな……」

「何てひどいことを」

島田も宇多山も林も、たまらず目をそらしてあとずさった。ドアの外では、中を見るのは二度とごめんだとでも云いたげに、清村と鮫嶋がゆるゆると首を振っている。

「明らかに殺人、ですね」

島田が喉《のど》を震わせた。

「それにしても、何だってこんな……」

再び部屋の中へ踏み込もうとする彼に、

「待ってください、島田さん」

やっとの思いで宇多山は云った。

「ここには入らないほうが。とにかくまず、警察に連絡を」

「ええ。もちろんそれは分ってます」

そう応えながらも、島田は一歩進んで室内の様子を見渡し、

「あの水牛の首は、もともとこの部屋にあったんですか」

「正面の壁に飾ってあったものですが。それより早く、警察……」

「ちょっと待った」

と、そこで声を張り上げたのは清村だった。

「警察に連絡するって？　ちょっと待ってくださいよ。宮垣先生の遺言に逆らうつもりですか」

「何を……」

宇多山は驚いて、清村の顔を見直した。

「そんなことを云ってる場合ではないでしょう」

「緊急の事態なのは分ってますよ。でもね、ここで警察を呼んだら、おのずと遺産をかけたコンテストは中止、何億っていう賞金がパーになっちまうんだ。僕たちの身にもなってほしい」

「そ、そんな……」

清村の表情は真剣だった。狼狽《ろうばい》する宇多山を鋭く睨《にら》みつけ、それから隣の林に視線を移して、

「どうだい、林君。君だってそう思うだろう」

「あ、いえ、でもあの……」

林の狼狽も激しい。満足に返答できず、おろおろと目を伏せてしまう。

「いくら何でも無茶な相談でしょう」

喉許にせりあがってくる吐き気をこらえつつ、宇多山は反論した。

「人が一人、殺されたんですよ。なのにそんな……」

「ねえねえ、いったいどうしたの」

部屋割りが記された例の平面図を片手に、そのとき舟丘まどかがやって来た。眠そうに目をこすりながら、ドアの前に溜《たま》った五人に向かって首を傾げてみせ、

「一大事だから来てくれって云われたんだけど。何がどうなったの」

彼女は派手やかな花模様のワンピースを着ていた。島田に起こされて、着替えを済ませてから出てきたものらしい。

「舟丘センセイの意見も聞きたいですね」

清村が云った。

「ねえ、君はどう思う。つまり……」

「この部屋の中？　また何か、誰かの悪戯とかじゃないでしょうね」

清村を無視してまどかはドアに歩み寄り、島田の横から室内を覗き込んだ。と同時に響き渡る、耳をつんざくような悲鳴――。

「舟丘さん」

ぐらりと後ろへ倒れてくる彼女の身体を、宇多山が抱き止めた。

「大丈夫ですか。しっかりして」

「無理もない」

まどかの身体を支えるのを手伝いながら、鮫嶋が憮然《ぶぜん》と云い落とす。

「私も失神したい気分ですよ」

「とりあえず広間へ戻りましょうか」

島田が云って、後ろ手にドアを閉めた。

「警察への連絡はむろん必要だと思いますけど、その前にまず井野さんの意見を伺うべきでしょうね。鮫嶋先生、彼はまだ？」

「それが――」

鮫嶋は小さく首を振った。

「部屋にはおられないようで。買い物に出るという話がありましたよね。たぶんそれで、もう出かけてしまわれたんじゃないかと思うんですが」

3

気を失ったまどかを島田と宇多山が抱え、六人は入り組んだ迷路の廊下を大広間へと向かった。途中、口を開く者は誰一人としていなかった。

今しがた見た無惨な光景が、酒の残った頭にねばねばとまとわりついて離れない。宇多山は懸命に、治まらぬ吐き気と戦わねばならなかった。

広間では、身づくろいを済ませた桂子が待ちかまえていた。宇多山たちが入っていくと、かけていた寝椅子から勢いよく立ち上がり、

「殺人があったって、ほんとなの」

蒼ざめた顔で訊く。

「あっ、舟丘さん。どうしたの。彼女がまさか」

「殺されたのは須崎さんです」

と、島田が告げた。

「この人は気を失っているだけで」

見かけ以上に重いまどかの身体を、二人がかりでソファに坐らせた。桂子がサイドボードからブランデーを取り出してくる。

「頼んだよ」

と妻に云って、宇多山はL字形の部屋の内側の角に置かれた電話台へ向かう。すると、その肩を横からがっしりと摑《つか》む者がいた。清村である。

「待ってよ、宇多山さん」

「いえ」

宇多山はきっぱりとかぶりを振って、上背のある清村の目を見返した。

「いくら先生の遺言に逆らうことになろうと、こんな事件が起こった以上は……」

「融通の利かない人だな」

「そういう問題じゃありませんよ。——鮫嶋先生はどう思われますか」

評論家はゆっくりと頷いて、

「確かにね、宇多山さんが正しい」

「はっ」

清村は眉《まゆ》を吊り上げ、声を尖《とが》らせて毒づいた。

「そりゃあ、あんたたちはいいさ。ここで警察に知らせて、コンテストがお流れになっても大した損はない。しかしねえ……」

それを無視して、宇多山は電話機に手を伸ばした。受話器を耳に当てるのももどかしく、ダイヤルをまわす。指先が震えている。悪心《おしん》と頭痛が辛くて、脂汗が滲《にじ》む。

受話器を握り直し、耳に押しつけた。——と、そこでようやく、宇多山は発信音が聞こえてこないことに気づいた。

「どうしました」

宇多山の様子を見て、鮫嶋が訊いた。

「電話が、切れてる」

「ええっ」

いったん受話器を置き、もう一度取り上げて耳に当ててみる。だが、やはり何の音も聞こえない。

「故障か、でなければ、どこかで線が切られているんですよ」

「そんな……」

電話線が切れている。——誰かに切られた？　だとしたら、誰に？

急激に吐き気が強くなってきた。宇多山は受話器を放り出すと、両手で口を押さえながら厨房に駆け込んだ。流し台に顔を突っ込み、水道の栓を全開にして、ひとしきり嘔吐《おうと》に苦しむ。

「——大丈夫？」

気がつくと、桂子が来て背中をさすってくれていた。

「ああ……ありがとう。たぶん大丈夫。——舟丘さんの具合は？」

「もう意識は戻ったわ」

蛇口から直接、水を飲んだ。やっといくらか楽になってくると、桂子を促し、重い頭をのろのろと振りながら広間に戻った。

失神から覚めたまどかが、ソファの上で身を縮めている。その向かいに坐《すわ》って俯《うつむ》いた鮫嶋。清村と林は離れてテーブルに着き、むっつりと押し黙っていた。

「島田さんは？」

宇多山が尋ねると、鮫嶋が腕を上げ、南側の両開き扉を指さした。地上への階段に続く扉である。

「玄関を調べにいきましたよ」

自分も上に行ってみよう、と思って宇多山が動きかけたところへ、その島田が戻ってきた。

「駄目です」

扉を閉めながら、彼は報告した。

「鍵は掛かったままです。井野さんが出ていったのかどうかは、あの様子だけじゃあ分らないけれども。――合鍵はないんですか。鮫嶋先生？」

「確か全部、井野さんが預かっていたと思いますが」

「玄関以外に出口は？」

「ありません」

「処置なし、ですね」

と云って、島田は洟《はな》を啜《すす》り上げた。

「彼の帰りを待つしかないってことか」

4

「あの玄関の扉がこの家の唯一の出入口である、と。昨日、黒江医師が帰っていった際に井野さんが鍵を掛けて、そのあとはずっと閉まっていたはず。今朝になって井野さんが買い物に出かけたのだとしても、彼の手によってすぐにまた鍵は掛けられたわけだ。そして——」

ぼそぼそと呟きながら、島田は廊下に続く奥のドアに目をやって、

「昨夜から今朝までの間に、あの応接室で須崎さんがあんなことに……」

それから彼は、広いテーブルの片隅に身を落ち着け、散らばった一同に向かって
「皆さん」と呼びかけた。

「井野さんが帰ってくるまでの間、ちょっと事件の検討をしてみませんか。こういう

時の沈黙は、何よりも精神衛生上よろしくない」

「名探偵活躍の舞台を得る、ってとこですか」

清村が、苦虫を噛《か》み潰《つぶ》したような顔を笑わせた。

「お好きにどうぞ」

「そんなに他人事でもないはずでしょう、清村さん。今も云ったように、昨夜から今朝にかけて、この家は地下の密室とでもいった状態だったんです。そこで殺人が起こったとなると当然、犯人はここに集まった者の中にいるわけで」

「あたしたちの中に？」

ソファのまどかが、悲鳴のような声を上げた。

「あんな――あんな惨《むご》いことをした人間が？」

「そうです」

島田はためらいなく云った。

「通りがかりの犯行とはとうてい思えない。たとえば、誰か僕らの知らない人間がこの家のどこかに潜んでいるといった可能性も、とりあえず除外して考えたほうがいいと思いますね」

「でも、どうして須崎さんを」

「動機ですか」

島田は驚いたふうに眉を動かし、

「ここでそういう疑問が出るとは、意外ですね。動機と云えば、あまりにも明白な動機が、少なくともこの中の三人の方にはあるでしょう」

「まさか！」

声高に叫んで、まどかが立ち上がった。長い髪が揺れ、蒼ざめた頬と赤い唇に絡みつく。

「あたしたちが競争相手を減らすために殺した。そう云いたいの？」

「はっ。莫迦《ばか》なことを」

吐き捨てるように清村が云った。

「人を殺して警察が来れば、何もかもおしまいじゃないか」

「だから、警察へ連絡されないように電話線を切断した」

「にしても、井野さんが帰ってくれば結局は同じだ」

「確かにそうですね。しかし、はて……」

島田は言葉を濁し、ひょろ長い身体を椅子の上でぐいと反らせた。

「その辺の議論はさておき、とにかく今のところ、僕らには外へ連絡を取るすべがないわけです。ある程度、事件の輪郭を摑《つか》んでおく必要はあるでしょう？　まずですね、僕は鮫嶋先生に起こされて事件の発生を知ったんですけど、鮫嶋先生によれば、最初の発見者は角松さんだということでしたね」

訊かれて、鮫嶋がふらりとソファから立った。

「彼女を呼んできましょうか」

「そうですね。あの人だけ部屋に一人で置いたままっていうのも、ちょっと考えものですから」

頷いて、評論家は厨房のほうへ向かった。角松フミヱが寝泊まりに使っている部屋〈ポリュカステ〉（これは名工ダイダロスの妹の名だ）は、他とは違って厨房との間にドアがある。迷路の廊下とは直接つながっていないのである。

しばらくして、お手伝いの老女が広間に姿を現わした。鼠色《ねずみいろ》のスカートに鶯色《うぐいすいろ》のカーディガン。皺だらけの浅黒い顔が、恐怖のためだろうか、ひどくこわばっている。しょぼついた金壺眼《かなつぼまなこ》を足許に向けたまま、おどおどと鮫嶋のあとについてくる。

島田が死体発見までの経緯を尋ねると、フミヱは訛《なま》りのきつい言葉でその質問を聞き直した。耳が遠いというのは本当らしい。

「応接室で死体を見つけたいきさつを、話してほしいんです」

鮫嶋が、耳に口を寄せて島田の質問を繰り返す。

「ああ……わたしァ知らん。なんも知らん。知らん」

弱々しく首を振って「知らん」を連発するフミヱをなだめつつ、ようやく訊き出せた事実をまとめるとこうなる。

午前九時、彼女は厨房に出て朝食の支度を始めた。だいたいの用意ができたのが十時前。広間では宇多山がソファで寝ているだけで、まだ誰も起きてこない。この分だと、十時の定刻に皆が集まることはないだろうと思った。

散らかったグラス類の片づけを済ませたあと、廊下に出た。娯楽室と応接室の片づけも、井野に頼まれていたからである。先に娯楽室を覗《のぞ》き、次に応接室へ行った。そこで、あれを見つけたのだという。

「その時、ドアの鍵は掛かっていましたか」

島田が問うのに、お手伝いは小さくかぶりを振って、

「あそこの鍵は、いつも開いとる」

「そうそう。話は変わりますけどね、玄関の合鍵、あなたは持っていないんですか」

「昨日の晩、井野はんに渡したァ」

「その井野さんですが、今朝は彼に会いましたか。どうも買い物に出られたみたいな

んですが」

「いいや」

「ふうむ――」

「旦那様はどうしてはるんかね。わたしァ、もう帰りたいし」

「あ、いやちょっと、それは……」

今さら彼女に昨日の出来事を説明してみても、そう簡単には理解してくれまい。島田が答えあぐねていると、

「先生はまだご病気なんです」

鮫嶋が助け舟を出した。

「警察が来るまでもうしばらく、あなたにはいてくれるようにとのことです」

どうにか納得させてフミヱを部屋へ帰すと、島田は元の椅子に戻って、

「で――」

と、鮫嶋を見据えた。

「仰天した彼女が、まずあなたを呼びにきたわけですか」

「ええ。最初は宮垣先生の部屋へ行ったらしいんですが、返事がないので、次に井野さんの部屋へ行った。彼もいないので、私のところへ」

「あの人も、例の部屋割りの図面を渡されているんですか」

「いいえ。でも、この家の迷路の構造は身体で憶えているようですね。井野さんが泊まる部屋は、いつも決まっているそうだし。私の部屋へ来たのは、単にそのいちばん近くだったからじゃないかと思います」

「なるほどね。それで、鮫嶋先生は応接室へ駆けつけた」

「初めは何だかよく分らなかったんです。そのくらい、彼女の話は要領を得なくて。わけが分らないままに引っ張っていかれて、あの部屋の中を見た時には、本当に腰を抜かしそうになりましたよ」

鮫嶋の顔もまた、いまだに蒼白だった。脳裡《のうり》に焼きついたおぞましい光景を消し去ろうとするかのように、ぶるっと首を振る。

「その時点でもう、角松さんは精も根も尽き果てたといった様子だったから、私一人で皆さんを起こしにいったんです。宇多山さんは部屋におられなかった。桂子さんに声をかけて、それから島田さんの部屋へ」

「そうでしたね」

島田があとを続けた。

「僕が清村さんたちを引き受けることにして、鮫嶋先生は宇多山さんを探しに広間へ……と、そんな運びでしたっけ。

さて、これで一応、死体発見後の経緯についても整理できたわけですね。どなたか何か、気づいたことはありませんか」

会議の議長さながらに、島田は一同を見まわす。

作家、評論家、編集者とその妻――この場に集まった者たちにとっては、あまりにもお馴染みのシーンだった。ただし、それは自分たちが仕事として関わっている「小説」の中での話である。いま直面しているのは、非常に探偵小説じみてはいるが、まぎれもなく現実の殺人事件なのだ。

「それにしてもなあ」

誰も口を開く者がいないと見ると、島田は独り言のように云った。

「あの死体。あの奇妙な死体の形は……」

「『死体の形』って？　ね、何それ」

桂子が小首を傾げ、宇多山に尋ねた。知らせたものかどうか、宇多山が決めかねていると、

「首が半分がた、切断されていたんですよ」

清村が妙に醒《さ》めた調子で云った。

「でもって、何を考えたのか知らないが、犯人はその首の代わりに水牛の剝製《はくせい》を置いていった。須崎センセイのあの貧弱な身体から、真っ黒な牛の頭が生えてるんだ。そりゃあ『奇妙な』と云うしかない」

「やめてよ」

まどかがきっと睨《にら》みつける。

「思い出したくないわ」

「僕だって好き好んで思い出したくはないさ」

「いや……しかし恐らく、これは重要な問題ですよ」

島田が真顔で云った。

「死因は調べてみないことには分らない。首を切って殺したのか、殺してから首を切ったのか。ただ、そう、切断に使われたらしい斧《おの》がソファの陰に落ちてましたね」

「気がつきましたよ、僕も」

と、清村が応えた。

「あれは確か、剣とセットになってあの部屋に飾ってあったものだ」

「ふうん。もともとあそこにあったんですか。——にしてもやっぱり、問題はあの水牛の頭だなあ」

細い顎《あご》の先を撫《な》でながら考え込む島田に、

「そんなの、決まってるじゃないですか」

と云って、清村は前歯を剝《む》き出した。

「あの部屋の名前に見立てたんでしょう。〈ミノタウロス〉——牛頭の化物」

「そう。もちろんそうなんだろうけれども……」

「それ以上の意味がどこにあるって云うんです。——はあん。まさか島田さん」

清村はふと思いついたように、

「まさか、殺されたのがミノタウロスだから、殺したのは〈テセウス〉の部屋にいるこの僕だなんて云いだすんじゃないでしょうね」

5

午後一時をまわっても、井野満男は戻ってこない。この間、角松フミヱに頼んで食事を出してもらったものの、手をつける者はほとんどいなかった。そして——。

もうすぐ二時になろうかという頃、

「変ですね」

それまでひたすら沈黙を続けていた林が、ぽそりと口を開いた。

「井野さん、遅すぎやしませんか」

「そうですねえ。いくら人数分の買い物と云っても、ここまで時間がかかるとは思えない」

島田が顎を撫でながら答える。林はもじゃもじゃの髪に手櫛を差しながら、

「何か事故でもあったんでしょうか」

「それも可能性の一つですね。けれども、その前に」

と云って、島田は椅子から腰を上げた。

「ちょっと僕、井野さんの部屋を見てこようかと。どなたか一緒に来てくださいませんか」

「私が行きましょう」

と、宇多山が答えた。桂子が不安そうな目を向けるのに、

「もう大丈夫だから」

みぞおちのあたりを軽く叩いてみせる。しつこく続いていた悪心と頭痛が、ようやく完全に治まってきたところだった。

島田と二人、大広間を出た。

「どうもね、宇多山さん、僕は最初から疑わしく感じているんですが――」

平面図を片手にすたすたと廊下を進みながら、島田が話しかけてくる。

「井野さんは買い物になんか出ていないんじゃないか、と」

それは宇多山にしても、徐々に疑いはじめていたことだった。だいいち井野が、誰にも声をかけずに出ていったというのがおかしい。せめてそう、九時から厨房にいたという角松フミヱくらいには、何か云って出ても良かったはずではないか。

しかし、では井野がいまだに姿を現わさないのは何故なのか。その疑問を口にすると、島田はぐすぐすと洟を啜って、「さあ」と首を傾げた。

「まさか、彼も殺されているなんてことは……」

「僕には何とも云えませんね。――ふん。彼もすでに殺されている、か。その可能性も確かに……」

井野の部屋〈エウロペ〉は、館の東側、宮垣の書斎の南隣に位置する。このさらに南隣が、鮫嶋に割り当てられた〈パシパエ〉。もっとも、「隣」とは云ってもこれらの部屋は、ドアとドアが曲がりくねった廊下で隔てられているから、その意味では決して近い距離関係にあるわけではない。

幾度も図を確かめつつ歩を進め、やがて目的のドアの前に到着すると、島田は

〈EUROPE〉と文字の刻まれた青銅板をしげしげと眺めて、

「ミノス王の母親の名ですね」

と云った。

「フェニキア王アゲノルの娘。ゼウスに愛され、雄牛に姿を変じた彼の背に乗ってクレタ島へ渡った彼女は、そこでゼウスの子ミノスを生んだ」

「詳しいんですね」

「いやあ。ゆうべ寝る前に少々、図書室で勉強したんですよ。よくもまあ、あんなに複雑な神々や人間の関係が織り上げられたものですねえ。今さらながら感心してしまったなあ」

云いながら、島田はドアを強くノックした。

「やっぱり返答なし、か」

呟いて、ノブに手をかける。

「ん？　開きますよ、宇多山さん。鍵が掛かっていない」

「ほう」

「場合によっちゃあ、扉を破る覚悟で来たんですけど……」

ドアを押し開けると、島田は飛び跳ねるようにして中に踏み込んだ。

他の各客室とほとんど同じ造りの部屋である。八畳ばかりの広さに配置されたベッド、書き物机、小テーブルとストゥール、壁の姿見……。

井野の姿はどこにもなかった。

島田は躊躇《ちゅうちょ》なく部屋の奥へ進み、トイレのドアを開けた。宇多山は一瞬、その向こうから秘書の死体が転がり出てきそうな予感におののいたが、幸いそれが的中することはなかった。

「――いませんね」

島田は踵《きびす》を返し、今度はベッドの下を覗き込んだ。だが、何の発見もない。

続いて島田は、右手の壁に造り付けられたワードローブを開けてみる。

「スーツが掛かってますよ」

と、彼はワードローブの中を指さした。

「井野さんが昨日、着ていたものですね」

「ええ。確かに」

「ふうん。――おや、内ポケットに財布が入っている。こいつはいよいよだと思いませんか」

もう一度その場で室内を見まわすと、島田はベッドの手前に据えられた書き物机に歩み寄った。見ると、机の下に収められた椅子の座面に、黒い書類鞄《かばん》が載っている。

「鞄もある」

島田はそれを取り上げて机の上に置き、迷うことなく中身を調べはじめる。やがて彼が見つけ出したものは、茶色い革製のパスケースだった。

「ふん。免許証が入ってる」

几帳面な井野の性格である。これを持たずに彼が車で出ていくとは、ちょっと考えられない。

島田はなおも、ごそごそと鞄の中身をあさりつづけ、やがて数枚の紙切れを引っ張り出した。

「ほら、これ。ゆうべ僕らが頼んだ買い物のメモですよ。こうなると、もはや疑うべくもありませんね」

さらに島田は、机の抽斗《ひきだし》の中や、ベッドの横に置いてあったスーツケースの中などを調べた。井野が全部を預かっていたという合鍵の束が、どこにも見当たらないからである。宇多山も協力して部屋中を探したのだが、結局それは見つからなかった。

「難しい話になりましたねえ」

島田は眉間に皺を寄せ、腕組みをした。

「十中八九、井野さんはこの家から出ていってはいない。だから当然、いくら待っても戻ってなんかこないわけです。そして、仮に彼がもう僕らの前に姿を現わさないようならば、僕らは完全に、この地下の密室に閉じ込められてしまったことになる」

6

「少し寄り道をしたいんですが、付き合ってくださいませんか」

〈エウロペ〉を出て、広間をめざして迷路を歩きはじめた時、島田がそんなことを云いだした。

「寄り道？　と云いますと」

「各人が使っている部屋はとりあえずいいとして、調べておくべき部屋がまだ残っているでしょう。もしかするとそこに、井野さんがいるかもしれない」

井野の死体が……とは、さすがに云わなかった。

「図書室と殺された須崎さんの部屋、それから確か、空室が一つありましたよね。娯楽室は、朝に角松さんが覗いたそうだから省いてもいいと思う」

島田は館の平面図を広げて見ながら、

「ええと、須崎さんの部屋が〈タロス〉、空室は〈メデイア〉ですね。ここからだと、まずは図書室ですか」

死体のある応接室の東隣が、エウパラモスの名を付された図書室である。昼なお、青みがかった光の狭間に薄闇がうずくまる迷路を辿り、二人はその部屋へ向かった。

分れ道の右を選べば図書室、左を選べば応接室というところで、島田がちょっと足を止める。ついでにもう一度現場へ行ってみることを提案されはしまいかと、宇多山は思わず身を硬くした。

あの血みどろの惨状が、生々しく脳裡《のうり》に蘇る。できればもう、あんなものを見たくはない。それにそう、犯人がこの家の客人の一人なのだったら、いま一緒にいるこの風来坊がそうでないとも限らないではないか。

（ああ……まさか）

まさか、とは思う。だがしかし……。

「どうかしましたか」

島田が訝《いぶか》しげに目を眇《すが》めた。

「はあん。もしかして、僕のこと疑っておられるとか」

「あ、いやあ、そんなことは……」

「顔に出てますよ」

と云って、島田はにやりと笑う。

「ご心配は無用。たとえ僕が殺人鬼だったとしても、ここで宇多山さんを襲ったりすれば、自分が犯人だとみんなに告白するようなものでしょう。そんな愚かな真似《まね》はしませんから」

高い書棚が林立した薄暗い図書室。成城の邸宅にあった蔵書をすべて移したものだが、中学校の図書館くらいの分量は優にあるだろう。

二人で手分けをして部屋の隅々まで探したが、この部屋には何も疑わしいものはなかった。

廊下に出ると、今度は館の西側へ向かう。

大広間から北方向に延びる長い直線。これを西に折れると、廊下はUターンしてまっすぐ南へ延びる。ちょうど広間から来た分と同じだけ、元へ戻る勘定である。突き当たりで廊下はまたUターンし、再び北へ向かう。

「東側に比べると、こっちのほうがかなりややこしいんですよね」

図を睨みながら島田が云う。

「このとおり、ずらりと枝道だらけだ」

その廊下には、進行方向左手――すなわち西側の面すべてに分れ道が並んでいるのだった。数えてみると、総数は実に十六本ある。

「〈メデイア〉は……ええと、十番目ですか」

歩調を落とす島田。かつて宇多山もこちら側の部屋に泊まった経験があるが、確かに東側よりも迷いやすい。

（それに――）

前方に目を馳せ、宇多山は思う。

（あの仮面《マスク》の群れ……）

十六本の分れ道に覗く壁面のそれぞれから、例の石膏《せっこう》の仮面がじっとこちらを窺っている。十六個の、異なる白い顔たち。昼間はそれほどでもないけれど、夜の暗がりで出会うそれらの目に、ぞっと背筋を凍らせたことが何度もあった。

十番目の分れ道を折れた。牙を剝《む》いた獅子の目が、その道を守る番人のように二人をねめつける。

空室〈メデイア〉の鍵は開いていた。人影はない。トイレやベッドの下、ワードローブの中も調べたが、怪しいものは何もなかった。

そして二人は、最後に残った須崎昌輔の部屋へと向かった。この部屋は、林とまどかの部屋に挟まれた位置にある。

ドアのプレートに刻まれた文字は〈TALOS〉。ギリシャ神話には、同じ名前の青銅人間がクレタ島の番人として登場するが、そちらのタロスではあるまい。ポリュカステの息子、すなわちダイダロスの甥で、その才能を嫉妬された挙句《あげく》、ダイダロスの手によって殺された男の名である。

このドアにも鍵は掛かっていなかった。もしも施錠してあるようなら、死体の着衣を調べて鍵を探さなければならなかったところである。

明りは点《つ》けっ放しになっていた。ドアを入ってすぐ左側の壁に、そのスイッチがある。須崎は、恐らくすぐに戻るつもりでこの部屋から出ていったきり、結局は帰ってこられなかったのだ。

同じ手順で室内を調べた。が、ここにもやはり不審なものは見当たらない。他の各部屋と同様の家具類以外にあるのは、競作のために用意されたワープロの機械と、主を失った須崎の荷物だけだった。

「収穫なし、ですね」

風邪でいくらか熱っぽいのかもしれない。前髪がうちかかった浅黒い額に掌を当てながら、島田が踵を返す。——と。

そのとき宇多山は気がついたのである。書き物机の上に置かれたワープロのディスプレイが、かすかに光を発していることに。

「島田さん。これを」

と、宇多山は注意を促した。先にその前まで歩み寄り、顔を近づけてみる。

「電源が入ったままですよ。机から離れる際に、画面の明るさをいちばん暗くしておいたんだ」

「何か書いてありますか」

慌てて島田が引き返してくる。

「ええ。たぶんこれは、書きかけの原稿でしょう」

宇多山は明度調整のつまみをまわし、ディスプレイを覗き込んだ。

「――やはりそのようですね」

ぎっしりと並んだ文字の列。ページの表示は「1頁」――書きはじめたばかりの状態である。

「ミノタウロスの首」というタイトルが、画面の上端に太字で打ち込まれていた。

「1」とあって、小説の冒頭部が始まっている。タイトルを見たとたん妙な胸騒ぎを覚えた宇多山だったが、続く文章を目で追ううち、自分でもびっくりするほどの大声を上げずにはいられなかった。

「これは!?」

ほぼ同時に、島田の口からも同じ言葉が零《こぼ》れ出していた。

「これは……ああ……」

ミノタウロスの首

1

黒々と天井で交差する、幾何学模様の鉄の骨。その隙間を埋めた厚いガラスの群れが、闇から光へと徐々に転じつつある。淡い青の色に彩られながら射し込む陽光。退く夜の闇。遥か神話の時代より繰り返されてきた、光と闇の交替劇――。

朝。――魑魅魍魎が跋扈する闇の掌《たなごころ》より解放されたその部屋の中には、しかし今、ついにその闇から逃れ出ることの叶わなかった者が一人、冷たく取り残されていた。

古来、死と転生の象徴とされてきた迷いの道を懐に抱くこの館——迷路館。その最奥部に位置する、正方形の部屋である。

毛足の長い象牙色の絨毯の上に、その者は仰向けになって倒れている。不自然に硬直した四肢、爪を立てる形で凍りついた十本の指……すでに生命を闇の混沌に落とした、一個の肉塊。

死は何よりも、異形の香りに満ちている。だがそれに加えて、この者の骸には尋常ならぬ一つの特徴が見られた。残酷な、そのくせ童子の悪戯を思わせる滑稽さをも伴った、何とも奇怪な装飾。それは……。

死体の顔面を覆い隠すようにして置かれた、人ならぬ黒い顔。この部屋の名称に使われている、迷宮に棲む怪物の姿形に見立てようとでもいうのか。その黒き異形は、昨夜まで部屋の壁に飾られていた水牛の頭であった。

第五章　首切りの論理

1

「何だってぇ？」

大広間に戻った宇多山と島田の報告――その最後の部分を聞くなり、清村が二重瞼《ふたえまぶた》の目を剝《む》いて叫んだ。

「書きかけの小説と同じって、それ、本当ですか」

「ええ」

宇多山はいまだに信じられない思いで頷いた。

「冒頭の二枚分くらいしか書かれていなかったんですが、確かにあれは、まるであの現場を写したような……」

「〈ミノタウロスの間〉に死体が横たわっている描写なんですよ。しかも、その顔の部分に例の水牛の剝製《はくせい》が置かれているっていう……」

島田が横から補足する。

「遺言に示されていた条件に、作品中の被害者は作者本人にするべし、というのがありましたね。すると当然、須崎さんの作中の死体は須崎さん自身であるわけで、まさにその、自分が書きはじめた小説のシチュエーションどおりに、彼は殺されてしまったことになる」

「冗談じゃない」

荒々しく云って、清村はグラスにブランデーを注ぎ足した。先ほど宇多山たちが広間を出たあと、一人で飲みはじめていたらしい。

「『Yの悲劇』じゃあるまいし……いったい何だって、犯人はそんな工作をしなきゃならなかったんだ」

「さてねえ」

島田は大振りな鷲鼻に皺を寄せながら、

「ただ、あの〝ミノタウロスの見立て〟がもしも、須崎さんが書こうとしていた作品の〝見立て〟でもあるんだとしたら、いくらか犯人の行動が見えてくる。つまり、少なくとも犯人は、死体にあの装飾を施すよりも前に、須崎さんの部屋のワープロに書かれた文章を読んでいたはずだってことです。それが殺人の前だったのかあとだったのかは不明だけれども」

「犯行前の可能性が高いんじゃないでしょうか」

椅子の上で小さくなっていた林が、とつぜん口を開いた。

「犯人は、問題の文章を読んだあとで須崎さんを応接室に連れていって、そこで殺した。そのほうが自然だと思いますけど」

「確かにそうですね」

島田は落ちくぼんだ目を細め、

「殺してしまってからあの文章を読んで、というのはいささか無理がある。しかし、ちょっと気になるのは……」

「そんなことよりも、島田さん」

ブランデーのグラスを音を立ててテーブルに置き、清村が割り込んできた。

「肝心なのは、井野さんの行方のほうじゃないんですか」

帰ってくる途中、島田と宇多山は気がついて、この広間の近くに設けられたトイレと浴室の中も覗《のぞ》いてみた。だが、そこにもやはり井野の姿はなかったのだった。

「彼は買い物に出たのではないらしい、とさっき云われましたね。免許証とかメモとか、その証拠も出てきてる。なおかつ彼が姿を消したままで、玄関の合鍵も見つからないとなると、警察に知らせるどころか、僕たちは当面この家から一歩も外へ出られないわけだ」

「そのようですね」

「さて、どう対処します？」

問いかけて、にやにやと一同を見まわす清村。まどかが元夫のその視線を受けて、

「嫌よっ」

ヒステリックな声を上げた。

「あんな死体がある家にこれ以上いるなんて、あたしはまっぴら」

「そんなこと云ってもねえ、舟丘女史」

「殺人犯も一緒なのよ。よくそんなに落ち着き払ってられるわね」

「別に落ち着いてるわけじゃないさ。僕だって、血みどろの死体なんてものはフィクションの中でしか見たくない」

「どうだか」

蒼ざめていた頬《ほお》がわずかに紅潮する。

「あなた、須崎さんのことあんなに嫌ってたじゃない。博識ぶって鼻持ちならない奴だとか何だとか、さんざん」

「はっ。やめろよ」

「それに最近、株に手を出してずいぶん失敗してるんでしょ。〝賞金〟を手に入れるために競争相手を殺すくらい……」

「莫迦《ばか》を云っちゃいけない」

清村は、仕方がないな、とでもいうふうに舌打ちした。

「それを云うんだったら、君だって似たようなもんだろう。たちの悪い男に捕まってかなり貢がされてるって聞くぜ。――林君にしてもさ」

と、せわしなく髭《ひげ》を撫《な》でまわす小男に視線を流し、

「こないだ車で人身事故を起こして、大変だってね」

「そ、それは……」

「加えてだ、須崎センセイ、君にご執心だったんだろ。いい加減にしてくれって、憤慨してなかったっけ」

須崎昌輔の同性愛趣味は、仲間うちでは周知の事実だった。その彼がこの一、二年、林を執拗《しつよう》に口説《くど》こうとしていたことは、宇多山も知っている。

「要するに、私怨はともかくだね、何億っていう金がかかるとなると、僕たちの誰にだって動機は充分あるって話さ」

項垂《うなだ》れる林。唇を噛《か》むまどか。二人の顔を交互に見やってから、清村は島田のほうに視線を移した。

「しかしね、だからと云って、僕たちの一人が競作のライバルを殺したという結論にはならない。少なくとも僕は、そこまで短絡的な人間じゃないつもりです。それよりも――」

「何か?」

と、島田は興味深げに眉を動かす。

「それよりも、今回のこの〝遺産相続コンテスト〟という特殊な状況に乗じて、僕たち三人以外の誰かが、まったく違う動機で須崎さんを殺した。そして僕たちに疑いの目を向けさせようとしたのだと、そういった解釈のほうがまだしも納得がいく」

「なるほど。この僕、宇多山さん夫妻、それに鮫嶋先生、あるいはあのお手伝いのお婆さん――このうちの誰かが、ですか」

「とんでもない」

心外そうな顔で鮫嶋が云った。

「どうして私が……」

そう思うのは宇多山も同じである。だが、確かに清村の説にも一理ある。

「仮に僕がこの殺人事件を小説化するとしたら、たぶん犯人役はあなたですね、島田さん」

と云って、清村は薄い唇を歪《ゆが》めた。島田は複雑そうな微笑でそれを受け、

「過去に秘められた意外な動機があって、とでもして？」

「ま、そんなとこです」

「ふうん。ぜひいつか、それを書いてみてください」

島田はそして、つかつかとソファセットのほうへ歩み寄っていった。何をするのかと注目していると、ガラステーブルの下に置かれていたティッシュペーパーの箱に手を伸ばす。「失礼」と云って洟《はな》をかむと、彼は一同に向き直り、

「ところで、さっき清村さんが云われたとおり、さしあたり僕らはこの事態にどう対処すべきか、ですね。電話は通じない。玄関には鍵……」

「扉を破りましょう。何とか脱出しないと」

宇多山が云うと、

「そいつは無理ですね」

清村が即座に否定した。

「玄関はあのとおり、頑丈なブロンズの格子扉が閉まっていて、その外側にはあの石の扉ですよ。ちょっとやそっとじゃあ壊せそうにない」

「しかし……」

「金ノコでもあれば話は別だけど、工具類はたいてい上の物置の中でしょう。手前の格子扉をまず突破しないことには、それも手に入らない。その辺はきっと、犯人も計算済みなんでしょうねえ」

「じゃあ……そうだ、屋根を破って出れば」

「それも無理だと思いますね」

清村は天井を振り仰ぎ、

「たとえどうにかあの分厚いガラスを破れたとしても、鉄骨が邪魔になって地上へは首も出せるかどうか」

「しかし、じゃあ……」

「このままずっと、ここに閉じ込められたままでいろって云うわけ？」

まどかが髪を振り乱した。清村は軽く肩をすくめ、

「まあ、飢え死にする恐れはないから。僕たちがここに来ていることを知ってる人間

はたくさんいる。滞在期限の四月六日が過ぎても帰らなかったら、心配して誰かが電話してくるだろう。それで電話が通じないとなると……ね」

「誰かが騒いでくれるまで、じっと待つしかないの？」

「そういうことさ。従って——」

と、そこで清村は真顔になって、

「宮垣先生の遺言の指示をまっとうする余地は、充分に残されてるわけだ。——そうでしょう、宇多山さん」

あくまでも彼は、コンテストの継続を望むものらしい。宇多山はどう答えたら良いのか分らず、曖昧《あいまい》に首を振った。

「清村さんの意見はある程度、的を射ていると思います」

テーブルの端に片手を突き、島田が云った。

「当面、脱出はきわめて難しい。警察は来ない。僕らは待つしかない。けれども、殺人犯がここにいる公算が大であるのもまた、事実なのです。だからね、僕は思うんですが……」

「あなたの云いたいことが分りましたよ」

と云って清村は、自分よりも若干背の高い〝愛好者代表〟の顔を見据えた。

「本格的に探偵ゲームを始めようってわけですか、名探偵」

2

午後三時。

ゲームなんていうつもりはないが、と断わってから島田が提案した意見に従い、彼と宇多山、鮫嶋、そして桂子の四人は広間を出た。

行く先は〈ミノタウロスの間〉——須崎の死体がある応接室である。警察が来る見通しが立たない以上、ここではむしろ現場および死体の状態を自分たちの手でもう少し調べておく必要があるのではないか、というのがその意見だった。

島田はそして、桂子に同行を頼んだ。最も医学の心得がある彼女の口から、死体の所見を聞きたいのだという。宇多山は慌てて抗議したのだが、意外にも当の桂子は冷静な面持ちで依頼を引き受けた。

「法医学は昔、大学で基本的なところを習っただけですから、大した役には立てないと思いますけど」

と云って、彼女は丸い膨らみの目立つ腹部をそっと手で押さえた。

「胎教に良くないかなあ、宇多山さん」

「それもだけど、君自身は大丈夫なのかい」

「そりゃあ怖いけど。でも、そんなこと云ってられないじゃない。覚悟して行くわ」

「しかしね……」

「初めての解剖実習の時に比べたら、どうってことない」

そうは云いながら、彼女の顔が緊張にこわばっているのが分った。

清村とまどか、林の三人は広間に残った。もう一度あの死体を見るなんてとんでもない、と云うのである。宇多山も同じ気持ちだったけれど、桂子一人を行かせるわけにはいかない。鮫嶋がついてきたのにはちょっと驚いたが、さすがに廊下を進むその足取りは鈍かった。

ドアを開けたとたん、血の臭《にお》いが全身に絡みついてくるような気がした。

須崎昌輔の異形なる死体。愛用していた眼鏡は外れ、少し離れたところに転がっている。唇の端から紫色の舌を垂らし、完全に白眼を剝《む》いた死に顔。そして、その顔が本来あるべき位置に置かれた黒い水牛の頭……。

島田が先頭に立ち、室内に踏み込んだ。ソファセットの向こうにまわりこみ、遠巻きに死体を観察する。

一瞬たじろぎこそしたものの、桂子の動きは、宇多山が驚くばかりに落ち着いていた。惨状から視線をそらして佇《たたず》む宇多山と鮫嶋をドアのあたりに残し、ゆっくりと死体の倒れた場所へと近づいていく。

血溜《ちだま》りをよけて立ち、彼女は捩《ね》じ曲がった死体の頭部に目を寄せた。

「死因は？　首を切られての失血死、ですか」

島田がソファ越しに死体を覗き込んだ。

「――ええ」

桂子はいったん頷いたが、何かに気づいたらしい、すぐに首を横に振って、

「いえ、違う。どうも違うみたいです」

と答え直した。

「これ、見えますか。驚いた島田が、彼女のそばに足を運ぶと、後頭部にほら、わりに深い傷がついています。何か、重い置物の角ででも殴られたみたいな」

「やあ、本当だ。じゃあ、この傷が？」

「いえ」

とまた、桂子は首を横に振って、

「たぶんこれは致命傷にはならなくって、気絶しただけだろうと思います。それより

もここ……喉のところ、見てください」

我れ知らず、宇多山も桂子と島田のそばまで足を進めていた。その後ろから、鮫嶋も恐る恐るついてくる。

「傷がひどくって分りにくいけど、細い痣《あざ》みたいなのが見えますね？」

「――うん。ははあ、索溝ですか」

「と思うんですけど」

桂子の云うとおりだった。むごたらしく開いた頸部《けいぶ》の裂け目よりも上方、血に染まった喉のまわりに、黒々と細い筋が見られる。明らかにこれは、何か細手の紐《ひも》を巻きつけて絞めた痕《あと》だ。

「つまり、こういうことですね」

くの字に折っていた上体を伸ばして、島田が云った。

「犯人はまず、須崎さんの隙《すき》を窺《うかが》って鈍器で……たとえばそう、テーブルの上のその灰皿でも使って頭を殴った。倒れた彼の首に紐をかけて絞殺《こうさつ》して、それから斧《おの》で首を切った、と。――死亡時刻は推定できますか」

「さあ」

心許なげに首を傾げ、桂子は死体に目を戻した。

「そこまでは、わたしには……」

「だいたいのところでいいんです」

桂子は「そうですね」と応えて、床に投げ出された須崎の左腕に手を伸ばした。血で汚れていない部分を選んで、そっとその手首を摑《つか》み、持ち上げてみる。

「冷たいし、硬直も出てるみたいです。足のほうはどうですか」

島田が同じようにして、死体の足を持ち上げようとした。が、すぐに諦めて、

「駄目ですね。完全に硬直している」

「死後硬直が下半身に及ぶのに、だいたい五、六時間かかるっていいます。全身に広がるのには十二時間くらい」

「死後十二時間として、死亡は午前三時頃か」

「この程度のことしか、わたしには分かりません」

「無理を云ってすみません。いや、ありがとうございます」

死体のそばを離れる際、桂子はふらりと足をよろめかせた。相当なショックとストレスを、やはり感じているのだろう。それを隠して島田の質問に答えていたのだ。宇多山は、今まで知らなかった妻の強い一面を見た気がした。

島田はそのあともなお、ドアの手前まで下がった宇多山たちを後目《しりめ》に、部屋の中を

うろうろと歩きまわっていた。

「かなり重そうですね、こいつは」

と云って、ソファの陰に落ちている凶器の斧に顔を近づける。さすがに手に取ってみようとはしなかった。

「でもまあ、女性には無理だってことはないだろうな。骨まで断ち切ってるわけじゃないし、重さに任せて振り下ろせば、一撃でも……」

ぼそぼそと呟きながら、今度は奥の壁ぎわに向かう。

「この部分ですね？　剝製が掛けてあったのは」

低いサイドボードの上方――煉瓦色《れんがいろ》の壁の一箇所に、L字形のフックが突き出ている。確かにそこが、いま須崎の死体に添えられている水牛の剝製が本来あるべき場所だった。

「斧が飾ってあったのは、あっちですか」

と、次に島田は左手の壁を指さした。

「ふん。あの剣とセットでねえ」

すたすたとそちらへ足を進めたかと思うと、途中で立ち止まり、ひょいとまた奥のほうを向いて、

「やあ、この部屋にも鏡がある。応接間に姿見っていうのも珍しいなあ」

「島田さん」

蒼白い顔で黙りこくっていた鮫嶋が、そんな〝名探偵〟に声をかけた。

「もう充分でしょう。私はもう、この部屋にいるのは耐えられない」

「ああ、すみません。つい……」

島田は頭を掻き、三人を振り返った。――が、その目が再び、引き寄せられるようにして死体のほうへ動き、ぴたりと止まる。

「やっぱり問題はこの形ですね」

そう云って、彼はもう一度しげしげと血溜りの死体を眺める。それからやっとドアの前まで戻ってくると、

「変でしょう？　ね、宇多山さん」

念を押すように訊いた。「はあ」と応じつつも、宇多山は首を捻《ひね》って、

「しかしこれは、ワープロに残されていたあの小説を真似《まね》たものだと……」

犯人は何のためにそんなことをしたのか？　を訊きたいのだろうか。須崎がそういう殺人シーンを書いていたから、というだけでは答えにならないのだろうか。

「僕の云う意味は、ちょっと違うんです」

こちらの心中を見透かしたように、島田は云った。

「犯人が須崎さんの小説の〝見立て〟を行なったこと自体はまあ、たとえば犯人の異常性格とか異常趣味とか、そういった解釈で済ませられなくもない。けれども、僕がここで注目したいのはですね、犯人は何故こんなよけいな工作までしたのかっていう問題で」

「よけいな工作？」

「おや。気づいてなかったんですか」

「何のことだか、私には……」

「須崎さんの原稿を思い出してくださいよ。ワープロに打ち込まれていたあの冒頭部分には、ミノタウロスに見立てられた死体が描かれていた。でもそれは、水牛の頭が『死体の顔面を覆い隠すようにして置かれ』ているという描写にすぎなかったでしょう。首を切ってその代わりに、とは一言も書かれていなかったんです」

「そう云えば……ええ」

「ミノタウロスに見立てようと思えば、首を切ってその代わりに剥製の頭を置くほうがよりそれらしいとは云える。しかし、ならばいっそ完全に切り落として首をすげかえてしまったほうが、もっとそれらしいですよね。どうして犯人は、こんな中途半端な形で済ませたのだろうか、と」

戸惑う宇多山の顔から桂子と鮫嶋の顔へ、答えを待つように目を配ると、島田はさらにこう付け加えた。

「これが恐らく、この事件の重要なポイントだと思いますね。そして、僕には一つ考えがないでもない」

「どんな考えですか」

と、鮫嶋が問うた。

「広間に戻りましょう。話はそこで」

そう云って、島田はさっさとドアの外へ向かおうとしたが、すぐにいったん足を止め、「奥さん」と桂子を振り返った。

「もしかしたら、少々また協力してもらわなきゃならないかもしれません。その時はよろしくお願いします」

3

「おや。清村さんはどこへ行かれたんですか」

四人が大広間に戻ったのは、午後三時四十分。清村の姿が見えないので、島田が尋ねると、

「服を着替えに。いつまでもパジャマのままじゃあ落ち着かない、と」

テーブルでぼんやりと頰杖《ほおづえ》を突いていた林が答えた。そう云う彼は、相変わらずよれよれのパジャマを着たままである。

「そうですか。あなたはそれに便乗しなかった？」

「あ、はい」

頷いて林は、ソファにぐったりと身を沈めた女流作家のほうを見やり、

「舟丘さんが、一人になるのは嫌だって云うので」

「なるほど」

ほどなく、着替えを済ませた清村が帰ってきた。ストーンウォッシュのジーンズに薄紫色の長袖シャツ、といったいでたちである。

「現場検証が済みましたか」

冗談めかした調子で云うと、彼はテーブルの椅子を引き出して腰かけ、長い足を組んだ。

「お次は容疑者の尋問でも？」

「まあ、そんなところですね」

島田は悪びれる様子もなく微笑する。ちょうど清村と向かい合う恰好《かっこう》で椅子に坐ると、他の皆をテーブルに呼び寄せた。

「分ったことをまず、お伝えしましょう」

広間に残っていた三人の作家たちを相手に、島田は現場の状況と死体の所見を、簡潔に報告した。

「……死亡推定時刻は、ゆうべ遅くから今朝にかけて。それ以上の特定は無理でしょうね？　奥さん」

桂子が頷くのを確認すると、島田は「念のために」と断わっておいて、その時間帯における各人のアリバイを尋ねた。だが当然、そんな時間の不在証明を主張できる者がいるはずもない。

「やれやれ」

清村が肩をすくめた。

「誰かのベッドに夜這いでもかけるんだったな」

(どうして彼は、こんなにおどけていられるのだろう)

宇多山はさすがに怪訝《けげん》に思う。

密閉された館の中で現実に殺人事件が起こり、その犯人がこの中にいる（……本当に？）というのに。深刻な事態を、それが深刻であればあるほど茶化したくなる清村の性格は知っている。しかし、それにしても……。

「思うに、最大の問題は――」

と、続いて島田は、先ほどの疑問を改めて場に提示した。

「犯人は何故、死体の首を斧で切ったのか？　ということです」

そして、応接室で宇多山たちにしたのと同じ説明を繰り返す。

犯人が、須崎のワープロに残されていた小説「ミノタウロスの首」の〝見立て〟を行なおうとしたのは明らかである。しかし何故、彼（あるいは彼女）は、そのために必要な工作以上の行為に及んだのか？

「この問題に僕は一つ、僕なりの解答を出してみたんです。もしもその解答が正しければ、犯人が誰なのかを知るうえで、かなり有力な手がかりになるはずだと思う」

そう云って、島田は皆の反応を窺《うかが》った。

「ははん。そいつはぜひとも伺いたいですね」

と、清村。自信ありげな島田の物云いに、いささか驚いた様子ではある。

「ミステリの世界ではお馴染みの論理《ロジック》なんですよ。つまり……」

島田はテーブルの一同をぐるりと見まわしながら、

「須崎さんの小説内で描かれている、ミノタウロスの姿形に見立てた死体――この〝見立て〟がいかなる意味を持つのかは、小説が未完のまま作者が死んでしまった今となっては分りようがない。一方、現実事件の犯人は、何らかの意図をもってこの小説の〝見立て〟を実際の死体に施したわけですが、その際、作中の記述にはない〝首切り〟の工作を加えた。

ここで考えてみたいのは、実に単純な問題です。〝首切り〟が行なわれることによって、あの現場に現われた具体的な効果は何か？」

「具体的な効果？」

宇多山が思わずその言葉を反復する。島田は続けた。

「たとえばですね、首を切ることによって、死体はより〝牛頭人身〟に近くなったわけです。でも、これは恐らく、犯人が僕らに見せようとしている偽の絵だろうと思うんですね。その裏に隠された真の意図が、きっとある。そしてたぶん、それは――ちょっと飛躍しますけれども――、首を切った傷から流れ出た血液……須崎さんの小説の中では一言も描写されていなかった、あの赤い色という『効果』の中に隠されているんじゃないか、と僕は思うんです」

「血の色……」

「そうです」

島田は頷き、さっきよりもゆっくりと一同の顔を見まわした。

「すなわち、犯人は須崎さんを殺害した際、何らかの傷をみずからの身体に負ったのではないか、と想像するわけです。その傷から流れ出た自分の血が、あの部屋の床を汚してしまった。象牙色《ぞうげいろ》の絨毯《じゅうたん》に赤い血です。嫌でも目につく。現場にみずからの血痕を残していくのは非常に危険だ。気づかれて、警察に詳しく分析されれば、それだけで個人を特定される恐れさえある。どうしてもその血痕を消さなければならない」

「ああ……なるほど」

「ところが、皆さんご承知のとおり、あの部屋の絨毯は毛足が長くて、拭いてもそう簡単に汚れは落ちない。そこで行なわれたのが、あの首切りだった」

「『折れた剣』の論理ですか。枝を隠すのは森の中、森がなければ森を造れ」

「そのとおりですよ、宇多山さん。血痕を隠すのは血溜りの中、というわけです。

さて、そこで――」

テーブルを巡る島田の目の動きに、皆の表情が一様にこわばった。彼が次に何を云いだすか、容易に予想できたからだ。

「さっきから注意して見ていたところ、この中にそれらしき怪我をしている人はいないようですが」

「まさかここで、全員の身体検査でもやろうって話じゃないでしょうね」

と、清村が肩をすくめる。

「冗談じゃないわ。何でそんなことまで……」

まどかが甲走《かんばし》った声を上げるのを、島田が「まあまあ」と制した。

「身体検査までしようとは云いません。――いいですか。あの現場には、犯人と須崎さんが争ったような形跡はなかった。不意打ちを狙った犯行だったと思われます。激しい格闘がなかったのであれば、怪我の部位はまず、皮膚が露出した顔か手、女性ならスカートの下の素足、その程度に範囲が限定できるでしょう。腹部とか背中とかに、血が流れるような傷を負ったとは考えられない」

「じゃ、よく見てちょうだい」

と、まどかが両手をテーブルの上に投げ出した。袖をまくりあげてみせながら、

「あたしはどこにも怪我なんてしてないから。足も見せましょうか」

「いや、けっこうですよ。それは女性同士で確認してください」

「ま、フェミニストでいらっしゃること」

「では他の皆さんも、いちおう腕まくりをして見せていただけますか」

そう云って島田は、みずからもトレーナーの袖をまくりあげる。

残りの五人も、同じようにしてそれぞれの腕を示した。十二本の腕がテーブルに並ぶ、異様な光景……。

「どなたも怪我などしていないようですね」

宇多山が云うと、島田は頷いて、

「腕に怪我をしている人はいない。顔や喉許《のどもと》は、皆さんお互いにご覧のとおりです」

「髪を上げて首筋を見せるべきなんじゃないの？　君」

清村がまどかに云った。まどかは溜息とともに相手を睨みつけ、

「さ、どうぞ」

と、長い髪を両手で掻き上げてみせる。

「このとおり、あたしは潔白よ」

さらに、女性たちの足にも怪我がないことが確認されたあと、

「では、次に」

落胆する様子もなく、島田は話を続けた。

「もう一つ残った可能性を……」

「まだ何かあるの」

まどかが眉を吊り上げる。

「ええ。これは少々その、抵抗があるかと思いますけれども、幸いここには宇多山夫人がおられますし」

「わたしが？」

桂子が驚いた顔で訊く。

「どういうことですか、島田さん」

「怪我の問題の続きですよ。絨毯に滴《したた》るほどの出血……当然、考えなければならないのは鼻血でしょう」

「鼻血ぃ？」

清村が大袈裟に腕を広げた。

「はん。元耳鼻科の女医先生に頼んで、今度はみんなの鼻の検査ですか」

「床に滴り落ちるほどだから、相当にひどい鼻血だったはずです。仮にそうだとしてですね、奥さん、今から十時間以上前の出血の痕を、鼻を調べて確認することが可能でしょうか」

島田の問いに、桂子はちょっと困った顔で、

「鼻腔内《びこうない》を調べれば、ええ、だいたい分るとは思いますけど」

「じゃあ、ぜひお願いします」

「でも、何も器具がないから」

「そこを何とか」

「――でも、せめてライトがないと」

「ペンライトで良ければ、僕が持ってます」

「いい加減にしてよ」

まどかが腰を浮かせて喚《わめ》いた。

「鼻を調べるですって？　そんなみっともないこと、あたしはごめんだわ」

「どうしても嫌だとおっしゃるのなら、無理じいはしませんよ。病院でもない場所で鼻腔の検査なんて、確かに滑稽《こっけい》もいいところでしょうからね」

島田は低く鋭い声で云った。

「ただし、それなりに疑いの目を向けられる覚悟はしておいてください」

＊

島田が自分の部屋に戻ってペン型の小型懐中電灯を取ってくると、桂子による鼻腔検査が始められた。初めは難色を示したまどかも、結局のところ「こんなことで犯人扱いされてはたまらない」とそれに従った。

ソファを〝診察台〟として行なわれるそのいささか滑稽な検査の光景を、そしてテーブルで順番を待つ〝容疑者〟たちの様子を、島田はL字形の角の電話台付近に立って眺めていた。宇多山も、特に順番待ちの作家たちの表情やそぶりを、意識して観察していたのだが……。

大仰な身振りを交えながら揶揄《やゆ》の言葉を連発する清村。不満そうに頰を膨らませたまどか。林は浮かない顔で背を丸め、鮫嶋は黙々と煙草の箱を玩《もてあそ》んでいる。

とりたてて不審な挙動の目立つ者はいない。

清村、林、鮫嶋、まどかの順で検査は進んだが、桂子が鼻血の痕跡を指摘することはなかった。続いて宇多山が、いくぶん緊張しつつ妻の前に坐る。

「だいぶ粘膜が荒れてるわねえ」

と、桂子は診断を下した。

「やっぱり煙草はやめたほうがいいわ」

それ見たことか、といった目で、まどかが島田をねめつける。

「残ったのは島田さんだけよ」

「ああ……そのようですね」

島田は、誰一人〝該当者〟が見つからないのが意外な様子である。唇をすぼめ、しきりに首を捻りながら、みずからも検査を受けた。——結果はシロ。

「まだ残ってる人がいますね」

清村が云った。

「あのお手伝いの婆さん。それから、女医先生ご自身の鼻も除外されるわけじゃないでしょう」

「島田さん」

と、すかさず桂子が島田にペンライトを差し出した。

「わたしの鼻、調べてくださいますか」

「えっ」

「わたしだって、こんなことで疑われるのは嫌ですから。お願いします」

「でも、僕は医者じゃないし」

「大丈夫。分りますよ」

桂子は躊躇《ちゅうちょ》する島田にライトを握らせ、

「鼻中隔《びちゅうかく》——鼻腔を左右に分けている真ん中の仕切りがありますよね。この下のあたりに、キーゼルバッハ部位っていう軟骨性の部分があるんです。自分で鼻に指を入れてみると、すぐに分ります」

「ああ、はい」

「鼻血っていうのは九十パーセント以上が、この部分からの出血なんです。だから、ここに血の固まりや傷痕がないかを調べれば」

「なるほど。それじゃあ……」

天井を仰ぐようにして顎《あご》を上げた桂子の鼻腔に、島田は遠慮がちにライトの光を当てる。やがて彼は「どうも」と呟き、首を横に振った。

「異状なし、ですね」

そのあと、部屋に閉じこもっていた角松フミヱが呼び出された。腕や足など怪我がないかどうかを確認し、「大切なことだから」と云い聞かせて鼻腔検査も受けさせた。――が、これもまた結果はシロ。

「やれやれ、茶番もいいとこでしたね」

考え込む島田に冷たい一瞥をくれながら、清村が云った。

「ミステリの論理じゃあ、そうそううまく現実の事件は切れないってことですよ」

4

「とにかく僕は、あくまでも主張させてもらいます。宮垣先生の遺言に従い、僕たちはコンテストを続行すべきだ、とね」

椅子から立ち上がってテーブルに両手を突き、清村は語気を強めた。

「人が一人殺されて、一人が行方をくらました。これが大変な事態であることは充分に承知しています。でもね、先生の遺言の効力がまだ残っているのも事実だ。もちろん、僕たちの誰かがライバル減らしのために須崎さんを殺したんだとすれば、その者は相続の権利を剝奪《はくだつ》されることになる。それにしても当面、犯人の特定はできないわけだから……」

「しかし、清村さん」

宇多山が口を挟もうとするのを無視して、

「ここで巨額の遺産の相続権を放棄しろって云われたんじゃあ、云われたこっちはたまらない。どうせ誰かの助けを待つしかない状況なんだ。指をくわえてただ待っているよりも、できる限りコンテストを続行する努力をしたほうが建設的でしょう。死んだ宮垣先生の霊も浮かばれるってもんだ」

「しかしね、清村さん」

宇多山は声を大きくして問いかけた。

「いったいこんな中で、小説の執筆なんてできますか」

「僕は書きますよ」

清村は不敵とさえ見える笑みを作った。

「林君と舟丘女史も、まさか棄権するなんて云わないだろう？」

名指しされた二人の作家は、曖昧《あいまい》な表情で顔を見合わせた。どう答えたものか、考えあぐねているのは明らかである。

「あのう」

と、林が口を開いた。

「もしも予定どおり続けるとしてですね、井野さんの不在は何かに影響してこないんでしょうか」

「彼は単なる進行役にすぎないさ。遺言のテープと遺言状は先生の部屋にちゃんと残ってるはずだから、問題ないだろう。それに――」

清村はちらりと島田のほうを窺った。島田は、自分の推理が呆気《あっけ》なく空振りに終わってしまったのが応えたのか、先ほどから押し黙ったまま、テーブルの木目をなぞるように両手の指を動かしている。

「呑気な奴だとか金に目がくらんでとか、そう思われても致し方なし、かもしれないけどね、島田さんじゃないが、僕は僕なりに事件についての考えを持っている」

島田の指の動きが、ぴくりと止まった。清村は続けて、

「ミステリの世界じゃあ、作家はなるべく複雑な事件を構築して読者を眩惑《げんわく》しようとするものです。でも、現実は違う。意表を衝《つ》くトリックが使われたり、まったく意外な人物が犯人だったり、そんなことはめったにあるもんじゃない。

島田さんが力説した〝首切りの論理〟にしてもそうです。あれはあれで、確かに筋は通ってるし面白い考え方ではあるけれど、結果はさっきのとおり。要は、他にいくらでも解釈の余地があるって話でしょう。

犯人は単に、首を切ることで〝ミノタウロスの見立て〟をよりリアルにしたかっただけなのかもしれない。中途半端なところで切断をやめたのは、血を見て怖くなったから。あるいは、犯人はよほど須崎さんを怨《うら》んでいて、死体を切り刻まずにはいられなかったんだ、とかね」

島田は唇を尖《とが》らせたが、一言も反論はしない。

「それで清村さん、あなたの考えというのは？」

煙草をくわえながら、鮫嶋が先を促した。清村は軽く鼻を鳴らし、地上への階段に続く両開き扉のほうへ視線を投げた。

「犯人はすでにこの家にはいない、というのが僕の意見です」

場が低くどよめいた。物問いたげな眼差しが、清村の顔に集まる。

「さっきからの話を聞いてると、どうも島田さんは、井野さんが姿を見せないことについて、彼がすでにどこかで殺されているという可能性を主に考えておられるようですね。しかし、それはどうかなと思うわけですよ」

「すると、あなたは井野さんが犯人だと？」

鮫嶋が訊いた。清村はうっすらと笑みを浮かべて、

「殺人が起こった。人が一人いなくなった。いなくなった人物は玄関の鍵を持っていた。素直に考えれば、いちばん怪しいのはその人物、井野満男でしょう。何で今まで誰からもそういう意見が出なかったのか、僕には不思議でなりませんね」

「動機は？」

今度は宇多山が訊いた。

「どうして井野さんが、須崎さんを殺さなければならなかったんですか。それにあの

〝見立て〟は……」

「動機なんてものは、どこにあったっておかしくない。僕たちの知らないところで、彼が須崎さんに何か個人的な怨みを抱いていた可能性はいくらでもあります。

さっきも云いましたよね。何億の遺産がかかったコンテストという特殊な状況につけこんで、彼は以前からの怨みを晴らそうと思い立った。もしかしたら当初は、何喰わぬ顔でここに残るつもりだったのかもしれませんね。ところが、いざ殺人を実行したあと、彼は違う選択肢を選んだ。すなわち、ここから逃げ出したわけです。電話線を切って、僕たちをこの家に閉じ込めた状態にしておけば、警察への通報は何日も遅れることになる。その間にどこかへ逃げきってしまおうという寸法でしょう。どうです？　こう考えるほうが、よっぽど現実的だとは思いませんか」

清村は腰に両手を当てて、皆の反応を待った。

林とまどかは、新たに示された井野＝犯人説にかなり心を動かされた様子である。清村に対する表情が目に見えて和らいでいた。島田は何も云わず、手許に視線を落としている。

「仮にそうだとすると」

煙草に火を点《つ》けて、鮫嶋が云った。

「さっき島田さんが示された〝首切りの論理〟――あれは、やはり正しかったのかもしれないんですね」

「あるいはね」

清村は取り澄ました顔で頷いた。

「もしもさっきの説を正しいと認めるなら、取りも直さずそれが、井野さんが犯人だという証拠にもなるわけですよ。検査の結果が全員シロだった以上、〝該当者〟である可能性が残っているのは、今ここにいない彼だけなんだから」

「確かに」

井野満男が須崎を殺した犯人――。

どうやら場の趨勢《すうせい》は、その結論に向かって傾きつつあるようだ。

何か腑《ふ》に落ちないものを感じつつも、宇多山もまた清村の説を正解として受け入れたい気持ちになりはじめていた。隣に坐った桂子の反応を窺うと、彼女も同じ心境らしい、納得の面持ちで他の者たちの様子を確認している。

「そこで、ですね」

勝ち誇ったような笑みを広げて、清村は云った。

「僕は改めて主張したいわけです。少なくとも、規定の期間内に外から助けが来ない限り、僕たちは遺言の指示を守って相続者選びのコンテストを行なうべきだ、と。

どうですか、皆さん」

自信たっぷりに投げられた問いかけに、

「――分ったわ」

と、まどかが答えた。迷いを振り切ろうとするように強く目を閉じて、

「あたしだって、できることならここで棄権はしたくないもの」

「林君は？　どうだい」

おろりと眼差しを伏せながらも、林は「はあ」と答えた。

「僕も、それじゃあ……」

「ということです」

清村は満足そうに頷いて、鮫嶋と宇多山、そして島田の顔を順に見やった。

「僕たち三人がやると云ってるんです。〝審査員〟の皆さんも当然、協力してくださいますよね」

第六章　第二の作品

1

気がつくと独り、暗い迷宮の中を彷徨《さまよ》っていた。

灰色一色で塗り潰された狭い通路。ざらざらした壁面で揺れる弱々しい明り。

足許から伸びた自分の影が、進むごとに大きさを変え、形を変え、甲高く響き渡る靴音に合わせていびつな踊りを踊る。

(……ここは?)

宇多山はふと疑問に囚《とら》われた。

(ここは……)

歩みを止め、背後を振り返る。まっすぐに延びた長い廊下が、遥か彼方で暗闇に呑み込まれている。

（ああ……ここは？）

　天井を振り仰ぐ。そこにはしかし、漆黒《しっこく》の闇がひしめいているばかりだった。徐々に密度を増しつつ、頭上に重くのしかかってくるかのように感じられる。

（ここはどこだろう）

　迷宮――め・い・きゅ・う――LABYRINTH……それは、「迷路館」の？　宮垣葉太郎の（中村青司の）地下の館、その……？

（……違う）

　壁の明りが、違う。ゆらゆらと炎が揺れている……あれは電灯ではない。松明《たいまつ》ではないか。

　床が、違う。迷路館の廊下は焦茶色の滑らかなPタイル……なのに、いま足許にあるのは石畳ではないか。

　いったい自分は、どこに迷い込んでしまったのだろうか。

　立ち止まった場所は、ちょうど十字路の真ん中だった。左右に分れた通路の、それぞれの壁に掛けられた白い仮面《マスク》。右手には、鋭い牙を剥《む》き出した獅子の顔が。左手には、長い角を額の中央から生やした一角獣《ユニコーン》の顔が……。

どっちへ行こう。右か、左か。それともこのまま、まっすぐ？

カァン、カァン……

どこかから何かの音が――誰かの足音が聞こえてくる。

カァン、カァン、カァン、カァン……

どこからだ？　前、後ろ、右、左――どれともつかない。

（逃げなければ）

はっきりとした理由もなく、そう思った。

とっさに右の道を選んだ。足がもつれて転びそうになった。すんでのところで体勢を立て直し、全力で駆けだした。

（早く逃げなければ）

カァン、カァン、カァン……

自分の足音に誰かの足音が、覆い被さるようにして響く。追いかけてくる。その「誰か」が何者なのかは分らない。――が、とにかく逃げなければならない。決して捕まってはいけない。何としても逃げきらなければならない。

しばらくしてまた、分れ道にさしかかった。

今度は三叉路《さんさろ》だった。二方向に分岐した道が左右、斜めに延びている。

もはや間違いはなかった。

ここは自分が知っている迷路館の迷路ではない。こんなふうに斜めに交差した三叉路など、あの家のどこにも存在しないはずではないか。

誰かの足音はまだ聞こえてくる。徐々に、しかし確実に近づいてくる。

迷路館の迷路からこの見知らぬ迷宮へ、どこからどうやって迷い込んでしまったのか。――落ち着いて考える余裕もなく、宇多山は左の道を選んで走った。

道はさらに何度も曲がり、何度も分れ……やがて一枚のドアの前に辿り着く。

〈MINOTAUROS〉

ドアに貼られた青銅のプレート、そこに刻まれた文字を見て、宇多山は大いに戸惑った。これは……ああ、もちろん知っている。あの部屋――〈ミノタウロスの間〉のドアではないか。――とすると。

ここはやはり、迷路館の迷路だったということなのか。

カァン、カァン、カァン……

足音が迫ってくる。お前の動きなどすべてお見通しだとでも云わんばかりに、的確に道を選んで追いかけてくる。

宇多山はドアを開け、室内に飛び込んだ。そこには殺された須崎昌輔の死体が転がっていて……。

「やあ、宇多山さん」

軽く手を挙げて声を投げてきたのは、清村淳一だった。

「どうしました、血相を変えて」

ソファに坐《すわ》って談笑している作家たちの姿があった。清村に林宏也、舟丘まどか。鮫嶋智生も加わっている。その向こう、煉瓦色《れんがいろ》の壁に凭《もた》れて不思議そうにこちらを見ているのは、島田潔と桂子だ。

呆気《あっけ》に取られ、おろおろと視線を巡らした。

左手手前の絨毯《じゅうたん》の上には、けれども血まみれの須崎の死体がある。仰向けに倒れ、ちぎれかけた頭部をあらぬ方向へ捩《ね》じ曲げて……ただ、どうしたことだろう。その首の先に置かれていたはずの水牛の剥製《はくせい》が今、どこにも見当たらない。

「皆さん、いったいこれは」

問いかけた時――。

どたん、と後ろでドアが鳴った。

振り向くと、開いたドアの外に一人――いや、一匹の怪物が立っていた。二メートルを優に超える上背。濃い体毛に覆われた筋肉質の身体。そしてその首の上には、真っ黒な牛の頭が……。

「私たちはね、生贄《いけにえ》なのです」

ちぎれかけた須崎の頭部から、とつぜん嗄《しわが》れた声が発せられた。

「迷宮の怪物に捧げられた生贄。本当は七人の少年と七人の処女が必要なのですが」

「少年でも処女でもないから、彼は怒ってるみたいですね」

清村が淡々と云った。

「数も足りないしね。ま、仕方ないでしょう」

牛頭人身の怪物の手には、刃に赤黒い血のこびりついた斧《おの》が握られていた。冷たいガラス玉の目が妖しく光り、太い腕が高々と振り上げられた。

（……夢だ）

そうだ。そうだとも。むろん、これは夢——悪夢に決まっている。

気づいても、振り上げられた斧の動きは止まらない。

（夢なんだ）

宇多山の脳天めがけ、ゆっくりと打ち下ろされる刃。

（夢だ）

深紅に染まる視界。

（夢……）

＊

自分の上げた声で、宇多山は目が覚めた。目覚めてもなお、生々しく脳裡《のうり》に焼き付いて離れない悪夢の残像におののき、幾度も強く頭を振り動かした。

ベッドの上でゆっくりと身を起こす。ひんやりと皮膚の熱を奪う汗。——心臓の鼓動が速い。呼吸まで荒くなっている。

（参ったな）

天井のガラスから忍び込む星明りが、室内に充満した闇をわずかに薄めていた。

深呼吸を一つ。目が慣れてきたところで、上体を起こした自分を正面から見つめ返す何者かに気づく。一瞬ぎくりと身をこわばらせたが、何のことはない、壁の姿見に映った自分自身の影だった。

（ああ、参った……）

しんと静まった部屋の空気が無性に息苦しく感じられ、立ち上がって換気扇のスイッチを入れた。ついでに机の上から煙草を取り、火を点《つ》ける。

立ち昇る煙の軌跡を目で追いながら、

(これでいいのだろうか)

(このままにしておいていいのだろうか)

心の中で蠢動《しゅんどう》する不安、そして疑惑。その輪郭を、ゆっくりとなぞってみる。

2

あのあと。清村の主張に従い、遺産相続のコンテストの続行を皆が承認した、あのあと……。

午後五時前にいったん場は解散となり、三人の作家たちは原稿に取りかかるべく、それぞれの部屋へ引き揚げていった。午後八時には夕食が、広間のテーブルに用意されるよう取り計らわれた。死体発見時のショックと恐怖が消えやらぬのか、お手伝いはしきりにもう帰りたいと訴えたが、鮫嶋が根気よく事情を説明して、どうにか食事の世話だけは続けてくれるよう承知させたのだった。

鮫嶋が服を着替えに部屋へ帰ったあとも、宇多山と桂子は広間に残って、特に言葉を交わすでもなく時を過ごした。島田はトレーナーにジャージーといった恰好《かっこう》のまま着替えに戻ることもなく、テーブルに両肘《りょうひじ》を突いて掌《てのひら》で額を支え、じっと顔を伏せていた。その様子は、何事かを懸命に思考しているようにも、単に疲れてうたた寝をしているようにも見えた。

八時が過ぎて、宇多山は作家たちが集まってくるのも待たず、用意された夕食に少しだけ箸《はし》をつけた。それから、部屋に持ち帰るつもりでサイドボードからウィスキーのボトルを一本選び出すと、桂子を促して席を立ったのだが。

「宇多山さん」

と、そのとき島田が声をかけてきた。

「何でしょう」

「あなたは本当に、井野さんが須崎さんを殺した犯人で、すでにここから逃げ去ったのだと思いますか」

即座には返事ができなかった。

イエス。——そう答えようと一瞬、口が動きかけたのだ。が、果たして自分が「本当に」その説を信じているのかどうかと自問してみると、答えはすこぶる曖昧《あいまい》なものにならざるをえなかった。

「たぶん」

とだけ、言葉にした。

「皆さん、そう信じたいだけなんでしょう？」

眉《まゆ》を鋭い八の字に寄せながら、島田は云った。

「清村さんの主張は、ある意味でしごく当然でしょう。いちばん自然な解釈だとも云える。けれども云い替えれば、あまりにも安易な考えなんじゃないか」

「私にはよく分りません」

と答えた、それはその時の本音だった。

「しかしですね、宇多山さん」

「すみません。私はどうも……すっかり疲れてしまって。今はもう、何も考えたくないんです」

それも本音だった。桂子を見ると、彼女も相当に疲れている様子だった。とにかく今夜は、さっさと部屋に戻って休んでしまいたかった。

「ねえ、宇多山さん」

おやすみの挨拶《あいさつ》をして立ち去ろうとする二人を、なおも島田は呼び止めた。

「お訊きしておきたいことが一つだけ、あるんですが」

「何でしょうか」

「この家ですけどね、もしかして、どこかに何かの仕掛けがあるような話を、宮垣先生から聞いておられませんか」

「何かの仕掛け？」

「ええ。たとえば秘密の通路とか、隠し扉とか隠し部屋とか、そんな」

「さあ」

宇多山は首を捻《ひね》った。

恐らく島田は、例の建築家との関連でそんな質問をしてきたのだと思う。中村青司の手がけた建物には、「からくり趣味」とでもいった特徴があったらしい——と、そんな情報がうっすらと記憶にあった。だが、この迷路館にもその類の何かがあるのかどうか、少なくとも宇多山はまったく知らされていなかった。

島田を残して広間を出たのが、午後九時前。ちょうど入れ違いで入ってきた鮫嶋と挨拶を交わし、宇多山と桂子は自分たちの部屋へ向かった。

「大変だったね、いろいろと」

桂子の手を握り、宇多山は云った。

「身体は大丈夫かな」

「ええ」

「君はどう思う」

「どうって？」

「さっき島田さんが云っていたこと。僕たちはただ、清村さんが示した説を信じたがってるだけだって」

「――わたしもよく分らない」

桂子は溜息《ためいき》混じりに答えた。

「でも、島田さんはああ云うけれど、鼻血の検査とかして……ね、一人も怪しい人は見つからなかったじゃない。調べてないのは確かに井野さんだけだし、だからやっぱり……」

「やっぱりね。そうなのかな」

今夜は同じ部屋で過ごしたほうがいいのではないか、と宇多山は提案したが、桂子は「大丈夫」と云って微笑を返した。

「大丈夫よ。シングルのベッドで一緒に寝るのは大変でしょ。赤ちゃんを入れたら三人だもの」

「それはそうだけど……」

仮に、犯人＝井野がまだこの家のどこかに潜んでいたとしたら？　あるいは、一度は外へ逃げたものの、また戻ってきたとしたら？　――彼はすべての部屋の合鍵を持っているのだ。一人きりになるのは危険ではないだろうか。

宇多山がその懸念を告げると、桂子は「大丈夫よ」と繰り返して、

「ドアにはちゃんと内側に掛金が付いてるし。それにね、どう考えたってわたし、命を狙われるような心当たりはないから」

「怖くないのかい」

「そりゃあ、ぜんぜん怖くないわけじゃないけれど。でも平気。わたしと同じ部屋だと宇多山さん、煙草が吸えなくって大変でしょう」

結局、桂子は独り自分の部屋に入った。くれぐれも気をつけるように、何かあったら大声で叫ぶように――と念を押して、宇多山もまた独り自分の部屋に戻った。

肉体と精神、双方の疲労がひどくて、持ち帰ったボトルにも手をつけず、ぐったりとベッドに沈んだ。明りを消し、目を閉じ、数分としないうちにどろりと眠りに落ちたのだったが……。

(……何時だろう)

ふと気になって、左手に巻いたままでいた腕時計を覗《のぞ》き込んだ。ライトのスイッチを押すとオレンジ色の淡い光が、液晶にデジタル表示された時刻を浮かび上がらせる。

午前一時四十分。

(これでいいのだろうか)

星明りだけの薄闇の中で、宇多山は思考を続ける。

(このままでいいのだろうか)

何時間かの睡眠で、眠る前にあったひどい疲労感はだいぶ薄らいでいた。醒《さ》めた頭で今、改めて考え直してみると、やはりこのままでは良くないのではないかと思えてくる。

——あなたは本当に、井野さんが須崎さんを殺した犯人で、すでにここから逃げ去ったのだと思いますか。

島田が投げた問いかけ。答えに詰まった自分。

〝首切りの論理〟は、残された七人——角松フミヱを含めれば八人——の中には犯人がいないことを証明した。だがしかし、島田が示したあの論理の枠外に、この犯人がいたとすればどうなる?

単に須崎が憎かったから死体を切り刻んだのだとしたら。憎しみとも理性とも関係なく、ただ犯人の発作的な狂気のなせる業《わざ》だったとしたら。あるいは何か、もっと他に理由があって……。

そう考えると、確かに井野＝犯人説は、島田の云うとおり「いちばん自然」だけれども「あまりにも安易な考え」にすぎないことになる。殺人犯が井野以外の何者かである可能性は、完全に否定されたわけではないのだ。

須崎が殺されたのはやはり、巨額の遺産をかけた四人の競作に絡んでのことなのかもしれない。――そうだ。作家たちの中では、須崎が最も有力な候補者だったのだ。宇多山自身、本命は彼だろうとひそかに考えていたではないか。

井野＝犯人説を唱え、コンテストの続行を主張した当の清村こそが犯人なのかもしれない。それとも、見かけは気が弱くておとなしそうな林が？　死体を見て失神したまどかが？

ここでさらに、何か知られざる動機を云々《うんぬん》しはじめるならば、疑惑は果てしなく広がるばかりである。

鮫嶋も島田も、それにあのお手伝いの老女も、このうちの誰が仮面を被った殺人鬼なのか知れたものではない。第三者の目から見れば、桂子にしても宇多山自身にしても同じだろう。

もしも井野が犯人ではないとすれば、姿を消した彼は初めに考えたとおり、すでに真犯人によって殺されている可能性が高い。その場合、当然ながら犯人は、秘書が持っていた合鍵を自分のものにしているに違いない。

そんな状況の中で結局、コンテストは続けられようとしている。いかに宮垣葉太郎の「遺言」を尊重するのだと云っても、いかに当面外部へ連絡を取るすべがないのだと云っても、いったいそれでいいのだろうか。

正常じゃない、と思う。

何と云っても人が一人、殺されているのだ。どんなふうに理由をこじつけようが、こんな対処は正常じゃない。——許されるはずがない。

机の上に置いておいたウィスキーのボトルを取り上げ、じかに口をつけた。

「許されるはずがない」

己《おのれ》に云い聞かせるように呟いた。

「何とかしなければ……」

どうにかして玄関の扉を壊せないものだろうか。内側の格子扉だけでも破ることができれば、物置に何か強力な道具があるかもしれない。あるいはそう、島田が気にしていたような秘密の通路なり何なりが、もしも本当に存在するのならば……。

ともあれ、脱出方法を探す努力を最優先させなければならない。そうしてこんな常軌を逸したコンテストは即刻、中止させなければならない。

いったんそう考えだすと、もはや止めようがなかった。これもまた、この異常な状況下で、宇多山自身がある種の正常ならざる心理状態に陥っていたということなのかもしれない。

もう一口だけウィスキーを喉に流し込むと、宇多山は皺だらけのワイシャツの上にカーディガンを羽織《はお》った。

(とにかくまず、彼だ)

このとき思いついた「彼」とは、清村淳一のことだった。

(彼をまず、説得しなければ)

コンテストの続行、そのイニシアティヴを握っているのは清村だ。外部への連絡や館からの脱出に対する積極的な努力に反対しているのも、清村だ。

とにかく彼と話をしよう。いざとなれば、そうだ、自分が〝審査員〟としての協力を放棄することで、強引にコンテストを中止させてしまってもいいのだから。

腕時計をもう一度、確認した。午前二時が近い。この時間であればまだ、彼は起きていてワープロに向かっているはずである。

宇多山は心を決め、部屋を出た。

3

廊下の明りは点《つ》いたままになっている。

ズボンのポケットから例の平面図を取り出し、清村の部屋〈テセウス〉へ行く道順を確認した。

何歩か足を進め、意識的に立ち止まってみる。耳を澄ます。自分の靴音の反響がやむ。聞こえてくる音は、何もない。

ほっと息をついて、再び歩きはじめる。足が少し宙に浮いた感じだった。心身のコンディションの加減で、今さっき飲んだウィスキーの酔いが必要以上にまわっている気がする。

いくつかの角を折れ、大広間からの直線部分に出た。

砂色の壁にぽつりぽつりと並ぶ明りは、電灯の黄色い光。床は焦茶色のＰタイル。天井は……。

ことさらのように、いま歩いているこの廊下が間違いなく迷路館の迷路であることを確認する。

（ああ、何を怯《おび》えている？）

まさか、あの悪夢の続きの中にいるなんて……。

（……莫迦《ばか》な）

――私たちはね、生贄なのです。

須崎の嗄れた声が脳裡に蘇る。

――迷宮の怪物に捧げられた生贄。

反響する自分自身の靴音に追われるように、足速になる。南へ戻る直線の突き当たりでまた立ち止まり、耳を澄ます。――静寂。

何者かが今この同じ迷路の中にいるような感覚が、どうしても消えないのだった。宇多山が歩くとその者も歩きだす、宇多山が立ち止まるとその者も立ち止まる――と、そんな……。

Uターンして、廊下は再びまっすぐに北へ延びる。左手にずらりと並ぶ、十六本の枝道。それぞれの道の壁から覗く十六個の白い仮面《マスク》。

いちばん手前を左に折れれば、島田の部屋〈コカロス〉だ。――彼は今、何をしているだろう。

島田にも声をかけて、一緒に清村に会いにいこうか。一瞬そう考えたが、すぐに思いとどまる。ここはまず自分一人で……と、何やらそれが己の使命であるかのような思い込みが、このとき宇多山の心を支配していた。

平面図を見直し、清村の部屋の位置を確かめる。〈テセウス〉に続くのは、十三番目の分れ道である。

一つ、二つ、三つ……。

壁の仮面を数えながら、ゆっくりと歩を進める。

瞳のない白い目の群れ。弱い明りの描き出す陰影が、それぞれの目に微妙な表情を与えているように見える。

六つ、七つ、八つ……。

彼は――清村は、果たしてどんな反応をするだろうか。きっと例の調子で、宇多山の勧告などまず一笑に付してしまうに違いない。

「何を今さら云いだすんですか。犯人は井野さんなんだ。でもって彼は、もうこの家にはいないんですよ」――とでもいうふうに。

しかし、清村は本当にそう確信しているのだろうか。内心は彼も、自分の説を完全に信じてはいないのではないか。――いや、それよりもしも、彼自身が須崎殺しの犯人なのだとしたら……。

十一、十二、そして十三。

(ここだ)

牙を剝《む》いた獅子の顔を一瞥《いちべつ》し、宇多山はその枝道に入った。

突き当たりを左。すぐに右。次の分岐は左を選ぶ。右に折れ、左に折れ、右、右、それから左……。

紫黒色のそのドアの前に行き着く。青銅板の文字を確認しようとして、それがないことに気づいた。

(そう云えば、〈テセウス〉のプレートが外れていると彼が……)

納得しつつも、何かしら軽い違和感が頭のどこかに残っていた。ドアのプレートがないという、そのせいではたぶんない。そうではなくて……ああ、いったいこれは何だろうか。

「清村さん」

声をかけ、軽くドアをノックした。

「宇多山です。夜中に申し訳ありませんが」

返事がないので、言葉を切った。改めて、今度は少し強くノックしてみる。

「清村さん」

やはり返事はない。

耳をそばだててみるが、何一つ物音は聞こえない。

ドアの隙間から洩《も》れる光は？　――ない。

もう寝ているのか。いやまさか、それはあるまい。作品の締切として定められた五日の夜まで、あと三日しかないのだ。速筆の清村でも、そうそうのんびり眠ってはいられないはず――。

どこか別の部屋に出ているのだろうか。広間か、あるいは娯楽室か。

ちょっと気抜けしながらも、何となくドアのノブに手をかけてみた。すると、どうしたことだろう、鍵が掛かっていないのである。

妙だ、と感じた。

いくら井野＝犯人・逃亡説を唱えていると云っても、あんな殺人事件が発生したその夜に、部屋の鍵を掛けずに眠ったり外へ出たりするなど、当たり前な神経とは思えない。清村という男、ああ見えて、そこまで能天気な人間ではないはずだが。

――とすると？

ノブをまわし、ドアを押し開く手を止められなかった。

「清村さん」

もう一度声をかけながら、入ってすぐ左側の壁を手探りして、照明のスイッチを入れた。明りが点くと、そこには死体となった清村が……と、そんな予感に刹那《せつな》、囚われた宇多山だったが、室内には何者の姿もなかった。

「清村さん……」

机の上のワープロは点けっ放しになっている。

（——トイレ？）

小走りに奥のトイレのドアまで進み、ノックしてから開いてみた。中には誰もいなかった。考えてみれば、部屋の明りを消してトイレ、というのも変な話だ。

やっぱりどこかへ出ているのか。だが、それにしても……。

……抑えがたい胸騒ぎ。

酔いのせいで若干よろめく足で、宇多山は机のそばに寄った。

引き出されていた回転椅子の座面に手を当ててみる。——冷たい。清村がこの席を立ってから、それなりに時間が経過している証拠だ。

机の上には、ワープロのキーボードの横に例の平面図が広げてあった。これを持たずに出たということは、行き先はやはり、広間か娯楽室か、どこか分りやすい位置にある部屋なのだろうが。

ディスプレイに目を上げる。

明りを消して部屋を出ていくまでの間、清村がこのワープロで原稿を書いていたのは間違いなさそうだった。

宮垣葉太郎の遺産相続権をかけた「史上最大の懸賞小説」——この迷路館を舞台とした〝探偵小説〟。作中で起こる殺人事件の被害者は、作者すなわち清村淳一自身でなければならないという……。

いったいどんな小説を、彼は書こうとしているのだろうか。いや、そんなことよりも今は……。

（……今は？）

（どうしたらいい？）

まずは広間と娯楽室を覗きにいくのが正解、か。

「闇の中の毒牙」

画面の上端に並んだタイトルを、何の気なしに読み取った。——と、そこで。

（まさか）

それまで思い至っていなかった恐ろしいある疑惑が、心の中でむくりと首をもたげた。

（まさか、そんなことは……）

宇多山は恐る恐る、タイトルに続いて打ち込まれている冒頭部の文章へと目を進めたのである。

闇の中の毒牙

女は男を待っていた。

夜。

明りを消した部屋。

闇にひそみ、息を殺し——。

これから自分が行なおうとしていることに、迷いはない。絶対の成功を確信しているわけではないが、失敗を恐れてもいない。

望みは——そうだ。このゲームに勝つこと、それだけ。

「こんばんは」

ドアの外で、男の声がした。

「――どうぞ」

わざと返事を、ワンテンポ遅らせた。

「鍵は外れてるから」

ノブがまわる。男が入ってくる。

「や――？　真っ暗じゃないか」

部屋の明りが消えているのに、男は驚いた。

「なんで電気を……」

「暗闇が好きなのよ」

女は答えた。

「それにね、こうしていると星が見えるから」

ガラスの天井。射し込む蒼白い星の光。

「ふん。地下の館にて――星空の下のランデヴーか。なかなか洒落《しゃれ》てる」

闇に目が慣れてきたらしい。男は後ろ手にドアを閉めた。

「とりあえず、乾杯といきましょ」

女は用意しておいたふたつのグラスにワインを注ぎ、ひとつを男のほうへ差し出した。

「さ、どうぞ」

「やあ、どうも」

「ところでね、あなた、この部屋の名前は知ってる？」

「知ってるも何も、ドアの外に表示がある。〈メデイア〉だろ」

メデイア。この家の各部屋につけられた、ギリシャ神話の登場人物の名のひとつ。

「どういう人物だかは、知ってる？」

「——魔女、メデイア」

「そう。コルキスの王アイエテスの娘——彼女は魔力を持つ女だった。数々の遍歴ののち、アテナイの王アイゲウスと結婚し、その息子テセウスを毒殺しようと試みた」

「——？」

「ここはそのメデイアの部屋。そしてあなたの部屋はテセウス」

「…………」

「さあさ、乾杯しましょ」

女はグラスを上げた。

「妙な話を聞かせるんだな」

闇に浮かんだ男の顔が、かすかにひきつった。

「まさか、このグラスの中には毒が盛られてる、とか？」

「さあね」

女は微笑した。

「ご想像にお任せするわ」

4

ゆっくりと考えてみる時間も惜しく、宇多山は部屋を飛び出した。

（まさか、そんな莫迦《ばか》なことが）

疑惑はしかし、むきになって否定しようとすればするほど、どんどんと大きく膨らんでくる。

（メデイア。テセウスを毒殺しようとした魔女……）

点けっ放しのワープロ。

書きかけの小説。

鍵の外れたドア。

誰もいない部屋……。

十六本の枝道が並ぶ、先ほどの長い廊下に出た。問題の部屋――〈メデイア〉の位置は、清村の部屋〈テセウス〉の南隣だったはずだ。昨日、井野を探して島田とともに見にいったあの空室である。

（どの道だ？）

平面図を確かめるのももどかしく、宇多山は出てすぐ右隣の枝道に駆け込んだ。だがそれはすぐにUターンし、元の廊下に戻ってしまう。

いらいらと手許で図を広げた。

（――この次じゃないか）

さらに右隣、清村の部屋へ続く枝道から数えて三番目の道を折れる。壁に掛けられているのは、額の中央に一本の角を生やした獣の仮面《マスク》。虚ろな白い目で、宇多山を迎える。

細かく折れる廊下。曲がり角ごとに壁に衝突しそうになりながら、もつれる足で走った。そうしてようやく、目的の部屋の入口が現われたところで。

「ああっ！」

宇多山は叫び、その場に凍りついた。

〈メデイア〉のドアは開け放たれていた。

室内には明りが点いていた。

そして——。

部屋の中央あたりに、長い二本の足を棒のようにこちらへ投げ出して突っ伏している男の身体が、見えた。ストーンウォッシュのジーンズに薄紫色のシャツ……清村淳一に間違いない。

「清村さん！」

ぐらん、と強い眩暈《めまい》に襲われた。現実と虚構——その狭間に、みずからの存在がずるずると引き込まれていくような感覚とともに。

両腕を前方に突き出し、それこそ宙を泳ぐような恰好《かっこう》で、宇多山は部屋の中に飛び込んだ。

「清村、さん……」

俯《うつぶ》せに倒れた男は、もはやぴくりとも動かない。宇多山は息を止めて身を屈《かが》め、横を向いたその顔を覗き込んだ。

激しい苦悶《くもん》の表情が、顔全体に刻まれている。両手の爪を喉に突き立てている。苦しみのあまり掻きむしったのか。

宇多山は震える手を伸ばし、脈を調べてみた。——死んでいる。

身を起こし、室内を見まわした。昨日、島田と二人で訪れたあの時と比べて、何ら変わったところはない。

「誰か、いるのか」

倒れた清村以外には何者の姿もないことを確認しつつ、声を発した。

「誰か……」

怖いほどの静寂。自分の息遣い以外、こそとも聞こえてくる音はない。

知らせなければ——と、ようやく思った。とにかくみんなを起こして、この緊急事態を……。

震えの止まらぬ手で、握りしめていた平面図を広げた。ここからだと、いちばん近い部屋は？　——島田の〈コカロス〉か。

その時、誰かの甲高い靴音が聞こえたような気がした。と思うまに、音は宇多山の

背後に近づいてくる。ぞぞっと身を震わせ、振り向いたと同時に、

「宇多山さん！」

　大声が響いた。

開いたドアの向こうの薄闇に、ひょろ長い人影が見えた。島田潔だ。

「隣の――この部屋から今、何か叫び声が聞こえたので……あっ！」

宇多山の足許に倒れた死体に目を留めたとたん、島田は短く叫んだ。

「清村さんですか、それは」

「――ええ」

「死んでるんですか」

「私が見つけた時には、もう……」

　部屋に踏み込んできた島田に、宇多山はしどろもどろで事情を話した。黒いトレーナー姿の島田は、落ちくぼんだ目を光らせ、息絶えた清村の背中と喋る宇多山の顔を交互に見ながら耳を傾けていたが、

「ふうむ」

　清村のワープロに打ち込まれていた小説の冒頭部の説明を聞いたところで、長い唸り声を喉から絞り出した。

「この〈メデイア〉の部屋での、男と女の会話……ですか。それを読んで、あなたはここに？」

「そうなんです」

宇多山は強く頷《うなず》き、

「原稿自体はまだほんの出だしの部分で、事件も何も起こってはいないのですが、メデイアはテセウスを毒殺しようとした魔女だったとか、何やら思わせぶりな記述が気になって……」

「そしてその暗示どおり、彼はここで死んでいたってわけか」

島田は死体の傍らに立ち、その頭から足先までを舐めるような目で観察した。

「こうして見るだけじゃあ、死因が何なのかは分りませんね。まず、他殺なのかそうでないのか。ここは宇多山さん、調べてみるべきでしょう」

「それは……」

「警察を呼べない状況に変わりはないんですよ」

云うなり、島田は死体のそばに片膝を突いた。肩に両手をかけて、ごろりと死体を仰向けにして……。

「……外傷は見当たりませんね。喉に爪を立てているけれども、ふん、首を絞めたような痕はないか。こりゃあまた、奥さんに診てもらう必要があるかな」

「毒、では？」

宇多山が思いつきを口にすると、島田は何度も頷いて、

「かもしれませんね。とするとますます、『闇の中の毒牙』ですか、その清村さんの作品の内容に近づいてくる。犯人はまたしても、被害者の小説の〝見立て〟を行なったわけだ」

死体から目を上げ、「しかし」と彼は続けた。

「仮にそうだとしても、どうやって犯人は毒を飲ませたのか。これは問題ですよ」

「——確かに」

たとえば犯人が、何らかの機会に、清村の書いていた、あるいは書こうとしていた作品の内容を知ったとする。それに見立てて、この部屋で彼を「毒殺」したのだとして、ではいったいどういう方法で犯人はこれを行なったのか。

自分の作品については、誰よりも清村自身がよく知っていたのだ。なのにその彼が、この〈メデイア〉の部屋でおめおめと毒を盛られるようなことがあるだろうか。

その時ふと——。

何気なくドアのほうへ向けていた目の隅に、妙なものが引っかかった。

（……ん？）

不審に思って首を傾げる宇多山に、

「どうしました」

と、島田が訊いた。

「それを……」

宇多山が腕を上げて指さしたものを認めると、島田は勢いよく立ち上がってそちらへ向かう。

「ははあん。なるほど、これか」

ドアを入ってすぐ左側の壁だった。茶色い板張りの壁面に取り付けられた、四角いプラスティックのパネル。その中央に隆起した部屋の照明のスイッチを、ぐるりと取り囲むようにして……。

島田を追って近寄ってみて、宇多山はそれが何であるのかを理解した。

細い針の群れ、だ。何十本という針が、まるで生け花に使う剣山のように、スイッチの周囲にびっしりと植え込まれているのである。

「パテを厚く塗りつけて、そこに固定してあるんですよ。そしてたぶん……」

云って、島田は注意深く鼻を近づける。鋭い針の先には、何かどろりとした赤褐色の液体が、小さな球状になって付着していた。

「黴《か》びた煙草みたいな臭《にお》い。こいつはたぶん、ニコチンの濃厚液ですね」

「ニコチン？」

「ええ。煙草に含まれている、あれです。猛毒なんですよ。自律神経に作用して、呼吸麻《ま》痺《ひ》を引き起こす」

島田はくるりと向きを変え、清村の死体のそばに戻った。再び片膝を突いて屈み込むと、死体の喉から左手を引き剝がし、掌を開かせる。

「宇多山さん、見てください。このとおりです」

こわばった指の腹。その数箇所に、小さな赤黒い傷痕があった。

「この傷から、血液中にニコチンが入ったんですよ。清村さんは煙草を吸わないみたいだったから、毒のまわりは速かったでしょうね。声を上げるまもなく呼吸が困難になって……」

死体の手を元に戻すと、島田はドアのほうをきっと睨みつけ、

「あらかじめ犯人は、あそこにああいった仕掛けをしておいた。で、部屋の明りを消した状態にしておいて、清村さんをここへ呼び出したわけです。真っ暗な室内に入って、彼はまず何をしたか。当然、照明のスイッチを探す。この家の客室はどれも、ド

アを入って左側の同じ位置にスイッチがあるから、目で見て確かめることもなく、彼はそれを左手で探った。探り当てた時にはもう、スイッチのまわりに植え込まれた毒針が彼の指を傷つけていた」

よく似た殺害方法が出てくるミステリを、宇多山はむかし読んだ記憶があった。あれは……そう、エラリイ・クイーンの『Xの悲劇』だ。あの小説の最初に起こる殺人では、多数の針を突き刺した小さなコルクの球が一種の凶器として用いられていた。そして確か、その針の先に塗られていた毒物も、ニコチンの濃厚液だったはずである。犯人は、あるいはその辺からヒントを得て、このトリックを思いついたのかもしれない。

宇多山が考えを告げると、島田は神妙な顔で頷いた。

「もちろん、その可能性は大いにあるでしょうね。あのお手伝いさんはどうだか分らないけど、僕やあなたも含めて、クイーンのあの名作を読んでない人間なんてここにはいないでしょうから」

「それにしても犯人は、どこからそんな毒物を入手したんでしょうか。もしも事前に用意しておいたのだとすると、これは……」

「ニコチンはある種の農業用殺虫剤の成分として、かなりの濃度で使われてるっていいますね。煙草から蒸留するのは大変だろうけれども、この殺虫剤を煮詰めてやればあんがい簡単に抽出《ちゅうしゅつ》できる」

「そんな殺虫剤がこの家にあるのですか」

「この家である必要はないじゃありませんか」

云われて、宇多山は気がついた。そうだ。この家である必要はまったくない。犯人は、それが井野満男であるにしろ他の誰かであるにしろ、玄関の合鍵を持っているはずなのだ。他の人間たちとは違って、自由に家から出ていけるのである。だから、外のどこかでそういった殺虫剤や針、針の固定に用いたパテなどを入手することも、その気になれば充分に可能だったのではないか。

「皮肉なもんだな」

と云いながら、島田は哀れむような目で清村の死体を見下ろした。

「犯人はもうこの家にはいないという主張の誤りを、こうして彼みずからが犯人の罠に落ちることで証明したんだから。——ところでね、宇多山さん」

「はい？」

「どうやって犯人は、清村さんをこの部屋に来させたんだと思いますか」

「それは、犯人が呼び出すかどうかして」

「いやいや。他の部屋ならともかく、ここは〈メデイア〉ですよ。自作の冒頭の舞台に使っているこの空室に呼び出されて、彼は何の不審も抱かなかったでしょうか」

「…………」

「ああいう主張をしてはいたけれども、それは彼の確信と云うよりはむしろ、コンテストの続行を促すための方便、みたいな部分があったはずだと思うんです。つまり、彼とて百パーセント身の安全を信じきっていたわけではない。にもかかわらず、こうしてまんまと罠にかかってしまったというところに、何だかこう、僕はしっくりしないものを……ん？」

島田の手が、死体の胸に伸びた。見ると、シャツの胸ポケットから何か白い紙切れが覗いている。

「平面図かな。——ああ、いや」

折りたたまれていたその紙を開いてみて、島田は首を横に振った。

「違いますね。これは……」

宇多山は腰を曲げて、島田の肩越しにそれを覗き込む。ワープロで印刷された短い文面が、そこにはあった。

今夜一時、娯楽室で待ちます。
競作の件で大切な相談があるので、
必ず来てください。
このことは決して他言しないように。
まどか

第七章　第三の作品

1

舟丘まどかが清村に、何らかの密談を持ちかけていた？

端然と並んだ黒い文字に目を釘付けにしたまま、宇多山は混乱する頭で考えた。

「競作の件で大切な相談がある」とは――これは、二人の間で何某《なにがし》かの協定を取り交わそうとでもいう含みだろうか。たとえば、どちらかが〝賞金〟を獲得した時には、それがどちらであっても二人で山分けすることにしよう、とか。

ありえない話ではない、と思う。少なくとも一時期、清村とまどかの二人が他人の関係でなかったのは事実なのだ。現在の二人の間柄がどうであれ、巨額の遺産がかかったこの状況となれば、あるいは……。

「部屋が違うんだなあ」

ぼそりと呟《つぶや》き、島田は元どおり紙を折りたたんで死体のポケットに戻した。

「指定の場所がこの部屋だというのなら、まだしも話は合うんだけれども」

彼は恐らく、この通信文が清村殺害に一役買った可能性を考えているのだろう。もしもその目的で作成された偽《にせ》の手紙だとすれば、密会の場所にはこの〈メデイア〉が指定されていなければならないはずだが、文面にあるのは「娯楽室」なのである。

「この手紙の真偽は、舟丘さん本人に訊いてみる必要がありますね。まあ当然、彼女は否定するでしょうが」

立ち上がって、島田は云った。

「とにかく宇多山さん、みんなを起こしにいきましょう。議論はそれからにしたほうが良さそうだ」

宇多山は急ぎ足で廊下へ出たが、そこで「おや」という島田の声がした。振り返ってみると、島田は閉めようとしたドアを見つめ、訝《いぶか》しげに首を傾げている。

「まだ何かあるのですか」

宇多山が問うと、

「いや、ないんですよ」

緩くかぶりを振りながら、島田は答えた。

「ない?」

「これを」

と指し示された扉板を見て、宇多山は「ああ……」と長い息を洩らした。

ない。部屋の名前が刻まれた例の青銅板が、そこにはないのだ。

昨日、島田と一緒に来た時には、〈MEDEIA〉という六文字をちゃんとこの目で確かめた憶《おぼ》えがある。それが今、プレートを留めていた木ネジの孔《あな》だけを残して消えてしまっているのである。

「いつのまに、誰が取り外したんでしょうか」

宇多山の問いかけには答えず、島田はドアから目を離して廊下へ出た。

「行きましょう。だいぶ時間が経ってしまった」

2

時刻は午前三時になろうとしていた。

枝道から例の長い廊下に出る。別々に行動するのは危険かもしれないという合意の下に、二人は一緒に他の者たちを起こしてまわることにした。

最も近いのは林宏也の部屋だった。部屋の名は〈アイゲウス〉で、清村の部屋の北隣に当たる。

須崎が殺され、そして今夜、清村が殺された。仮にこの連続殺人が宮垣葉太郎の遺産を狙っての犯行なのだとすれば、犯人は残りの作家二人——林かまどかのどちらかだという話になる。さもなければ、やはり姿を消した井野が犯人なのか。それとも鮫嶋が？

万が一、島田が犯人だとしたら？　まさかそれはあるまいと思いながらも、完全に疑いを捨て去ることができず、宇多山はわざと少し足を遅らせる。

白い仮面《マスク》の群れを左手に廊下を進む。薄暗い迷路に響き渡る、二人分の靴音。平面図で確認した〈アイゲウス〉への分れ道に入るまでの間に、宇多山はふとまた軽い違和感を覚えた。

（何だろう）

確かこれは、そう、先ほど自分の部屋から清村の部屋へ行くまでの道のりでも感じた違和感だ。微妙な不協和音。何となく嫌な、居心地の悪い感じ。何かが——どこかが、本来あるべき形と違っているような……。

のろのろと頭を振りながら、速足で先を行く島田の背中を追う。

(何なんだろう、いったいこれは……)

宇多山の自問はしかし、林の部屋の前に辿《たど》り着き、島田がドアをノックした時点でうやむやになってしまうこととなる。

「林さん」

呼びかけてドアを叩く島田の手が、急に止まった。

「どうか?」

それまで半ばうわの空でいた宇多山が尋ねると、

「このドア」

島田は憮然《ぶぜん》と顎《あご》をしゃくった。

「開いてますよ」

「——本当だ」

ノブをまわしてみるまでもなかった。〈AIGEUS〉の青銅板が貼り付いたそのドアは、どうやらもともときっちり閉められていなかったらしい。ドアとドア枠の間に数センチの隙間《すきま》が覗《のぞ》いているのだ。

「林さん」

とまた島田が呼びかけた。だが、返事はない。

隙間からは室内の明りが洩《も》れ出していた。その点を除けば、これはまるで、さっき宇多山が清村の部屋を訪れた場面の再現ではないか。

林もこの部屋にいないのか。まさか、どこか別の部屋で清村と同じように？　あるいは、彼こそが二つの殺人の犯人で……。

「林さん！」

声を大きくしてもう一度呼びかけると、島田は右手を突き出して扉板を押した。かすかな軋《きし》み音とともにドアが開く。

「うっ」

「ううっ……」

室内の光景を目にするなり、二人は呻《うめ》きとも叫びともつかぬ声を発した。

入って左手、ワープロの置かれた机の前に、林宏也の姿があった。

倒れた回転椅子の上に、生成《きな》りのヴェストを着た上半身を覆い被せるようにして俯《うつぶ》している。両手で机の端を掴《つか》んだまま、がっくりと頭を下げ……そして、背中の真ん中あたりからにょっきりと突き出した暗褐色の異物が、動きを失った彼の、そんな姿勢の原因をすべて物語っていた。

「何てことだ」

沈痛な声を吐き落として、島田が室内に踏み込む。

宇多山はまた強い眩暈《めまい》に襲われ、よろりとドアに凭《もた》れかかった。内向きに半分ほど開いていたドアは、宇多山の体重を受け止めても後退することがなかった。何かにぶつかってこれ以上は開かないのだ。

萎《な》えかけた気力を奮い起こして、中途で止まったドアの裏を覗き込む。するとどうだろう、部屋の奥に置かれているはずの小テーブルと二脚のストゥールが、そこには積み上げられているのである。

「島田さん、これを」

と、宇多山は机のほうに向かった島田の注意を促す。振り返ると彼は、ひくりと眉の端を吊り上げ、

「妙ですね」

押し殺した声で云った。

「まるでバリケードでも作ってあったみたいだ」

「バリケード……」

なるほど。それはありうる。

コンテストの続行にはいちおう賛成したものの、気の弱い林のことだ、危険を恐れてこんなものでドアを塞《ふさ》いでいたのかもしれない。けれども今、それが脇に動かされていて、なおかつドアには鍵も掛金も掛かっていなかったというのは……。

島田は机の前まで行き、倒れた林の身体にそっと手を伸ばした。

「――死んでます」

暗然と首を左右に振りながら、彼は云った。

「この傷が、恐らく致命傷でしょうね」

背中から突き出しているのは、包丁かナイフか、何か刃物の柄《え》だった。ヴェストに染み広がった赤い血の、いまだに生々しい光り具合からすると、刺されてからまだあまり長い時間は経過していないようである。

「腕に肩、他の部分にも掠《かす》り傷がある。それに――」

と、島田は室内を見まわしながら、

「ドアのバリケードはともかくとして、かなり乱れてますね。ベッドの毛布は落ちているし、鞄もほら、あんなところに転がってる」

奥の壁に貼られた姿見の横に、コルク色の旅行鞄《かばん》が引っくり返っていた。

「犯人と争った形跡、と見るべきでしょう。刃物で襲われ、ここに追いつめられた」

「しかし――」

宇多山は喘《あえ》ぐように云った。

「どうして林さんは、こんなバリケードまで作っておいて、刃物を持った犯人を部屋へ入れるような真似を」

「妙ですね、確かに」

島田は尖《とが》った顎《あご》の先を指で撫《な》でながら、

「うまく云いくるめられてドアを開けたのか。よっぽど気を許せるような相手だったのか……」

たとえ合鍵を持っていても、内側から掛金を下ろされたうえ、テーブルと椅子でバリケードまで作られていては、部屋に押し入るのは難しい。ドアを破ろうとしたような形跡はまったくないから、犯人は林に招き入れられたという話になる。

とすると――。

少なくとも、訪れた者が井野満男でなかったことだけは確かなのではないか。もしも井野だったのであれば、林は決して自分からドアを開けるような真似はしなかっただろうから。

あれこれと考えを巡らすうちに、島田は死体の傍らから机の上のワープロを覗き込んでいた。ヴェストの背中に滲《にじ》んだ血の色をなるべく見ないようにしながら、宇多山は島田の横に足を進めた。

「もしかして、またですか」

こわごわ尋ねてみた。

「何とも云えませんねえ」

電源の入っていたワープロのディスプレイを見つめたまま、島田は答えた。

「ただ、これを見てください」

と、彼は画面を指さして、

「どう思いますか、この文字」

宇多山は示された部分に目を凝《こ》らした。

画面に表示された横書きの文章は、上から三行目でいったん途切れている。そこから何行分かの空白が続いたあとに、島田の云った「文字」が並んでいた。

wwh

3

硝子《ガラス》張りの伝言

一九八七年四月二日、夜。

宮垣葉太郎の住む屋敷「迷路館」の一室にて。

四角いワープロの画面を睨みながら、新しい煙草に火を点ける。最近、喫煙の害に関する話を聞くたびに禁煙を決心するのだが、どうも私には無理なようだ。他の時は我慢できても、こうして原稿に向かうや否や、まったく無意識のうちに煙草に手が伸びている。

立ち昇る紫煙。いっぱいになった灰皿。白く煙った部屋の空気。

宮垣先生の還暦祝いのパーティだと聞いて訪れたこの地下の館で、まさか新しい小説を書かねばならないことになろうとは、夢にも思わなかった。その詳しいいきさつは後に説明するとして、とにもかくにも、これからまる三日、四月五日の午後十時までの間に百枚の短編を書き上げねばならない。

与えられたテーマがまた、難物だ。今いるこの「迷路館」を舞台とした殺人事件。登場人物も、いま実際ここに集まっている者たちを使わねばならない。さらに、その事件の被害者をこの私自身にしろというのだ。

果たしてそんな代物が、限られた短い時間の中でできるのだろうか。

昨日からなけなしの知恵を絞って、ようやくアイディアらしきものは一つ出てきた。いわゆるダイイング・メッセージ物のネタだが、さて、これをどのように料理したものか。

とりあえず、書きはじめてみよう。

とりあえず、そう、私こと林宏也(堀之内和広《かずひろ》)が殺された、その現場の描写から……。

＊

部屋に入って左手の壁に向かって置かれた机――その前に、彼の姿はあった。

倒れた回転椅子の上に、生成りのヴェストを着た上半身を覆い被せるようにして俯している。両手で机の端を摑んだまま、がっくりと頭を下げ……そして、背中の真ん中あたりからにょっきりと突き出した暗褐色の異物が、動きを失った彼の、そんな姿勢の原因をすべて物語っていた。

机の上には、ワープロの機械が載っている。電源が入ったままの状態であるのを見ると、彼はこのワープロに向かって原稿を書いていたところを襲われたものらしい。

宮垣葉太郎邸――迷路館の一室 〈AIGEU

wwh

ワープロに打ち込まれていた文書を最初のページから読んでみて、宇多山も島田も深々と溜息をつかずにはいられなかった。

「私」＝林宏也がこの部屋のこのワープロで問題の小説を書きはじめる、という冒頭部分。いわゆる〝作中作〟の構成である。このあと作品がどのように展開する予定だったのかは、もはや知るよしもないが、作中で「私」自身が語っているところによると、「いわゆるダイイング・メッセージ物のネタ」に取り組むつもりだったらしい。

そして――。

注目すべきはやはり、続く殺人現場の描写だった。

「またもや、ですね」

島田が云った。

「この部屋、この机の前、ワープロには書きかけの原稿、死体の姿勢まで同じと来てる」

「じゃあ、こうしてここに俯して机の端を摑んでいるのも、すべて犯人が〝見立て〟のために施した事後工作だと？」

どうにも解せぬ思いで宇多山が訊くと、

「さてねえ。何とも判断しがたいところだなあ」

島田は瘦《こ》けた頰をさすりながら、

「仮に、そうですね、この状態がすべて〝見立て〟のための工作だとすると、犯人は林さんの背中に刃物を突き立てて殺したあと、死体をこの場所まで運んできたことになる。そうしてわざわざ、この机の縁を両手で摑《つか》ませた。もちろん、あくまでも作品の〝見立て〟に固執するため、犯人がそういった手間暇をかけた可能性は充分に考えられます。

ところが一方、この事件については、作品の内容が内容だけにね、すべてが偶然の結果だったということも考えられる。つまり、たとえば凶器に暗褐色の柄の刃物が用いられたのも、それが背中に突き立てられたのも偶然だった。林さんを追いつめたのが部屋のこの場所であったのも偶然だったと、その程度の偶然の一致は決してありえなくもないでしょう」

「どちらが真相なのでしょうか」

「さあ。今のところ何とも云えないなあ」

島田は再びワープロの画面に視線を移した。

「ただ、この『wwh』という三文字。これに関してはね、いろいろと検討してみる必要がありそうです」

「林さんが死ぬまぎわに残したメッセージかもしれない、という意味で？」

「まあ、そんなところです」

島田は曖昧《あいまい》な返事をしたが、すぐに続けて、

「一つ仮説を立ててみましょうか」

と云った。

「いま読んだとおり、林さんはここで、自分自身が殺される物語の冒頭部分を書いていた。作中作で描かれる『彼』もまた、この部屋で原稿を書いている途中で殺されている。そして、この作品は『ダイイング・メッセージ』すなわち『死にぎわの伝言』がテーマであると最初に宣言されている。

ところで、現実にこの部屋で犯人に襲われ、深手を負ってしまった彼が、そのとき考えたことは何だったたか。犯人の正体を他の者に知らせたいという被害者の心理に加えて、彼はその直前まで、まさにそのテーマで小説を書こうとしていたわけです。自分のワープロに何らかのダイイング・メッセージを残そうと思いついたとしても、まったく不思議じゃない。むしろ、そう思いつかなかったほうが不自然でしょう。

死体の倒れている場所と姿勢が、林さんの原稿を読んだ犯人の工作の結果であったにせよ、偶然の一致であったにせよ、話は同じですね。犯人は相手がすでに死んだも

のと思い、ここから立ち去った。けれども林さんはまだ死にきってはいなくて、最後の力で机に這《は》い上がり、ワープロのキーボードを打ち、そのあと身体がずりおちて、机の縁を摑んだ状態で息絶えた。

さて、そこでこいつです」

島田はディスプレイへの注目を促した。

「『宮垣葉太郎邸——迷路館の一室〈AIGEU〉』——文章の途中で、ぶっつりと切れていますね。その下に四行の空白があって、いきなり『wwh』とある。少なくとも、この『wwh』という三文字が彼が書いていた作品の一部である、という可能性は否定できそうです。

それから、このキーボード——」

云われて、宇多山は手前のキーボードに目をやった。キーボードの横には、吸い殻でいっぱいの黒い灰皿が置かれている。

「まず、この位置です。本体に対して、ひどく斜めになっている。そしてほら、ところどころ血で汚れてるでしょう? 犯人に襲われて傷を負ったあとで、林さんがこのキーボードに触った証拠だと解釈できそうです」

いま一つ歯切れの悪い島田の言葉に若干、戸惑いを覚えつつも、

「やはりダイイング・メッセージですか」

宇多山は妙な気分の高揚を抑えられなかった。

立て続けに遭遇したいびつな形の〝死〟――そのショックのあまり、もしかすると今、当たり前な感情が麻痺しはじめているのかもしれない。恐怖や死者への哀悼の念を押しのけるようにして、眼前に提示された〝謎〟に対する興味が膨らんできてしまい、緊張した神経を奇妙な興奮状態に持ち上げようとしていた。

（このメッセージの意味が分れば、犯人の正体も分るのか）

「『wwh』……どういう意味なんでしょうねえ、島田さん」

宇多山は目を皿のようにして、画面に並ぶ三つのアルファベットを見つめた。

（w――w――h……）

この三文字だけでは、何ら意味をなさないように思える。

犯人のイニシャル？　――いや、違う。「ww」と取っても「wh」と取っても、これに該当する氏名の持ち主は関係者には存在しない。作家たちそれぞれのペンネームを思い浮かべてもみたが、当て嵌《は》まるものはやはりない。

「wh」を「ダブル・h」、つまり「hh」と解釈すればどうだろう。――駄目だ。これだと一人だけ該当者が見つかるが、それは殺された林宏也当人ではないか。

とすると、何かもっと長い言葉を綴ろうとして、途中で力尽きたというパターンだろうか。「w―w―h」と続く綴りからして、ローマ字表記で日本語を表わそうとしたのではない。

画面下方の表示を見ると、かな文字の入力方法としては「ローマ字入力」が使われていたらしい。「wwh」の直前、すなわち、書きかけの小説の最後の部分は「〈AIGEU」で途切れているから、入力モードが「英数」の状態に切り替わったままであることに問題はないのだが……。

「wwh」で始まる単語は？

「wh」で始まるものならいくらでもある。「who」「when」「where」「why」……あ、これでは意味がない。英語ではなく、他の外国語なのだろうか。それとも……。

……と、突然。

地下の館を包み込んだ静寂を粉々に打ち壊そうとするかのように、どこかから何か、異様な音響が伝わってきたのである。宇多山は文字どおり飛び上がって、思考を中断した。

「何です？」

ぞわりと全身の毛が逆立つ思いだった。

「いったいあれは……」

人間の声ではなかった。

遠慮といったものがまったくない、神経を逆撫《さかな》でするような金属質の連続音。擬音で表記するとしたら「ビーボービーボー……」とでもなるだろうか。

「舟丘さんだ」

島田が小さく叫んだ。

「憶えてませんか。ほら、最初の夜に彼女が云ってたでしょう。痴漢撃退用のポケットブザーを持ってきてるって。きっとその音ですよ」

「あ……」

「急ぎましょう、宇多山さん」

云うより先に、島田はドアに向かって突進していた。

「早く。こりゃあ、とんでもないことになってきたようだ」

第八章　第四の作品

1

まどかの部屋のおおよその位置は、平面図を何度も見たおかげで何となく目に焼き付いていた。だが、正確な道順まで記憶していたわけではない。図を取り出して確認するいとまもなく、入り組んだ迷路の廊下へ飛び出したのだ。宇多山はただ、前を駆ける島田の背を見失わないようにするだけでせいいっぱいだった。

もっとも、道順を記憶していないのは島田とて同じだったようである。

いったん例の長い廊下に出て、これを北へ向かったものの、鳴りつづける音を頼りにまどかの部屋へ行き着くまでに、二度ばかり短い袋小路に迷い込んでしまった。しかしそれでも、のんびりと平面図を調べているよりもいくらか短時間で到着できたのは確かだろう。

「舟丘さん」

大声で叫び、島田はノブに飛びついた。

「舟丘さん！」

ドアに貼られた青銅板の文字は〈IKAROS〉。ダイダロスの息子の名である。

テセウスがミノタウロスを殺して逃げたことを知ったミノス王は、ダイダロスが手引きをしたに違いないと疑って彼ら父子を迷宮に閉じ込めた。そこでダイダロスは、みずからの手で二対の人工の翼を作り、これを使って空へ脱出したのだという。ところが、この翼は鳥の羽根を蠟《ろう》で固めて作ったものであったため、父の忠告に逆らって空高く舞い上がりすぎたイカロスは、太陽の熱で翼を溶かされ、海のもくずと消えてしまう。

あまりにも有名な神話のエピソードを思い出しながら宇多山は、まどかの名を呼びドアを叩く島田の後ろで、しばし呆然《ぼうぜん》と立ち尽くしていた。

ビーボービーボー……

一枚のドアを隔てたすぐ向こうで、緊急を告げるブザーの音は、まったく衰える気配もなく鳴りつづけている。びりびりと脳の中心にまで響き込んでくるその喚《わめ》きが、大空から紺碧《こんぺき》の海原へと真っ逆さまに墜落していくイカロスの幻影に重なる。

「舟丘さん!!」

ありったけの大声で島田は呼びつづけるが、中から返事はない。両手でノブを握ってまわそうとするが、しっかりと鍵が掛かっていてドアは開かない。

「ああもう、駄目だ」

吐き出すように云って、島田は宇多山を振り返った。

「手伝ってください」

「はい？」

「ドアを破るんです」

そして、二人がかりの体当たりが始まった。

手前の曲がり角までの短い距離をめいっぱい助走に使って、肩からドアにぶちあたる。二度、三度とそれを繰り返したが、頑丈なドアはかすかに軋《きし》むだけで、びくともしない。

四度目、さらに五度目の体当たり。——ダメージを受けるのはしかし、二人の身体ばかりだった。

「これは破れそうにありませんよ」

肩の痛みをさすりながら、宇多山が弱音を吐く。その間も、部屋の中では大音量でブザーが鳴りつづけている。

「仕方ないな」

島田が云った。

「応接室へ行ってきます」

「応接……まさか、あの斧を？」

「他に方法がない。宇多山さんはここで待っていてください。何かあったら大声で呼ぶように」

云うが早いか、島田はくるりと踵《きびす》を返し、全速力で駆けだした。靴音の反響が、薄暗い迷路の奥へと遠ざかっていく。

独りドアの前に取り残された宇多山は、ノブに手をかけ、もう一度ドアを揺すってみた。だが、やはりびくともしない。ブザーの音はがんがんと耳を打ち、肩の痛みとあいまって頭痛まで催させる。

この部屋の中で、まどかもまた、すでに物云わぬ屍《しかばね》と化しているのだろうか。

宇多山はぐったりとドアに背を預け、両手で耳を塞《ふさ》いだ。

(いい加減にしてくれ。——もうたくさんだ)

先ほど林の部屋でワープロの「ダイイング・メッセージ」を見た時の妙な高揚感は、今や微塵《みじん》も残っていなかった。打ちのめされた思いで、重い頭を振った。

かつて、迷路や迷宮は一種の魔除けの意図をもって造られたものだと聞く。魔物は直線にしか飛べないと信じた古代中国人は、市街の城壁を二重にして、それぞれの門の位置をずらすことによって曲がりくねった小道を造った。イギリスではある時代、悪魔や魔女の侵入を防ぐため、玄関のステップにラビリンスの模様が描かれたという話もあるが……。

何が魔除けだ、と抗議したい気分だった。

魔除けどころか、この迷路館の迷路には間違いなく今、血に飢えた悪魔が巣喰っている。

犯人は誰なのだ?

須崎が殺され清村が殺され、林も殺された。遺産相続のライバル減らしが目的の犯行だとすれば、その時点で残された〝容疑者〟はまどか一人だった。ところが、その彼女も……。

異常者の仕業だ、と思った。

誰か、人殺しを無上の楽しみとする狂った人間が、この館の中にはいるのだ。それは、姿を消した井野か。それともまさか、鮫嶋が？　他に残った人間と云えば、あのお手伝いか、島田か……。

（いや、もう一つ可能性がある）

未知の第三者がこの家のどこかに潜んでいる、という可能性だ。宇多山たちが知らないうちに、何者か、精神に異常を来した殺人鬼がここに忍び込み、いずこかに身を隠しているのだとしたら……。

動機もへったくれもない。執拗《しつよう》な〝見立て〟にしても、あれはすべて異常者のお遊び、なのだ。

そういった考えに心が傾きはじめるや、無性に桂子の身が心配になってきた。まさか、彼女が次に狙われるなどということは……。

電池が切れてきたのだろうか、それとも耳が慣れてきたからだろうか、いくらか勢いが弱くなりはじめたブザーの音響に混じって、廊下を走る靴音が聞こえてきた。まもなく、息せき切った島田が曲がり角の向こうから現われる。右手に黒い斧をぶらさげたその姿を見て、宇多山は瞬間たじろいだ。今にも彼が、それを振り上げて自分に襲いかかってきそうな気がしたのだ。

「どいてください」

怒鳴りつけるように命じて、島田はドアの前に立った。宇多山がおろおろとその背後に身を移すと、彼は両手に斧を構え、扉板めがけて打ち下ろした。

鈍く激しい音とともに板が裂ける。鳴りつづけるブザーの音が高くなった。室内の明りは、黄色いスモールライトが点いただけの状態である。

もう一撃、さらにもう一撃……。

須崎の首を切った鉄の凶器が、徐々にドアを壊していく。

やがて穿《うが》たれた板の裂け目に、島田は腕を突っ込んだ。ドアの鍵は、内側からだとノブをまわすだけで簡単に外せる構造である。

斧を壁に立てかけ、島田はドアを押した。が、それでもまだドアは開かない。

「掛金も下ろしてある」

苛立《いらだ》たしげに呟《つぶや》いていま一度、扉板の裂け目に腕を差し込んだ。掛金が外され、ようやくドアが開く。

「舟丘さん……」

暗い室内に足を踏み入れ、照明のスイッチを探ろうとした島田の手がぴくっと止まる。先ほどの、〈メデイア〉の部屋の〝罠〟を思い出したのだろう。

入って左側の壁に慎重に顔を寄せ、スイッチまわりの安全を確かめてから、島田は明りを大きくした。

「ああ、やっぱり……」

こちらに頭を向けて象牙色の絨毯《じゅうたん》に倒れ伏した舟丘まどかの姿が、白い蛍光灯の光に照らし出された。

眠っているところを襲われたのだろう、ローズピンクのネグリジェを身にまとっている。床に広がった長い髪。ドアに向かって伸ばした右手。その手の先に、黄色いハート形のペンダントのようなものが転がっている。これが緊急音の発信源だった。

島田が鈍い足取りでまどかに近づいていき、喚きつづけるその小さな機械を拾い上げた。ブザーのスイッチが切られ、静寂が戻ってもなお、耳の中で渦巻く音はしばらくのあいだ消えなかった。

「何かで頭を殴られたようですね」

と、島田がまどかの後頭部を指さす。小さな赤黒い裂傷が、そこには見られた。

「しかし、変だな」

「えっ」

「落ち着いて考えてみてください」

云いながら、島田は部屋の奥へ足を進めた。

「ブザーの音が鳴りだした。犯人に襲われて、彼女がスイッチを入れたわけです。僕らはすぐに林さんの部屋を飛び出し、ここに駆けつけた」

緊張の面持ちでトイレのドアに手を伸ばし、一気に開く。

「——誰もいない」

「……………」

「ドアには鍵が掛かっていた。掛金も内側から下りていた」

島田の手が、続いて造り付けのワードローブに伸びる。

「で、ドアを破って入ってみると、このとおり彼女以外に誰の姿もない」

ワードローブの中には、まどかの黒いドレスとピンクのワンピースが掛かっているだけだった。ドアを入ったところで立ち止まり、島田の動きをじっと見守っていた宇多山は、そこでようやく彼の云わんとしていることを察した。

「密室ですよね、こいつは」

そう云って、島田はベッドの下を覗《のぞ》き込む。

「いったい犯人は、内側から掛金の下りているこの部屋からどうやって出ていったのか。しかも、僕らが駆けつけるまでの短い時間に……」

……その時。

宇多山の視界の隅で、倒れ伏したまどかの身体の一部が、ぴくりとわずかに動いた気がした。

「あっ」

驚いて声を上げ、まどかのそばに駆け寄る。

「どうしました」

「今、彼女が身動きしたような」

「ええっ」

前方に投げ出された右腕の手首を摑《つか》み、脈を探った。すると——。

生きている！　弱々しいながらも確かに、血管の脈動が指に伝わってくるのだ。

「まだ死んでいない」

まどかの手首を摑んだまま、島田の顔を見上げた。そして宇多山は、彼に指図されるまでもなく、ほとんど反射的に次なる行動を起こしていた。

「桂子を呼んできます！」

2

時刻は午前四時十分。

ブザーの音が鳴りはじめたのが三時半頃だったから、〈イカロス〉の部屋に駆けつけてドアを破るまでに、おおかた三十分もかかってしまった勘定になる。明りをスモールライトだけにして眠りに就いたまどかを、犯人が襲った。襲われたまどかはとっさの機転で、枕許にでも置いてあったブザーのスイッチを入れた。とつぜん鳴りだしたその音に驚いた犯人は、彼女の後頭部に痛打を与えながらもとどめを刺すには至らず、慌ててあの場から逃げ出したに違いない。

(しかし、いったいどうやって?)

白い石膏の仮面《マスク》が並ぶ長い廊下を駆け抜け、突き当たりを折り返し……薄闇が漂う迷路を桂子の部屋めざして全力で走りながら、宇多山は考える。

地下に建造されたこの館である。部屋にはむろん窓など存在しない。出入口はドアだけのはずだが、そのドアにはしっかりと鍵が掛かっていた。ノブの鍵については、たとえ合鍵を持っていなかったにしろ、ロックのボタンを押してドアを閉めればそれで施錠状態になるから問題はない。けれども、内側から下ろされていた掛金、あれはどうやって……？

たとえばドアとドア枠の隙間を利用して、何らかの物理的なトリックが用いられたのだろうか。

ブザーの音に気づいた宇多山たちが、部屋の前まで駆けつけるのに要した時間は、せいぜい二、三分といったところだった。そんな短時間で密室を作り上げることが、果たして可能だろうか。しかも、いつ音を聞きつけて人がやって来るか分らないという状況だったのだ。そんな中で、わざわざ面倒なトリックを使ってまで掛金を下ろす必要が、いったい犯人にはあったのだろうか。……

大広間からの直線廊下に出てしまえば、あとの道順は簡単だった。一昨日から幾度も広間と自分の部屋を往復していたから、廊下の曲がり具合や随所に掛けられた仮面《マスク》の種類などによって、何となく目が憶えているのである。

勢い余って何度も壁に衝突しそうになりながら、やっとの思いで桂子が眠っている〈ディオニュソス〉の部屋に到着した。心臓が口から飛び出さんばかりに動悸《どうき》が激しい。額や首筋、背中を伝う、冷や汗と脂汗の入り混じった汗。こんなに激しい運動をしたのは、社会人になってから初めてではないか。

「桂子」

息切れで、うまく声が出せなかった。ドアを叩きながら呼吸を整える。

「桂子。僕だ。起きてくれ」

ノックの手を止める。返答はなかった。

（まさか……！）

巨大な不安で心が押し潰されそうになる。青銅板に刻まれた酒神の名を見つめ、宇多山は祈るような気持ちで叫んだ。

「桂子！」

さらに何度かドアを叩く。待ちきれず、ノブを握る。そこでやっと返事が聞こえてきて、宇多山を安堵《あんど》させた。

「だあれ。宇多山さん？」

かぼそい、寝惚《ねぼ》けたような声。

「僕だよ。大変なんだ。早く起きて、ドアを開けてくれる？」

「——うん。ちょっと待って」

ややあって掛金を外す音が小さく響き、ドアが開いた。白いネグリジェ姿の桂子が、ぼんやりとした顔で首を傾げる。

「どうしたの。いま何時？」

「大変なんだ。また事件が起こったんだ」

「え……」

眠そうに目をこすっていた手の動きが止まり、彼女は声にならない声に大きく口を開けた。「事件」という言葉を聞くまでは、まだしっかり目が覚めていなかったのかもしれない。

「清村さんと林さんが……いや、それはあとで説明する。今は舟丘さんが大変で。頭に傷を負って。だからすぐに……」

「分った」

しどろもどろの宇多山の言葉を断ち切るようにそう答えると、桂子はいったんベッドに引き返し、カーディガンを取って肩に引っかけた。それから、机の上に置いてあったバッグから黄色いポーチを取り出す。中身は、旅行の時にはいつも携帯している救急用品である。

「どこ？　広間？」

「彼女の部屋」

「案内して」

身重の桂子を走らせるわけにはいかなかった。どうかすると彼女のほうが小走りになるのを制しつつ、それでもなるべく急いで、やって来た道順を逆に辿《たど》る。

「頭の傷って、ひどいの」

訊かれて、宇多山は力なく首を振った。

「僕には何とも。でも、最初はもう死んでると思ったくらいだから」

「誰かに殴られて？」

「そう」

「清村さんと林さんがどうとか、云いかけたわよね。まさかあの人たちも……」

「二人とも殺されたんだ」

「そんな」

桂子は声を詰まらせ、宇多山の手を握った。

「詳しい経緯はあとで説明するから。でも、とにかく分らないことだらけで」

「他の人たちは？」

「島田さんが、舟丘さんの部屋で待ってる」

「鮫嶋さんは？」

「いや、まだ何も……」

「一人にしておいて大丈夫？　あのお手伝いさんもよ。犯人は井野さんなんでしょ」

「それは……」

ちょうど広間からの直線廊下に出たところだった。宇多山と桂子が曲がり角を北に折れた、その時――。

「宇多山さん」

背後から呼ぶ声がし、長いトンネルのような空間に轟《とどろ》いて幾本もの尾を引いた。驚いて振り向くと、長い廊下の突き当たり近くに鮫嶋が立っていた。

「何かあったんですか」

問いかけながら、駆け足でこちらに向かってくる。

「さっき何か、ブザーみたいな音がしてませんでしたか。いつまで経ってもやまないので、変に思って広間を覗きにいったんですけど」

そういうことか、と宇多山は納得した。あの音なら、中央の迷路部を渡って東側の鮫嶋の部屋まで届いたとしてもおかしくない。

「お察しのとおり、ブザーの音でした」

近づいてくる相手の表情を窺《うかが》いながら、宇多山は告げた。

「舟丘さんのポケットブザーが鳴っていて……」

評論家は「えっ」と足を止め、

「すると、彼女の身に何か？」

蒼ざめた顔で問うた。

「犯人に襲われたんです」

「まさか……」

「本当です。鮫嶋先生も一緒に来てください」

3

宇多山が桂子と鮫嶋を連れて〈イカロス〉の部屋に戻ったのが、午前四時半。日の出まであと一時間という時刻である。

まどかの身体は、宇多山が飛び出していった時と同じ姿勢で床に倒れていた。

「下手に動かさないほうがいいと思って、そのままにしておいたんです。まだ息はあるみたいなんですが、話しかけても反応がなくて」

桂子の到着を待ちかまえていた島田が、口速に説明する。

「とにかく奥さん、傷の具合を診てください」

「はい」

握りしめていた宇多山の手を放して、桂子は部屋の中央へ進み出た。倒れたまどかのそばに膝《ひざ》を突き、まず脈を取ってみる。頭部の傷を調べ、それから横を向いた彼女の顔を覗き込むと、

「とりあえずベッドへ」

見守る三人に向かって命じた。

「仰向けに寝かせて。頭は横に向けて」

「分りました」

応えてすぐに島田が動いた。

「宇多山さん、頭のほうをお願いします。僕が足のほうを持ちます」

「あ、はい」

「私も手伝いましょう」

と云って、鮫嶋も駆け寄る。

「そっと、なるべく頭を動かさないように気をつけてください」

桂子の指示に従い、三人がかりでまどかの身体を運んだ。ゆっくりとベッドに下ろす。壁の側にずれおちていた毛布を、島田が拾って胸許まで掛けてやる。

眉間に深く縦皺を刻んで目を閉ざしたまどかの口許に、桂子が顔を寄せた。そうやって呼吸の状態を確かめながら、

「舟丘さん」

強い声で呼びかける。口紅を落としているうえ、さらに赤みを失った唇が、ほんのかすかに震えたようにも見えたが、それだけで思わしい反応はない。

持ってきたポーチから消毒薬と脱脂綿を取り出し、傷口の消毒を手早く済ますと、桂子は後ろで見守っていた宇多山を振り返った。

「傷そのものは大して深くはないけど、この様子だと、単なる脳震盪《のうしんとう》だけじゃない可能性が大きいわ。もしも中で出血でもしていたら、ここじゃあどうしようもない」

「何とか手の打ちようはないんですか」

生白い額を腕でこすりながら、鮫嶋が訊く。桂子はかぶりを振って、

「一刻も早く病院へ運ばないと」

「でもそれは……」

「玄関を見てきます」

島田が云った。

「しかし島田さん、玄関の扉には鍵が」

と、宇多山。

「もしかしたらってこともある。ついでに角松さんの様子も見てきます。あの人だけ一人にしておくのは危険でしょう」

危険。——その言葉には、フミヱの身を案ずる一方で、殺人鬼の正体があの老女である可能性もある、という意味が含まれているのかもしれない。

「できれば島田さん、毛布をもう一枚と、洗面器か何かにお湯を入れて持ってきてくださいませんか」

桂子が云うと、

「じゃあ、私も一緒に行きましょう」

鮫嶋が、ドアへ向かう島田のあとを追った。

「ここはお二人に任せていいですね」

桂子と顔を見合わせ、宇多山は頷いた。

「あ、そうだ。宇多山さん」

ドアの手前で、島田が振り返った。

「そのワープロを見ておいてください。電源はさっき、気になって僕が入れてみたんですが」

「いや、違うんです。彼女はまだ、作品に取りかかってはいなかったみたいで」

「すると……また?」

＊

四月二日、午後十一時二十分。

こうしてワープロのキーを叩いていると、少しは気分が落ち着くみたい。日記をつける習慣があるわけでもないのに。

いつもこうして仕事をしているから、だろうか。文章を書くことが鎮静剤の代わりになるなんて、ほんと、おかしなものだ。

さっき睡眠薬を飲んだ。うまく眠れそうもないし、起きていたって、とても例の原稿を書く気になんかなれない。どうせだから、眠くなるまでの間、いま自分が考えていることを書きつらねてみようか。

誰が犯人なのだろう?

この部屋へ帰ってきて一人になると、やっぱりその問題で頭がいっぱいになってしまう。

清村君の言うことも、一応もっともらしく思えるのだけれど、よく考えてみると、井野さんが犯人じゃないという可能性がすっかり否定されたわけではないのでは？　それに、仮に井野さんが犯人で、いったんはこの家から出ていったのだとしても、戻ってきてさらに犯行を重ねないと、どうして断言できる？

わたしたちは安全ではない。依然、危険な状態にあるのだ。

あんなふうに言いながら、そのことを清村君自身、よく承知しているんじゃないだろうか。

彼の気持ちは理解できる。わたしだって、宮垣先生の遺産を棒に振りたくはないもの。だけど……。

いちばん気に懸かるのは、あの〝見立て〟だ。島田氏が示した例の説はともかくとして、そもそも犯人は、何だって死体を須崎さん自身の作品に見立てるようなまねをしたのだろう。

須崎さんを殺すことよりも、あの見立て工作を行なうことのほうが、犯人にとっては大切だったのでは？　何の根拠もないけれど、そんなふうに思えてくる。

とすると――。

もしかしたらわたしは、今ここで決して自分の作品に取りかかってはいけないんじゃないだろうか。

強迫観念もいいところ、なのかもしれない。でも、どうだろう？　このわたしさえ一行も小説を書かなければ、犯人はそれに見立てた殺人を行ないたくても、絶対に行なえないのだ。

わたしはまだ、一行も原稿を書いていない。昨夜は、おおまかな筋立てを考え出すのでせいいっぱいだったから。これを「幸い」と言っていいものかどうか。こんな理由で競作を放棄してしまって、後悔しない？

……分らない。

今夜ぐっすり眠れば、今の気持ちも変わるだろうか。

＊　　＊　　＊

眠る前に一つ、思い出したことがある。忘れてしまいそうなので、ここに書いておこう。

それは、あの車のこと。あの車は……。

いや、思いすごしだろうか。何の関係もないことなのかもしれない。

とにかくもう眠ろう。薬が効いてきたみたいだ。考えるのは、明日に持ち越せばいい。

4

三十分ほどで、島田と鮫嶋は戻ってきた。

二人に連れられてやって来た角松フミヱは、すでにだいたいの事情を説明されたのだろう、すっかり怯《おび》えてしまっている。ベッドに寝かされたまどかの姿を見ると、部屋の隅にあとずさり、壁に背をつけてずるずると坐《すわ》り込んでしまった。寝間着の裾《すそ》が乱れてめくれあがったのにも構わず、そのままの姿勢で両手を合わせると、口の中でぶつぶつと念仏を唱えはじめる。

「玄関はやっぱり駄目でした。鍵が掛かったままです」

湯の入った洗面器を奥の小テーブルの上に置きながら、島田は云った。

「容態はどうですか」

桂子は小さくかぶりを振った。抱えてきた毛布を鮫嶋が渡すと、それを広げてベッ

ドに掛けながら、

「気がつく気配は、まったく……」

沈鬱《ちんうつ》な表情で、昏睡《こんすい》を続けるまどかの顔に目をやる。島田は短い溜息をつくと、腕組みをし、正面奥の壁に沿ってのそのそと歩きはじめた。

「坐ったほうがいいよ、桂子。身体にさわる」

宇多山が云って、机の前の回転椅子をベッドのそばに引き寄せた。

「ありがとう」

吐息混じりに応えて、ぐったりと腰を下ろす桂子。その肩に手を置きながら、宇多山は島田のほうを見やった。彼は腕組みをしたまま、檻《おり》の中の熊のように左右の壁の間を往復している。

「ワープロを見ましたよ、島田さん」

「そうですか」

ちょうどベッドの向こう、壁に貼られた姿見の前で立ち止まり、島田は宇多山のほうを見た。

「なかなか興味深い〝手記〟だと思いませんか」

「ええ、まあ」

確かに、あれは「手記」の範疇《はんちゅう》に入るものだろう。少なくとも「小説」ではない。現実に取材した形で、手記形式の小説を書こうとしていたわけでもなさそうである。

「自分が小説を書きはじめなければ、犯人は動きが取れないはずだ——とありますよね。なるほど、そんなふうに考えたくなる心理はもっともだと思う」

「私もそう思いますが、それよりも——」

宇多山はちらと机のワープロを振り返り、

「よく意味の分らないところがありますね」

「『あの車のこと』っていう記述ですか」

「そうです」

「これですか？」

ワープロのディスプレイを覗き込みながら、鮫嶋が訊いた。

「ええ。舟丘さんが寝る直前にしたためた文章のようなんですが、それの最後の部分に……」

宇多山が答えた、その時だ。

ぐうぅ……と突然、獣が低く唸《うな》るような声が聞こえた。一瞬、誰もがうろたえた。

それがベッドのまどかの口から洩《も》れ出した声だと分った時には、枕の上で横を向いていた彼女の頭がびくん、と持ち上がっていた。

「あっ！」

桂子が椅子から立ち上がった。

「舟丘さん。駄目です、動いちゃ」

その言葉がまどかの耳に届いたかどうかは定かでない。彼女は激しい痙攣《けいれん》にも似た動きで上体を起こし、掛けられていた毛布を跳ね飛ばした。

「大丈夫ですか、舟丘さん。舟丘さん？」

引きつったまどかの横顔が、宇多山の位置から見えた。

まっすぐ正面に向けられた目が、恐怖に憑《つ》かれたようにかっと見開かれる。色褪《いろあ》せた唇をわななかせ、そして——。

ゆっくりと、彼女の右腕が上がった。震える指を広げながら、前方へ差し出すように伸ばしたその手の先には、呆然と目を見張る島田の姿が……。

「さあ、舟丘さん」

桂子が彼女の肩に手をかけようとした。とたん——。

ぐううっ、とまた、さっきよりも大きな声がまどかの喉から絞り出された。差し上げた右手を、叩きつけるような勢いで自分の口に当てて、身体を前に折り曲げる。嫌な音を立てて、手の中に黄色い吐物が溢《あふ》れた。

「大変っ！」

桂子が叫び、まどかの背をさすった。

「誰か、タオルをお願いします」

嘔吐《おうと》は頭部に打撃を受けた時の最も危険な症状であると、その程度の知識は宇多山も持っていた。

急いでトイレに向かい、タオルを取ってくる島田。あたふたとベッドに駆け寄る鮫嶋。部屋の隅に腰を落としたまま、えんえんと念仏を唱えつづける老女……。

＊

三十分後、舟丘まどかは息を引き取った。桂子の心配どおり、後頭部に加えられた一撃は、彼女の脳に致命的な損傷を与えていたのである。

時刻は五時三十五分。

地上はすでに夜明けを迎えつつあった。

第九章　ディスカッション

1

「場所を移しましょう。なるべく玄関に近いところにいたほうが、何かの時に都合もいいし」

島田の提案に従い、五人は大広間に向かった。さすがに彼も、疲れきった様子の桂子に対して、清村と林の死体を調べてくれとは云いださなかった。

地下の迷路に蓋をした黒い屋根が、だんだんと夜明けの色に変わろうとしていた。鉄骨の間に嵌《は》め込まれたガラスの一枚一枚に、少しずつ淡い光が滲《にじ》みはじめる。

これまでにもまして長く入り組んで感じられる迷路の廊下を、重い足を引きずるようにして抜けると、宇多山は妻の肩を抱いて広間に入った。そのあとに続く鮫嶋とフミヱ——。

のろのろとテーブルに向かいかけたところで、宇多山は島田が入ってこないことに気づいた。どうしたのかと思って入口まで駆け戻ってみると——。

「島田さん？」

彼は廊下に出て右手の、例のアリアドネ像の前に立っていた。しげしげとそれを眺め、差し出された像の右手にそろりと自分の手を伸ばす。宇多山の声などまるで耳に入っていないかのようだった。

「それがどうかしましたか」

島田は像の右手首を握り、続いて胸に当てられた左手のほうへ手を移そうとしたのだが、そこでやっと宇多山のほうを振り向いて、

「ああ、すみません」

「その像が、どうか」

「いや。よく分らないけれども、どうも気になって仕方がないんだなあ」

そう云えば、最初の日から彼は、このアリアドネのブロンズ像が気に懸かっているふうだったが……。

広間に入るなりソファに坐《すわ》り込んだ角松フミヱが、小さな身を毬《まり》のように縮めて、

ぶつぶつとまた念仏を唱えはじめていた。ようやく像の前を離れて入ってきた島田と、宇多山、桂子、鮫嶋の四人は、何となくそのソファを避けてテーブルを囲んだ。

宇多山は桂子と並んでいったん椅子に腰かけたが、すぐに立ち上がってサイドボードに向かい、ウィスキーとグラスを取り出した。

「皆さん、いかがです」

「僕はけっこう」

と、島田が手を振った。鮫嶋と桂子は黙って首を左右に動かした。降りかかる気まずい沈黙の中、老女の嗄《しわが》れた声だけが不気味に響きつづける。

宇多山はテーブルに戻り、グラスに注いだウィスキーをストレートで喉に流し込んだ。上等な酒なのに、まるでうまいと感じられない。

「今日の一本」

と、島田が呟くのが聞こえた。

見ると、何か黒い印鑑入れのようなものを持っている。その中から煙草を一本、取り出してくわえると、今度は同じ印鑑入れ（特製のシガレットケース？）の一方の端を煙草の先に近づける。カチッと金属音がして、そこから小さな炎が出た。

「さて、皆さん」

　あっと云うまに煙草を根元まで灰にしてしまうと、島田は物惜しげに灰皿で火を揉み消しながら、

「夜も明けてきましたけれども、ここで解散っていうわけにはいきませんね。どうやら僕らは、こうしてお互いを見張りつづけなければならない状況に置かれてしまったようだ」

「見張りつづける？」

　鮫嶋が顔を上げて訊いた。

「そう。この中の誰かがまた、誰かを殺さないという保証はないんだから」

「犯人は井野さんだったんじゃないんですか」

「その可能性はむろん否定できませんよ。しかしね、井野さんが犯人だと断定することもやはりできないんだ。ことに須崎さんだけじゃなく、全部で四人も殺されてしまった今となっては」

「確かに。ですが島田さん、この中の誰かが四人を殺したというのは……そもそもいったい、どんな動機があって？」

「そいつは僕だって知りたいですよ」

　ややぶっきらぼうな調子で云い、島田は頬杖《ほおづえ》を突いた。口を閉ざす鮫嶋。顔を伏せ

た桂子。フミヱの念仏は続き、宇多山はグラスの酒を呷《あお》る。

「いずれにせよ――」

やがて、意を決したように鮫嶋が云いだした。

「誰かが玄関の扉を開けてくれるまで、こうしてじっとにらめっこをしているわけにもいきませんね。もう一度、最初から事件の検討をしてみますか。私たちにできることは当面、それしかないみたいだから」

「賛成ですね」

島田は頬杖を外し、背筋を伸ばした。

「何となく見えかけているものがあるんですよ、僕には。だけど、どうも〝形〟が定まらないんだなあ。どうもまだ、もやもやしていて……」

宇多山も似たような心境だった。

特にそう、林のワープロに残されていたあの「ダイイング・メッセージ」の意味について。それから、そうだ、さっき――まどかが一度、意識を取り戻した時に見せたあの動きは何だったのか。腕を上げて手を伸ばし、彼女は確かにあの時、ベッドの向こうに立つ島田のほうを示そうとした。あれは……。

(自分を襲った相手を見つけた？)

不可避的に湧き出してくる疑惑。

(彼が犯人だと?)

そうは思えない。だいいち島田は、まどかのポケットブザーが鳴りはじめたあの時、宇多山と一緒に林の部屋にいたではないか。

(いや、しかし……)

張りつめた場の空気を震わせ、サイドボードの上に置かれた金細工の置時計が、澄みきった鐘の音で午前六時を告げた。

2

「第一の事件の復習から始めますか」

両腕をぺたりとテーブルの上に投げ出し、島田が云った。

「被害者は須崎昌輔。犯行現場は応接室〈ミノタウロス〉。犯人はまず、須崎さんの頭を何らかの鈍器で殴って昏倒《こんとう》させてから、細い紐状《ひもじょう》の凶器で首を絞めて殺害した。さらに、部屋の壁に飾られていた斧《おの》を使って彼の首を不完全ながら切断してしまい、そのあとに、同じく部屋の壁に飾られていた水牛の頭の剝製《はくせい》を置いておいた。犯行時刻はだいたい、深夜から朝にかけてとしか限定できない。この間のアリバイを主張できる者は誰一人いなかった。

一方、須崎さんの部屋〈タロス〉のワープロには、『ミノタウロスの首』と題された小説の冒頭部が残されていた。そして、そこに描かれていた殺人現場の情景と、実際に起こった事件の現場の様子とがほとんど同じだった。死体の顔面を覆い隠すようにして水牛の剝製が置かれている、という作中の記述自体が、すでに〝ミノタウロスの見立て〟を暗示しているんですから、この作品をなぞった実際の事件は、いわば〝二重の見立て〟によって構成されていることになります。

一応、そうですね、推察される犯行の手順を整理してみましょう。

あの夜、みんなが各自の部屋に戻り、寝静まった時間を見計らって、犯人は須崎さんの部屋を訪れた。何かもっともらしい口実を設けて彼を応接室へ連れていく。あるいは、事前に時間と場所を指定して呼び出したのかもしれませんね。書きかけの原稿を読んだのは、彼の部屋を訪れた際か、呼び出して応接室で待たせている間に忍び込んでのことか、どちらかだと想像できる。そうして犯人は、話をしながら隙を窺い、彼の頭を鈍器で殴りつけた。

さて、ここで当然ながら、少なくとも二つの疑問が出てくるわけですね。

一つは、そもそも何故、犯人はみずからの犯罪を『ミノタウロスの首』に見立てて行なったのか。

もう一つは、その〝見立て〟を施すに当たって何故、犯人は〝首切り〟という過剰な工作を加えたのか」

自分自身に対して問いかけるように云うと、島田は少し言葉を切った。

「これについては昨日、かなり検討してみましたね。特に二番目の疑問、首切りの理由については、僕なりの解釈を示してみたわけですが、それに基づいて例の検査を実施した結果はご承知のとおりです。あのとき調べた八人の中には、〝該当者〟はいなかった。手足や顔の怪我、鼻血の痕跡……」

島田はいまだ、あのとき示した〝首切りの論理〟に執着を持っているようだった。犯人は、何か不慮の原因によって絨毯に付いた己の血の痕を隠すため、よけいな首切りの工作を行なったのだ、と。

しかし——と、宇多山は考える。

彼がその解釈にこだわる限り、おのずと結論は井野＝犯人説へと向かってしまうのではないか。

「この件については、とりあえず僕の考えは保留ということにさせてください」

島田はそう云って、テーブルを囲んだ三人を見やった。

「何か意見はありませんか」

「意見というほどのものでもありませんが」

鮫嶋が答えた。

「いま示された疑問の最初のほう――そもそも何故、須崎さんの作品に見立てたのかという件については、どうも何か、うまく云えませんが、犯人の自己主張みたいなものを感じてしまいますね。演劇性、劇場性……とでも云うか」

「観客、すなわち僕らの目を、必要以上に意識した演出っていう意味で？」

「ええ。それはあるいは、一種の狂気がなせる業《わざ》なのかもしれませんけど、何となく私にはそんな印象が……」

「鮫嶋先生」

宇多山が口を開いた。

「実はですね、清村さんと林さんが殺されていた現場も、彼らが書いていたそれぞれの作品に見立てられたような状況だったんですよ」

「本当ですか」

評論家は切れ長の目をしばたたいた。

「ああ……もうわたし、嫌……」

顔を伏せていた桂子が低く呟《つぶや》き、すがるような視線を宇多山に投げかけた。

「ね、もう勘弁して。もう事件の話、聞きたくないわ」

昨日から桂子は、夫である宇多山も驚くほどの気丈さを見せていた。だが、いくら元医師だと云っても、彼女が女性であることに変わりはない。しかも妊娠中の身なのだ。須崎のあの血みどろの死体を調べさせられたり、まどかの悲惨な死に立ち会ったりしながらも、今まであまり大きな動揺を表には出さなかった、その分よけい、神経が参っているのだろう。

宇多山はそっと手を伸ばし、震える彼女の肩を抱き寄せた。

「心配しないで。ここにみんなでいれば、何も危険はないから。ソファに移る？」

「うん……あ、いえ、大丈夫」

はっと我れに返ったように、桂子は首を振った。

「ごめんなさい。——すみません、島田さん。どうぞ続けてください」

「ええ。それじゃあ——」

両手の指を、テーブルの表面を撫《な》でるように動かしながら、島田は話を再開した。

「今の鮫嶋先生の意見は、云えてますね。ミステリマニアの間じゃあ、〝見立て殺人〟と云うとすぐにその必然性を巡る議論になるけれども、案外この〝見立て〟という行為の本質は、そういった当たり前の理屈では割り切れないところにあるのかもしれない。なるほど。犯人の自己主張、ですか。

まあ……そうだなあ、〝見立て〟に関する検討はあとでまたするとして、次の問題へ進みましょうか。次はそう、姿を消した井野さんの行方について、です」

「それについては島田さん、実は昨夜から気になっていることがあるんです」

鮫嶋が云った。

「昨日、清村さんはこう主張されましたね。犯人は井野さんだ、彼は須崎さんを殺したあと怖くなって逃走したのだ、と。島田さんと宇多山さんが図書室や空き部屋などを見てまわって、それでも彼は見つからなかったんだし……あの時の清村さんの意見には、私もかなりの説得力を感じました。だから、コンテストの続行にもいちおう賛成したわけです。

ところが、あとになってどうも気懸かりになってきたんですよ。つまり井野さんは——彼が犯人だとして——、ここから逃げ出したりはしておらず、この家のどこかに身を隠しているのではないかと」

「ひょっとして鮫嶋先生、あなたもその、この家には隠し部屋か何かがあるとか、そういう……」

思わず宇多山は口を挟んだ。昨夜の島田の話を思い出したのだ。鮫嶋はしかし、きょとんと目を見張って、

「隠し部屋？　そんなものがあるんですか」

「あ、いや、それは島田さんが……」

「ご存じありませんか、鮫嶋先生」

　と、大真面目な顔で島田が問うた。

「この迷路館を設計した中村青司のからくり趣味、というのを。建築主が他ならぬ宮垣葉太郎であったことを考え合わせるとですね、この家のどこかにその手の何かが仕掛けられている可能性は大いにあると思うんですが」

　鮫嶋は「さあ」と首を捻《ひね》り、

「私が云おうとしたのは違うんです。つまり、そのような未知の部屋の存在を想定しなくても、井野さんが身を隠す場所はあるのだということで」

　そこまで云われて、ようやく宇多山は思い至った。

　確かにそれはある。鍵が掛かった地上の扉の外ではなく、この地下の館内に。

部屋の合鍵を持った人間ならば自由に出入りできる場所。今まで何故か、皆の盲点

に入っていた部屋……。

「書斎ですか、宮垣先生の」

「そうです」

寝間着の上に羽織ったジャケットのポケットに両手を潜り込ませながら、鮫嶋はこくりと頷《うなず》いた。

「たとえば、須崎さんを殺して首を切った時、犯人はいくらかの返り血を浴びざるをえなかったはずですね。この血を洗い落とす必要、という問題を考えてみても、あの書斎は絶好の場所だったと思うんです。あそこには浴室がありますから」

「なるほどねえ」

うかつだった――とでも云いたげに、島田は尖《とが》った顎《あご》の先を撫《な》でた。

「こりゃあ、あとであの部屋のドアを破ってみる必要もありそうだなあ」

3

「第二の事件は宇多山さんが偶然、発見された。そうでしたね」

井野満男が犯人なのかどうか。その答えは出ないまま、話は次へ進められた。

「被害者は清村淳一。現場は清村さんの部屋〈テセウス〉の隣の空室〈メデイア〉だった。発見に至るいきさつを、宇多山さん、もう一度ここで話していただけますか」

「はい」

清村に会いにいこうと思い立ったところから死体を発見するまでの経緯を、宇多山はなるべく詳しく説明した。

「……で、私の叫び声を聞きつけて島田さんが来てくださって、二人で現場と死体の様子を調べてみたのですが」

照明のスイッチのまわりに仕掛けてあった毒針のこと、そして清村のポケットにあったまどか名義の手紙……。

「その手紙を書いたのが本当に舟丘さん自身だったのかどうかは結局、分らないままに終わったわけです」

「彼女が清村さんに、競作に関して何か密談を持ちかけようとした。確かにありえそうなことですね。でも……」

先ほどの女流作家の死にざまを思い出してだろうか、瞼《まぶた》に強く指を押し当てながら鮫嶋が云った。それを受けて島田が、

「あの手紙は偽物でしょう」

と意見を述べる。

「舟丘さんの部屋のワープロにあった〝手記〟。鮫嶋先生もご覧になったでしょう。あれを見る限り、一人になった彼女は競作どころではなかったみたいだから」

「では、手紙は犯人が？」

「ええ。そうだと僕は考えます」

島田は自信ありげに云いきった。

「もっとも、それは舟丘さん自身が犯人ではなかったとしての話ですけどね」

「舟丘さんが犯人？」

思わず宇多山が声を上げた。

「彼女は被害者の一人ですよ」

「被害者の一人が犯人であっても、いっこうに構わないでしょう」

島田はすぼめた唇に薄い笑みを含んで、

「かのヴァン・ダインの名作を初めとして、いくらでもその例はある」

「しかし、彼女は死んで……」

「結果的に死んでしまっただけ、なのかもしれないわけですよ」

「…………」

「舟丘さんは、〝最後の被害者〟として自分自身が襲われる狂言を仕組んだ。清村さんを殺し、林さんを殺し、そのあと自室でみずからを傷つけてポケットブザーを鳴らした。被害者の一人になることによって嫌疑の外に逃れようっていう、例のパターンですね。ところが、何らかの方法で自分の頭を殴打した際、必要以上のダメージを受けてしまい、結果として命を落とす羽目になった」

「あのう、島田さん」

おずおずと口を開いたのは桂子だった。

「わたし、それは無理だと思います。頭のあの位置にあんな傷をつけるなんて、自分一人では普通できないと」

「でしょうね」

島田はピアノの鍵盤を叩くように、とんと指先でテーブルを打ち、

「刃物や銃による傷ならともかく、気を失うほどの後頭部への痛打なんていうのはねえ。たとえば、自動的に置物が落下するとか、その類の機械的トリックが用いられた形跡もなかった。犯人に襲われたと見せかけるのが目的だったのなら、ドアの掛金を下ろしたままにしておいたっていうのもおかしい。

自分で云いだしておいて恐縮ですが、舟丘まどか＝犯人というこの可能性は、ここ

で消去してしまって間違いないようですね」

島田はそして、ジャージーのポケットに手を突っ込み、大雑把《おおざっぱ》に折りたたんだ白い紙を取り出した。三人が注目する中、かさかさと音を立ててそれを広げ、テーブルの上に置く。部屋割りを示した例の平面図である。

「話を元に戻しましょう」

と云って、彼は目を上げた。

「第二の事件、すなわち清村淳一の殺害について、まず問題にしたいのは、犯人が清村さんを毒殺するために使ったトリックのことです。

犯人がいつ、清村さんのワープロに打ち込まれた原稿を見たのかは分りません。もちろん、犯人が井野さんであったにしろ他の誰かであったにしろ、部屋の合鍵を持っているはずだから、こっそり清村さんの〈テセウス〉に忍び込むのは可能だったし、そこで原稿を盗み読むこともできた。そうして犯人は、書きはじめられていた『闇の中の毒牙』に見立てて、〈メデイア〉での毒殺を実行したわけですが……うぅむ。この辺の時間関係には、ちょっと無理があるような気もしますねえ」

島田は少し間をおき、眉《まゆ》をひそめながら宙を睨《にら》んだ。

「まあいいでしょう。とにかく犯人は、どこかからニコチンの濃厚液とパテ、針を調達してきて、毒殺のための罠を仕掛けることにしたわけです。

罠の部屋は、作品の冒頭部の舞台になっている〈メデイア〉。この部屋が選ばれた理由はしかし、作品の〝見立て〟という観点以外からもある程度、論理的に説明できそうですね。つまり、犯行成立のためにはどうしてもあの空室である必要があったのだ、と」

宇多山は「ほう」と唸《うな》り、椅子の上で軽く身をのけぞらせた。どうやら島田の頭の中では、先ほど——と云ってももう四時間も前になる——清村の殺害現場で宇多山と話し合った以上の考えが組み立てられているらしい。

「まず部屋の構造です」

島田は云った。

「僕が見た限り、この家の客室はどれもほとんど同じ造りになっていますね。ドアは内向き右側へ開く。照明のスイッチは入ってすぐ左側の壁にある。だから、明りの消えた部屋を訪れた清村さんは、自然に左手でスイッチを探り、まんまと毒針の罠にかかってしまったのだと考えられる。

これがたとえば、この大広間や娯楽室、図書室などの部屋であればどうだったか。広間は深夜でも人が来る可能性があって、罠には適していない。娯楽室と図書室、それに応接室の三部屋は、お気づきですか？　ドアは内向き左側に開くようになっています。スイッチがあるのは入って右手の壁で、しかも、客室に比べるといくらかドアから離れているんですよ。従ってですね、仮にこれらの部屋にあの罠を仕掛けたとしても、〝獲物〟は事前にスイッチの位置を目で確かめ、罠の存在に気づいてしまう恐れがある」

「ですが、島田さん」

宇多山が云った。

「あの時も話し合ったように、犯人が清村さんを空室の〈メディア〉に呼び出した場合、彼は相応の警戒心を持ったに違いないから……」

「そのとおりです。警戒されればされるほど、失敗の可能性が高くなる。そこでですね、犯人は舟丘さんの名を騙《かた》って、彼をまず娯楽室へ呼び出したんです」

島田は館の平面図を示し、

「この図をちょっと見てみてください」

と云った。

「皆さん、お持ちですか」

宇多山はズボンのポケットに入れていた。それを取り出し、桂子の目にも入るようテーブルに広げる。鮫嶋は場所を島田の横に移動して、彼の図を覗《のぞ》き込んだ。

「清村さんは、部屋のドアの下にでも差し込まれていたあの手紙の指示に従って、午前一時に娯楽室へ向かった。ところが、しばらく待ってみても舟丘さんは来ない。このあと彼が直接、彼女の部屋へ行ってみたかどうかですが、彼の性格からして、まず行かなかったろうと思う。恐らく彼は、待ちぼうけを喰《く》わされた事実に腹を立てて、さっさと自分の部屋へ帰ろうとしたはずです。

　さてそこで、この図です。この、十六本の分れ道が並んだ長い廊下から、〈テセウス〉と〈メデイア〉それぞれへ向かう迷路部分を、よく見比べてみてください」

　宇多山は島田の云う箇所に注意を集めてみた。

　十六本の枝道のうち〈テセウス〉と〈メデイア〉に通じるのは？　南から数えて十三番目、そして十番目……。

「……ああ」

　それに気がつき、思わず声が洩《も》れた。桂子と鮫嶋の口からも、前後して同じような声が洩れる。

「どうです？　見事に同じでしょう」

　島田の云うとおりだった。

二つの部屋へ通じる廊下は、曲がり方も袋小路の位置も、何から何までほとんどそっくりな構造になっているのである。

「次に思い出してほしいのは、宇多山さんが清村さんの部屋を訪れた際、机の上にこの平面図が置きざりにされていた事実です。彼は娯楽室へ行くのにこの図を持っていかなかった。見てのとおり、娯楽室はきわめて分りやすい場所にあるし、そこから自分の部屋へ戻るのも、一昨日以来、何度も同じ道順を歩いているからもう頭に入っていた、というわけです。たとえばね、いちばん有力な目印として、壁に飾られた石膏の仮面《マスク》がある」

（Fig.2「迷路館部分図」p. 337参照）

「あっ」

と、そこでまたしても宇多山は声を洩らした。

（そうだ。あの石膏の仮面《マスク》だ）

清村の部屋を独り訪れた時。〈メデイア〉で死体を発見したあと、島田と二人で林の部屋へ向かった時。——あのとき心に引っかかった違和感の正体が、ようやく分ったのである。

あの石膏の仮面。——牙を剥いた獅子と額の中央から角を生やした獣。

昨日、井野を探して島田とともに〈メデイア〉を見にいった時、選んだ分れ道にあ

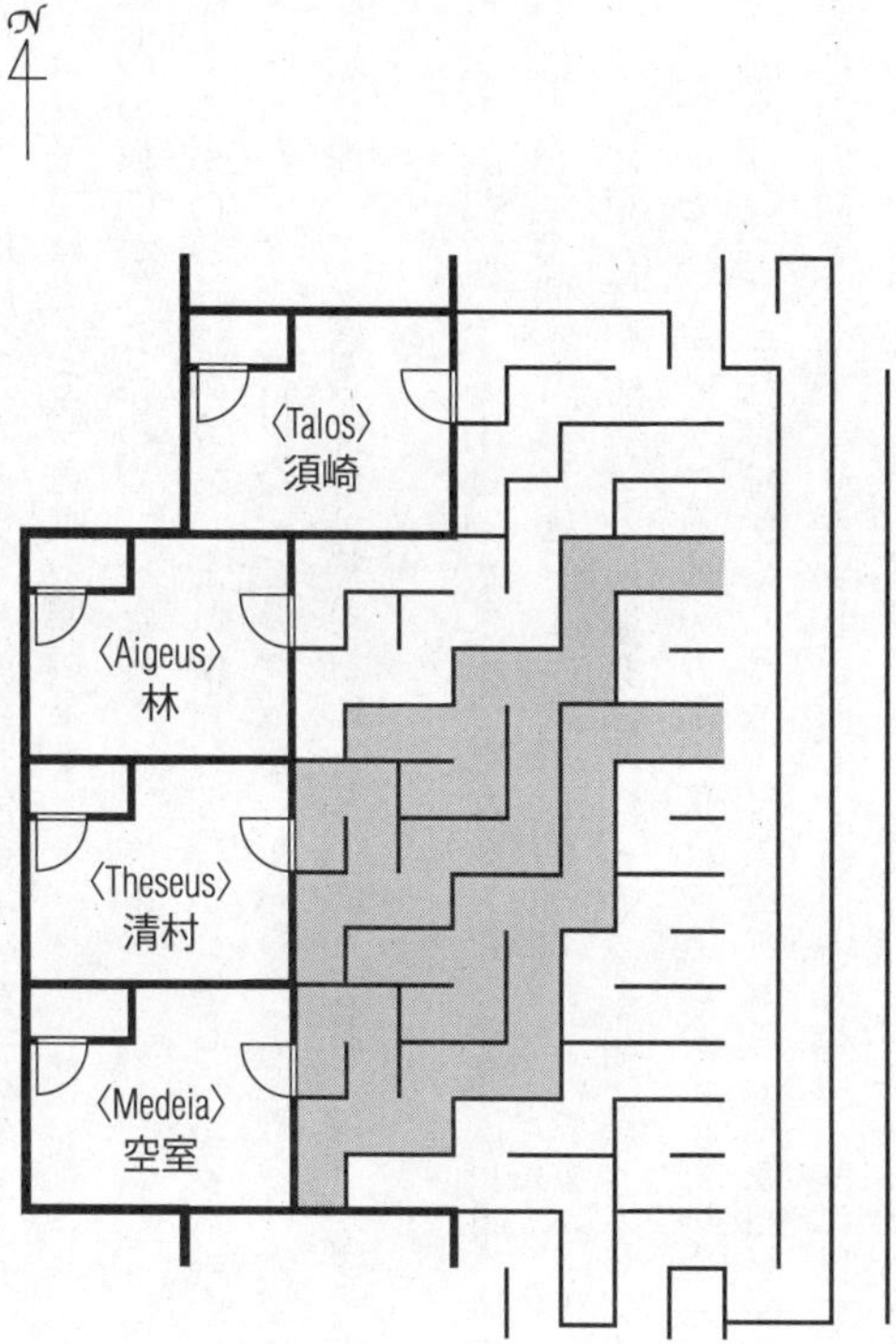

Fig.2 迷路館部分図

った仮面は確か、獅子のほうだった。ところが、そうだ、あの時はそれが違っていたのだ。清村の部屋〈テセウス〉への分れ道にその獅子の顔があり、〈メデイア〉のほうには獅子ではなくて一角獣の顔が……。

二つの仮面が入れ替わっていたのだ。

「十六本もある枝道のうち、どれが自分の部屋へ通じるものなのか。一番目や二番目ならともかく、十三番目なんていう数をいちいち勘定するのは大変ですね。それよりも、壁に飾ってある仮面の種類を目印として憶えておくほうがずっと楽だし、間違いがない」

島田の説明に、宇多山は頷かざるをえなかった。宇多山自身も確かに、部屋までの道順は、廊下の曲がり具合といくつかの仮面を目印として憶《おぼ》えている。

「要するに犯人は、清村さんが娯楽室へ行っている間に、〈テセウス〉への分れ道にあった仮面《マスク》と〈メデイア〉への分れ道の仮面を入れ替えておいたわけです。あの廊下を南側から戻ってきた清村さんの目は、自然と記憶にある仮面を探す。目印となっていたその仮面を、本来よりも少し手前、十番目の分れ道の壁に見つけて、彼はそれを曲がった。十六本のうちの十三番目と十番目。間違っても仕方がない距離の違いですよね。

こうして彼は、自分の部屋へ帰るつもりが〈メディア〉の部屋へ向かわされてしまった。そして、あのドアです。〈テセウス〉のドアと同様、〈メディア〉のドアも、部屋の名を刻んだプレートが外れていた。部屋を誤認させるため、犯人があらかじめ外しておいたんです」

清村の死を巡るいくつかの謎の断片に、納得のいく意味が与えられ、一つの〝形〟が組み上げられていく。

「〝見立て〟を度外視するなら、もちろんこんな手間をかけなくても、最初から清村さんの部屋に罠を仕掛ければいいようなものですけれども、あの仕掛けはあれで、けっこう取り付けに時間がかかる。とうてい彼が部屋を出た隙に、というわけにはいかなかった。

さて、こうして〝獲物〟は罠の部屋に誘導された。ドアの鍵は外してあった。中の明りは消えていた。――自分の部屋を出る際、清村さんは、明りは消したにせよ、鍵を掛け忘れるようなことはまずなかっただろうから、当然それ相応の警戒心を抱きはしたでしょう。しかし仮にそこで、彼が室内に曲者《くせもの》が潜んでいる危険を想像したとしても、ドアを開けて明りを点《つ》けるという行為自体は、とにかくそこが自分の部屋だと思い込んでいるんだから、ごく自然な動作として行なわれたに違いない」

「私が行った時、清村さんの部屋のドアに鍵が掛かっていなかったのはどうしてでしょうか」

宇多山が疑問を提出した。

「それは、犯人があとで開けておいたんじゃないかと思いますね」

答えて、島田はちらと鮫嶋の顔に視線を流した。

「さっき鮫嶋先生が云っておられた意見に近い考え方なんですけど、犯人は清村さんの死体を僕らが発見する手間を、なるべく省いてやろうとしたんじゃないか。そう思うんです」

「手間を省く？」

「ええ。思うに、死体が発見されるタイミングとして犯人が想定していたのは、朝――この夜が明けて僕らが起きだしてから、だったはずです。その時になって、僕らは清村さんが、さらには林さんと舟丘さんが起きてこないのに気づく。慌てて彼らの部屋を調べにいく。――宇多山さんが夜のうちに清村さんを訪ねるなんて、これはまったく計算外の事態だったことでしょう。

だから、僕らがわざわざ、返事のない清村さんの部屋のドアを破らなくても済むように鍵を外しておいた。いささか妙な話ですけどね、さあ早く死体を見つけてくれ、とでもいった、鮫嶋先生の〝自己主張説〟に合致するような心理が犯人にはあった。そんな想像ができませんか」

宇多山には何とも判断がつかなかった。

自己主張？　それを云いだすのなら、犯人像として最もふさわしいのは、今こうして〝名探偵〟を演じている島田潔その人ではないか。あるいは、ミステリの評論を生《なり》業《わい》としてきた鮫嶋にしても。——いずれにせよ、姿を消した井野満男にだけはイメージが重ならない。

「この五人の中で、いま云ったような犯行をなしえた人物は……」

島田はゆっくりと鮫嶋、宇多山、桂子の顔を見ていき、それからソファで身を縮めているフミヱのほうに目をやった。

「部屋の合鍵さえ持っていれば誰にでも可能だったと、そう云っておくしかないみたいですね」

4

「第三の事件へ進みましょう」

島田は続けた。

「僕と宇多山さんは、とにかく他の人たちを起こしてまわろうと、いちばん近い林さんの部屋〈アイゲウス〉へ向かいました。そこで、背中を刃物で刺されて息絶えている彼を見つけたわけですが、まずこの殺人は、清村さんの死よりも前に行なわれたのかあとだったのか。——僕は、素直にこれが第三の殺人であったと考えていいと思います。

林さんの部屋は清村さんの部屋の隣だったんだから、犯行時の物音などを気遣うなら当然、清村さんが死んでからのほうが安全だ。清村さんが死んだのは、午前一時に娯楽室へ呼び出されたあと、一時半くらいまでの間でしょう。犯人は恐らく、彼が罠に落ちたことを確認したあとで、凶器の刃物を持って林さんの部屋へ向かった。この時刻がだいたい、午前二時前でしょうか。

さて、次は現場の状況ですが……」

林の死体の位置と姿勢、部屋のドアに小テーブルとストゥールでバリケードを作った形跡があったこと——を、島田は説明した。

「それから問題のワープロです。彼は机の端を摑《つか》んだ恰好《かっこう》で息絶えていた。その机の上には、ワープロのキーボードがあった。電源は入ったままで、ディスプレイには、襲われる直前まで彼が書いていたと思われる原稿が映し出されていました」

「それがまた、実際の現場の状況と符合していたわけですか」

と、鮫嶋が訊いた。島田は「そうです」と頷いて、

「ただ、この『硝子《ガラス》張りの伝言』という作品自体がちょっと変わった内容で。あの現場の状態が、果たして犯人の事後工作によるものなのか、それとも偶然そうなっただけなのか、被害者自身の意志によってそうなってしまったのか。どうにも判断に苦しむところなんですよ」

「被害者自身の意志？　と云いますと」

「林さんの作品は、こういったものでした」

と云って島田は、ワープロに残されていた冒頭部の内容を語った。

「私」が迷路館の一室〈アイゲウス〉で小説を書きはじめようとしている、といった導入部で始まる額縁構造。その〝作中作〟のテーマが「ダイイング・メッセージ」であるという宣言。続いて描かれる殺人現場……。

「……で、実際そのあと、ぶっつりと途中で切れた文章から四行分の空白をおいて、ワープロの画面には意味不明の文字が残されていたんです。カーソルの位置も、まさにその文字の直後にあった」

「ふうん」

鮫嶋は考え深げに太い眉を寄せた。

「林さんの死体がその場所にその姿勢で倒れていたのは、彼みずからがワープロにダイイング・メッセージを残そうとしたからだ、というわけですか」

「そういう話になりますね。あるいは、犯人がワープロの文章を読んで〝見立て〟を行ない、現場から立ち去ったあとで、まだ息の残っていた林さんが死力を振り絞ってメッセージを打ち込んだのかもしれない」

「その文字というのは、どんな？」

「ローマ字の小文字で『wwh』とありました」

「wwh……」

(たとえば、あれを大文字にしてみればどうだろう)

話題が例のメッセージの件に移るなり、宇多山はまたぞろ考えはじめた。

「WWH」。これは……そうだ、たとえば天地を逆にしてみると、違うアルファベットの列になるではないか。「HMM」か、それとも「MMH」か。

「HM」または「MH」のイニシャルを持つ人物は？　――いない。作家たちのペンネームについても、当て嵌まるものはない。

「ＨＭ」と云えば、カーター・ディクスン名義のカーの諸作で活躍する名探偵の通称だが？　ヘンリー・メリヴェール卿、ビヤ樽のような体形……駄目だ。〝名探偵〟を演じている人物として、島田を指し示していると こじつけられないこともないが、それではあまりにも曖昧《あいまい》すぎる。

「ＨＭＭ」……『ハヤカワミステリマガジン』？　あの雑誌に寄稿したことのある人物が犯人、というのはどうだろう。――鮫嶋はあったはずだ。清村もある。確かまどかも……。清村とまどかは被害者になったのだから、残るのは鮫嶋か。

ああいや、これもやはり、あまりにも無理のある解釈ではないか。だいいち、そう、殺された時点で林は、清村がもう死んでいることも、まどかが次に襲われることも知りようがなかったはずなのだ。個人を特定できないようなダイイング・メッセージを残して、いったい何の意味がある？

（――待てよ）

「ＭＨ」のイニシャルを考え直してみよう。

ヘボン式のローマ字表記だと確かに該当者はいないが、日本式で考えれば一人いるではないか。ヘボン式では「ふ」を「FU」と綴るけれども、日本式では「ふ」は「HU」なのだ。すると、「MADOKA　HUNAOKA」――舟丘まどかの名前が浮かび上がってくる。――が。

結局はこれも違う。〃第四の被害者〃であるまどかが犯人だという可能性は、すでに否定されているのだから。

「宇多山さんはあれから何か、この文字の意味について思いつかれましたか」

島田に訊かれて、宇多山は力なくかぶりを振った。

「いろいろ考えてはみたのですが、どうもうまい答えが見つからなくて」

「そうですか」

島田は憮然《ぶぜん》と肩をすくめ、

「僕もね、まるで見当がつかないっていうのが正直なところなんです。鮫嶋先生と奥さんも、思い当たるふしがあれば何でも云ってください」

鮫嶋は目を閉じて首を捻る。桂子は無言で宇多山の肩に頬を寄せた。

「じゃあ、この問題もとりあえず、あとにまわしましょう。次にもう一点、ドアのバリケードの件ですが――」

島田は厚い唇を尖《とが》らせた。

「林さんは危険に備えて、部屋に閉じこもると鍵を掛け、掛金を下ろし、さらにテーブルとストゥールでバリケードを作っていたと思われます。ところが、僕と宇多山さんがあの部屋へ行った時には、鍵も掛金も外れ、バリケードも脇にのけられた状態になっていた。

問題はまず、どうやって犯人はあの部屋に入ったのか、ですね。素直に考えれば、林さん自身が犯人を部屋へ招き入れたことになる。しかし、いったい彼が、夜中に訪れてきた人間をそんなにあっさりと部屋に入れただろうか。

どう思いますか、宇多山さん」

「よほど気を許していた人物が相手だったのか、それともよほどうまく云いくるめられたのか、どっちかでしょうね。とすれば少なくとも、相手が井野さんであったとは考えられない」

「そうですね。林さんが井野さんを部屋に入れたはずがない。では、誰だったら入れたのか」

島田は皆の顔を順番に見ていった。

「鮫嶋先生、桂子夫人、どちらもありえますね。たとえばコンテストを巡っての利害関係は、何もないわけだから。角松さんは、ちょっと考えにくいけれど、可能性がゼロというわけじゃない。それから宇多山さん、あなたも」

「な、何を……」

宇多山はびっくりして目を剝《む》いた。

「私はありえないでしょう? あの直後に鳴りだした舟丘さんのブザーの音を、あなたと一緒に聞いたんですよ」

「ふん。それを云いだすのなら、確かに除外できそうです。けれども、完全にというわけじゃありませんね」

「どうしてですか」

「仮説を一つ立ててみましょう。確かに僕は、あなたと一緒にあのブザーの音を聞いた。しかし、仮にそのこと自体があなたの企てたアリバイ工作だったとしたら、どうです?」

「…………」

「たとえばですね、あなたは清村さんの死体を〝発見〟するよりも前に、すでに舟丘さんを襲っていた。そして、彼女のポケットブザーに何らかの時限装置を取り付けておいたわけです。

僕と合流し、林さんの死体を〝発見〟した時点で、その装置が働いてブザーが鳴りだす。すぐに部屋へ駆けつけたものの、ドアが開かないので、僕は応接室まで斧を取りに行きましたっけね。その間にあなたは合鍵で中へ入り、時限装置の始末をした。

——どうですか」

「冗談もほどほどにしてください」

　宇多山は声を荒らげた。

「疑うのなら、合鍵を持っているかどうか、ここで所持品検査でもしますか」

「いつまでも持ち歩いているような莫迦はしないでしょう」

　澄ました顔で云う島田を睨《にら》みつけ、宇多山は「そんな……」と声を詰まらせた。

「じゃあ島田さん、今あなたが立てた仮説を、そっくりそのままあなた自身にお返ししますよ。時限装置を仕掛けたのはあなただったのかもしれない。ドアを破り、部屋に踏み込んだどさくさにまぎれて、私の目を盗んで装置を始末した」

「そいつはかなり苦しい解釈だなあ」

　島田は動ずる気配もなく、

「だいいちね、そうやってアリバイを作ろうと思っても、僕には宇多山さんがあの時間に清村さんの死体を発見するなんて、予想できなかったはずでしょう」

「あなたのほうから、時間を見計らって誰かの部屋を訪れるつもりだったのかもしれない」

　宇多山はむきになって反論した。

「それに、さっきの〈イカロス〉での出来事を憶えてますか。舟丘さんが息を引き取る前に一度、意識が回復したあの時です。どうして彼女は、島田さん、あなたのほうを指し示したのですか」

「さあ。何ででしょうねえ」

島田は苦笑するように唇の端を曲げて、

「まあまあ、そう怒らないでください。今のは、例によって可能性をあげつらってみたまでです。僕あるいは宇多山さんが犯人だという今の仮説には、決定的な否定材料があるんだから」

「——はあ?」

「どうして舟丘さんの息の根をちゃんと止めなかったのか、ってことですよ。犯人は彼女の頭を一撃しただけで現場を去った。もしも彼女が死んでいなかったら、犯人にとって大変に厄介な話になりかねない。事前に襲ったのなら、そんな中途半端はしなかったはずでしょう」

「——なるほど」

宇多山は渋い顔で頷きを返した。島田は若干ばつが悪そうに頭を掻き、「さて」と続けた。

「ワープロのダイイング・メッセージ、それから、林さんが不用意に犯人を部屋に招き入れてしまった理由。二つの問題点があるわけですが、後者については実は一つ、いま云ったのとは違う考えがあるんです」

「本当ですか」

ジャケットのポケットから煙草を取り出しながら、鮫嶋が口を挟んだ。

「それはいったい……」

「まあ、待ってください。その考えは、次の——第四の事件を検討することによっておのずと見えてくるはずなので」

そう云うと、島田はとつぜん立ち上がり、厨房のドアのほうへ足を向けた。

「ちょっと失礼。喉が渇いたので水を一杯、飲ませてください」

5

「第四の事件ですが——」

グラスに汲んできた水を半分だけ飲み、島田は続きを語りはじめた。

「さっき僕が云いだしたブザーの時限装置云々《うんぬん》は捨てておいて、話を進めましょう。

僕と宇多山さんは林さんの部屋で、あのブザーが鳴りだすのを聞いた。それが確か三時半頃のことです。犯人は林さんを殺したあと、わずかの時間をおいてすぐに次の犯行に取りかかったらしい。一晩で一気に片をつけてしまおうとでもいう魂胆だったんでしょう。誰が犯人であるにせよ、第二、第三の犯行が明るみに出てしまってからだと、非常に動きが取りにくくなるのは目に見えてますからね。

ところが、眠っていた舟丘さんに襲いかかった際、彼女があの痴漢撃退用のポケットブザーを鳴らしてしまった。鈍器で頭部に一撃を加えたものの、犯人は彼女の死を確認したりする余裕もなく、大慌てで現場から逃げ出すしかなかったわけです。

ところで、僕と宇多山さんがあの部屋〈イカロス〉の前まで駆けつけるのに要した時間は、せいぜい三分くらいのものでした。そしてその時、部屋のドアは内側から掛金が下りていて、ドアを破って踏み込んでみると、犯人の姿はどこにもなかった。すなわち、ミステリではお馴染みの密室状態だったんです」

「密室……」

指に挟み取った煙草を玩《もてあそ》びながら、鮫嶋が唸るように云った。

「そんな状況だったんですか」

「あの程度の簡単な掛金ならば、ドアの隙間を利用して、糸とか針金とかね、その手の道具で外から操作できないこともないでしょう。けれども、それにしたって、犯人は最初から舟丘さんがブザーを鳴らす事態を考慮に入れていたわけじゃない。僕らが駆けつけるまでの三分間でそんな工作ができたとは思えないし、そもそもあの部屋を密室にしておく必要なんてこれっぽっちもなかったはずだ。

このことと、第三の事件で林さんが、どうしてみすみす犯人を部屋に入れてしまったのか、という問題とを突き合わせて考えてみると、どうです？　すべての説明がつくある答えが見えてきませんか」

島田が投げ出した問いかけに、宇多山と桂子は顔を見合わせて首を傾げた。ソファの角松フミヱは、こちらの話を聞いてか聞かずか、もう念仏を唱えるのはやめてじっと身を縮めている。

「予定外の密室だった、ということですか」

鮫嶋がそろりと云った。

「つまりですね、犯人はもともと〈イカロス〉の部屋を密室にしてしまうつもりはなかった。むしろ、清村さんの部屋や林さんの部屋がそうであったのと同じように、ドアの鍵は外しておくつもりだった。ところが、いきなり鳴りだした舟丘さんのブザーの音に驚いて、急がされて……」

「そうです」

島田は満足そうに頷いた。

「やむをえず、部屋を密室状態にしたまま逃げ出さなきゃいけない羽目になったんです。そしてそれは、犯人にとっては決して喜ばしいことではなかった」

「しかしですね、島田さん、逃げ出すと云っても、単に逃げ出しただけならドアの掛金は下りていなかったはずで……」

宇多山が疑問を差し挟むと、

「違うんですよ。そうじゃないんです」

鮫嶋がそれに答えた。

「犯人はドアから逃げたのではなかった、と島田さんは結論したいわけですよ。――そうでしょう？」

「ええ。まさにそのとおりです」

「じゃあ……」

困惑する宇多山に、島田は一言で解答を示した。

「秘密の通路ですよ」

「…………」

「それとも何ですか、宇多山さん。ミステリの編集者の立場としては、そんな、秘密の通路なんていう禁じ手は認められないとでも？」

島田はにやりと唇の端で笑い、

「この迷路館の部屋にはね、恐らくほとんど全室に……そうじゃないとしても、少なくとも林さんの〈アイゲウス〉と舟丘さんの〈イカロス〉には、どこかに秘密の扉があるはずなんです。さっき〈イカロス〉であなたと桂子夫人が来るのを待っている間に、壁を小突いてみたりしてね、ちょっと探してみたんですが見つからなかった。けれどもきっと、どこかに何か巧妙な仕掛けが隠されているんだと思う」

「しかし……」

「まだ納得できませんか。だけどね、宇多山さん、そういった仕掛けの存在さえ認めれば、第三の事件も第四の事件も、すこぶる論理的に説明できるんですよ。

林さんは何故、あんなバリケードまで作っておいて、犯人を部屋に招き入れるような真似をしたのか。――違うんです。彼は誰も部屋には入れなかった。犯人は正式な入口からではなく、その秘密の扉を使って、強引に部屋へ入ってきたんです。

犯行を終え、同じ秘密の扉から部屋を出ていくに際して、犯人は何をする必要があったか。――あのバリケードを壊す作業です。ドアを塞いでいたテーブルとストゥールを脇へ動かし、掛金と鍵を外す。そうしなければ見かけ上、部屋は完全な密室になってしまうでしょう？　密室状態が完全であればあるほど、それを目の当たりにした者は、どこかに秘密の抜け道があるんじゃないかという疑いを抱きやすい。いずれその存在がばれるかもしれないにせよ、犯人としてはなるべく、自分が部屋から部屋へと行き来する秘密の手段を、僕らに知られたくはない……」

ようやく宇多山にも、島田の云う「論理」が理解できた。それはつまり、こういうことなのだ。

〝犯人は、犯行時あの部屋が（見かけ上の）密室であった事実を隠すために、わざわざ内側からバリケードを崩し、鍵を外したのである〟

「こうなると、〈イカロス〉の部屋が密室であった理由も、同じ論理で説明できますよね」

島田は云った。

「本来、犯人は犯行後、あの部屋の掛金を外してから立ち去るつもりだった。ところが、ブザーが鳴りだすという不慮の事態のせいで、それを行なえなかった。結果として、犯人にしてみれば予定外の密室ができあがってしまったわけです」

グラスに残っていた水を一気に飲み干し、島田は「ふう」と息をついた。

「問題はどこにその通路の扉が隠されているか、ですね。これはあとで、虱潰《しらみつぶ》しに調べてみるしかないでしょう」

「ということはですね、島田さん」

煙草に火を点《つ》けて、鮫嶋が云った。

「井野さんが犯人であるという可能性が、ここでまた高くなってきますね。林さんが彼を部屋に入れたはずがない、という反証はもはや通用しない。加えて、宮垣先生の秘書という立場にあった彼なら、そのような仕掛けの存在を知っていても不思議はないわけですから」

「そういうことです」

島田は頷いたが、すぐに続けて、

「でもね、まだ彼だとは断定できません」

と云った。

「可能性だけを考えるなら、他の人間にもそれはある。さっきいったん否定したけれども、宇多山さん、あなたにしたって、この僕にしたって……ね？　鮫嶋先生はもちろん、初めてこの家を訪れた奥さんにしても例外じゃない。今回ここに来てから、何らかの偶然で問題の隠し通路を発見した。そんなことは絶対になかったとは云いきれないでしょう」

6

「以上でひととおりの検討は済んだと思いますが、どうやら大きな問題点はいくつかに絞られてきたみたいですね」

島田はテーブルに右手の肘《ひじ》を突いて、五本の指を立てた。「一つ」と云ってまず、親指を折る。

「第一の事件について僕が示した〝首切りの論理〟は、結局のところ間違っていたのかどうか。

二つ。林さんのワープロに残されていた文字の意味は何なのか。

三つ。秘密の通路の扉はどこにあるのか」

「もう一つありますよ、島田さん」

鮫嶋が云った。

「舟丘さんの〝手記〟の最後にあった、『車』云々の意味です。私にはどうも、あれが何か重要なことであるように思えて仕方がないんですけど」

「やあ、そうでしたね」

島田は指を折った手を広げ、浅黒い額に当てた。

「『それは、あの車のこと。あの車は……』っていう文章でしたっけ。『思い出したことがある』と、その前には書いてあった」

（車……か。どの車だろう）

この家の駐車場に駐めてあるのは今、宮垣のベンツと宇多山たちが乗ってきた車だけのはずだが。それがどうかしたのだろうか。あるいは……。

宇多山が考える横で、そのとき桂子が「あっ」と声を洩らした。

「何か？」

「あのね、一つ思いついたことがあるの」

桂子はちょっと興奮したような目で、宇多山を見た。

「車の問題について？」

「違うのよ。それじゃなくってね、さっき話題になった林さんのダイイング・メッセージについて」

「と云うと？」

「ほら。最初の日に廊下で、清村さんと林さんに会ったじゃない。あのとき林さんが云ってたでしょ」

「ええと……」

「憶えてない？　あの人、ワープロの機種が違うから困ったって、しきりに云ってたでしょう。〈オアシス〉のユーザーだから勝手が違う、って」

「ははあ、なるほど」

宇多山は思わず両手で膝を打った。

「〈親指シフト〉か」

と同時に、

「そうか！」

島田が大声を上げた。

「〈親指シフト〉ですよ、島田さん」

宇多山は勢い込んで云った。が、どういうわけか島田はきょとんとした顔で、

「何ですか、それ」

おざなりな感じで質問を返したかと思うと、宇多山の返事を待ちもせず、椅子を蹴って立ち上がった。そして、跳ねるような足取りで電話台のほうへ向かう。どうやら彼は、宇多山と桂子の会話を聞いてあんな声を上げたのではないらしい。

「車だ。あの車のことだ。あの車の……」

島田も宇多山と同じくらい興奮している様子だった。ぼそぼそとそんな独り言を続けながら、電話台の前に坐り込む。何を考えたものか、台の下に重ねて置かれていた電話帳を引っ張り出し、熱心にページを繰りはじめる。

「どうしたんですか、島田さん。電話は切れてるんですよ」

宇多山がかける声に振り向くこともなく、島田は黙々と電話帳を調べつづける。やがて、まさかこの男、気でも狂《ふ》れてしまったのでは？と半ば本気で心配になってきた頃——。

「やっぱりそうだったのか」

呟いて、島田は分厚い冊子を閉じた。

「そうだった……ということは、ふん、つまり……うんうん」

「ちょっと、島田さん」

鮫嶋がテーブルを離れ、島田のそばまで行って呼びかけた。振り返った彼は、またきょとんとした顔で、

「はい？　どうしました？」

「宇多山さんと桂子さんの話を聞くべきでしょう。あのダイイング・メッセージの意

味が分ったらしいんですよ」

「ええっ。本当ですか」

自分の思考に熱中するあまり、宇多山たちの云うことなどまるで耳に入っていなかったと見える。

「聞かせてください、宇多山さん」

と云って、島田がテーブルに駆け戻ってくると、

「〈親指シフト〉についてはご存じないみたいですね」

宇多山は気を取り直して説明した。

「富士通の〈オアシス〉というワープロに搭載されている、かな入力の独自システムなんです。詳しく説明するとややこしくなりますが、要は、この家に用意された〈文豪〉とは、かな文字を入力する際のキーボードの使い方が違っているわけですよ。そして林さんは、その〈オアシス〉のユーザーだったんです」

「はあん」

島田はようやく、宇多山の云わんとするところを理解したふうだった。

「なるほど。つまりこういう話ですね。林さんは、意図的にか、あるいは死に瀕して判断力が鈍くなっていたためか、あのキーボードにその〈親指シフト〉の方法で入力

を行なったのだ、と」

「そうではないか、と思うんです」

「ふうん。で、『wwh』というあのローマ字三文字をそれに従って翻訳すると、どういう言葉になるんですか」

「いや、それはまだ。私もキーボードの配列を暗記しているわけじゃないので、実際に見てみないことには、何とも」

「じゃあ、ワープロのある部屋へ行きましょう。秘密の通路の扉を探す必要もありますしね」

「ええ。そのほうが話は早いでしょう」

島田が電話帳を調べて発見したものは何なのか。

気に懸かりはしたが、それよりもあのメッセージを解読するほうが先決だ。あれの意味さえ分れば、自動的に犯人の名前が判明するかもしれないのだから——。

はやる気持ちを抑えつつ、宇多山は桂子の手を握って椅子から立ち上がった。

第十章　開かれた扉

1

嫌がる角松フミエを、一人でいるのは危険だからと説得して引き連れ、五人は迷路の廊下へと繰り出した。

ワープロの置かれた部屋であればどこでも良かったのだが、秘密の通路の扉を探すべきだという島田の意見に従うなら、行く先は林の部屋かまどかの部屋に絞られる。机の前に刺殺死体が転がっている林の部屋は、できれば避けたい。——というわけで結局、彼らは再びまどかの部屋〈イカロス〉へ向かうこととなった。

午前七時半。

すでにすっかり夜は明け、天井のガラスからは青く彩色された自然光が射し込んでいた。だが、漂う闇の気配と陰鬱《いんうつ》な雰囲気には変わりがない。壁に飾られた白い仮面《マスク》の無表情は、それが清村の殺害に一役買っていたことが分ったあとだけによけい、何かしら悪魔的な嘲笑《ちょうしょう》を内に秘めているように見えて気味が悪かった。

十六本の枝道が並んだ問題の廊下では、十番目と十三番目の壁に覗《のぞ》く仮面の種類を忘れずに確認した。確かに獅子と一角獣、二つの仮面の位置が入れ替わっている。たったこれだけの細工で、清村は〝死の部屋〟へと続く道をみずから選び取ってしまったのか。……

五人はそして、〈イカロス〉の部屋に到着した。

ベッドの上には、つい二時間前に息絶えた女流作家の死体が横たわっている。顔に掛けられた白いタオル。シーツに広がった長い黒髪。二度目の昏睡《こんすい》状態に陥る直前に彼女の食道を逆流した吐物の異臭が、まだ部屋の空気に染みついていた。

宇多山はまっすぐワープロの前へ向かった。両横に島田と桂子が立ち、後ろから鮫嶋が覗き込む。フミヱはまた部屋の隅に坐《すわ》り込んでしまった。

ワープロの電源は入れたままにしてあった。昨夜まどかがしたためた〝手記〟が、画面にはまだ残っている。

「このキーボードを見てください」

と、宇多山は島田に云った。

「島田さんは、ワープロはお持ちですか」

「ええ。ハンディタイプのものなら一台、持ってますけど」

「どこのメーカーの？」

「キヤノンです」

「だったらたぶん、キーボードの構造はだいたいこれと同じですね」

宇多山が個人的に使っているのは林と同じく〈オアシス〉だが、仕事柄、ワープロの機種についてはかなりの知識があった。

「ご承知のとおり、日本語ワープロの文字入力には基本的に二つの方法があります。かな入力とローマ字入力の二つですね。ローマ字のほうは、英数キーの配置はどの機種も同じなので問題ないのですが、かなのほうはメーカーによって——特に富士通と他社との間で大きな違いがあるんです。

このキーボードのキーに記されているかな文字の配列は、いわゆる『ＪＩＳかな配列』ですね。五十音それぞれに一つずつのキーが用意されている。ところが、〈オアシス〉の〈親指シフト〉と呼ばれる方式ではこの、かなとキーとの対応がまったく異なるわけなんです。つまり——」

宇多山は両手をキーボードの手前に置き、十本の指を広げた。

「〈親指シフト〉では、こうして両手の指が届く範囲——手前の三十一個のキーだけで、すべてのかなおよび句読点、濁音、促音がまかなえるようになっている。どうしてそんな芸当が可能かと云うとですね、このキーボードで云えば中央最前列の、この二つのキー——［無変換］［変換］があるところに、［シフト左］［シフト右］という独自のキーが設定してあるんです。そして、これらのシフトキーを左右の親指で操作することによって、一つのキーに対応した二種類のかなを、ほとんど手の位置を変えずに入力できるというわけです」（Fig.3「キーボード比較図」p.369参照）

「うんうん。なるほどね」

島田は軽く何度も頷いて、

「で、そちらのキー配列によると、あの文字は？」

「ちょっと待ってください」

宇多山は、指が憶《おぼ》えている〈親指シフト〉のかな配列を眼前のキーボード上に再現しようと、疲れた神経を集中させた。

「ええと、まず、英数の［W］の位置にあるのは——［か］と［え］ですね。それから、［H］に重なるのは——［は］と［み］か」

そこで宇多山は桂子のほうを横目で窺い、

「どう？　合ってるかな」

と確認する。

「ええ。わたしもそうだったと思う」

「よし。——普通に押すと、［W］のキーは［か］に対応します。［シフト左］と同時に押せば、［え］に対応。キーがあるのとは反対側の［シフト右］と同時に押せば、［か］の濁音［が］になる。［は］と［み］についても同様です。

分りますか、島田さん」

「——うんうん」

「試しに一つ、ここに打ち込んでみますね」

まどかの〝手記〟を消してしまわないように次のページへ画面を送り、宇多山はまず入力モードを「英数」に切り替えた。それから、［シフト左］に当たる［無変換］と［W］を同時に押す。〈親指シフト〉における「え」の入力である。すると、画面に現われた文字は「w」。

続いて、「が」を入力するつもりで、［シフト右］に当たる［変換］と［W］を同時に押す。画面に現われた文字は、やはり「w」。

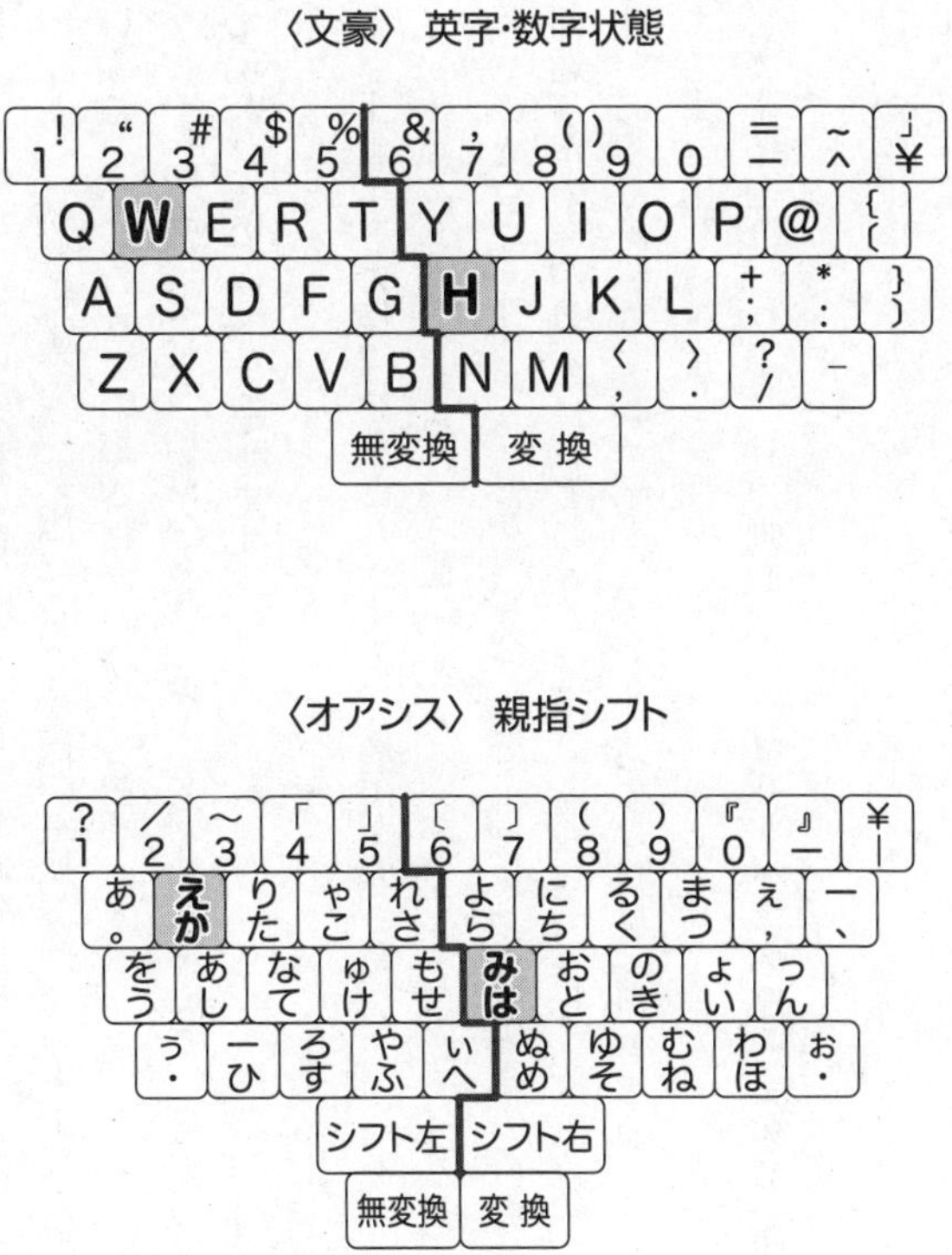

Fig.3 キーボード比較図

さらに、「み」のつもりで［無変換］と［H］を同時に押す。当然、現われる文字は「h」。――「英数」入力の状態だと、［変換］［無変換］のキーは何ら意味を持たないということが、これで確認されたわけである。

「私は今、『えがみ』と打ち込むつもりでキーを叩いたんです。見てのとおり、実際に画面に現われたのは『wwh』です」

「ふうむ」

じっとキーボードに視線を落としたまま、島田が云った。

「つまり、こういう話ですね。『wwh』という三文字は〈親指シフト〉に翻訳すると、六つのかな文字――『か』『が』『え』『は』『ば』『み』の組み合わせによって、全部で何通りかの形が考えられるわけだ。『w』に三つ、『h』に三つ、それぞれ対応の可能性があるんだから、三×三×三……計二十七通りですか」

「すべてを書き出してみましょう」

と応じて宇多山は、ワープロの画面上にそれらすべての組み合わせを書き並べていった。

かかは　かかば　かかみ
かがは　かがば　かがみ

かえは　かえば　かえみ
がかは　がかば　がかみ
ががは　ががば　ががみ
がえは　がえば　がえみ
えかは　えかば　えかみ
えがは　えがば　えがみ
ええは　ええば　ええみ

「この中で意味がありそうなのは……」

事件関係者の名前は一つも見つからない。いささかがっかりしながら、宇多山はいま一度、二十七組の文字列を順に目で追っていった。

かかは　かかば　かかみ……

……と。

「これだ！」

島田が声を上げた。

「これですよ、宇多山さん。『かがみ』――すなわち『鏡』だ。『wwh』は『鏡』を意味していたんだ」

「鏡、ですか」

宇多山はしかし、まるでぴんと来ない。

「いったい……」

「あれですよ」

と云って、島田は勢いよく右手を差し上げた。長く華奢《きゃしゃ》な人差指を立て、そうして彼が一直線に指さしたものは——。

「あの鏡です」

ベッドの向こう、奥の壁に貼り付けられた大きな姿見。

「あれが？」

宇多山は首を傾げる。姿見に映った己《おのれ》の顔を不思議な気持ちで眺めながら、

「でもどうして、林さんはそんな……」

「しっかりしてくださいよ、宇多山さん」

島田はじれったそうに云うと、大股歩きで部屋の奥へと向かった。

「犯人の名前じゃないんです。『wwh』＝『鏡』というのは、犯人がこの部屋に入ってきた隠し通路の扉のありかを示すメッセージだったんですよ」

2

自分の上背よりもいくらか高さがある姿見の前に立つと、島田は周囲の壁板と鏡の境目に顔を寄せた。それから鏡の表面を軽く拳《こぶし》で叩き、次には両手の掌をぺたりと押しつける。

「それが開くんですか」

と、宇多山はまだ半信半疑である。桂子と鮫嶋の反応も同様だった。

「開くはずですよ」

島田は敢然と云いきった。

「ねえ、宇多山さん。さっきあなた、舟丘さんがベッドで意識を取り戻した時に僕のほうへ手を差し上げた、と云ってましたね。あれは僕を示そうとしたんじゃなかった。彼女もまた、犯人がこの部屋に侵入してきた隠し扉の位置を、すなわちこの鏡を示そうとしたんです」

「…………」

「スイッチらしきものは何も見当たらないなあ」

島田は小首を傾げながら、押しつけた手にぐいと力を込める。だが、鏡は少しも動かない。

「おかしいな」

呟《つぶや》いて、さらに彼は鏡面を押す力を強めた。

「ああ、そんなに強く押したら鏡が……」

鏡が割れてしまいますよ——と、宇多山が云いかけた時だ。すうっ、と突然、島田の身体が向こう側へ傾いた。

「……開いた？」

宇多山は目を見張り、島田の許に駆け寄る。

鏡と壁板の境目にちょうど沿う形で、大きな隙間ができていた。姿見全体が扉状に開き、壁の向こうへ後退しているのだ。

「うまく考えたもんだなあ」

感慨深げに云って島田は、開いた〝鏡の扉〟に舐《な》めるような視線を這わせた。

「ある程度以上の力を加えたとたん、急に抵抗がなくなったんです。そういう力学的な仕掛けになってるんだ。壁やドアならともかく、『鏡は割れる』という先入観があるから、僕らは普通、姿見をそこまで強く押してみることなんてない。一種の心理的なトリックですね」

「ははあ」

宇多山は何とも複雑な気分で腕を組んだ。

「それじゃあやはり、私たちの部屋には全部、これと同じ仕掛けが？」

「あるでしょうね。すべての客室と、たぶん広間や応接室にも。同じ大きさの姿見が壁にあるでしょう？」

宇多山は低く吐息して、〝鏡の扉〟と壁との間にできた黒い隙間に目をやる。

「入ってみるのですか」

「もちろん……ん？　いや、ちょっと待ってください」

と云って、島田は急に身を屈《かが》めた。細く開いた扉をさらに少し押し開き、

「何か落ちてる」

ひょろ長い腕を隙間に伸ばす。そうして彼が扉の向こうの床から拾い上げたものは、一枚のフロッピーディスクだった。

「フロッピー……」

水色のソフトケースに入ったそれを喰い入るように見つめ、島田は独り言のように呟き落とす。

「はあん。こいつは……なるほど、やっぱりそういうことか」

「どうしてそんなところに、そんなものが」

宇多山の問いかけに島田はきりっと目を上げ、これですべてが分った、とでも云うように微笑した。

「落とし物ですよ。云うまでもなく、犯人のね」

「犯人の？」

「そうです。他に考えられますか」

フロッピーディスクをケースから抜き出すと、島田は踵《きびす》を返し、ゆっくりと机のほうへ戻っていった。

「調べてみましょう。ご覧のとおり、このワープロに対応するディスクですよ。そしてたぶん、この中に入ってるデータは……」

3

まどかが残した〝手記〟を別のフロッピーディスクに保存したうえで、問題となるディスクの内容を調べてみたところ、そこには文書が一つ記録されていた。表示された文書の作成月日は四月二日。文書名は「畸型《きけい》の翼・1」……。

畸型の翼

黒いハンマーの柄を握った手。熱い汗が、白い手袋にじっとりとにじむ。

ガラスの天井から射しこむ星明り。静寂に包まれた薄闇。——深夜。この館の中で目を覚ましているのは、おそらく彼ひとりに違いない。

暗い部屋の中央にたたずみ、乱れた呼吸を鎮めながら、彼は足もとに倒れた女の身体を見おろす。

——死んだ。

もはや、ぴくりとも動くことがない。つい数秒前まで、確かにこの肉体には、生命という形のないものが宿っていたのに……。

——何てあっけないんだろう。

べつに憎くて殺したわけではない。金のためでもない。ただ……。

そっと、握りしめていたハンマーを床に置く。これで終わったわけではない。

まだやることがある。

横を向いて倒れていた女の身体を、うつぶせに転がす。薄いネグリジェの背中を、力まかせにはだける。灰白く、闇に浮かびあがる肌。

——翼を。

ポケットから取り出す、小さなガラス壜。

——燃えた翼を。

キャップを開ける。鼻腔を刺激する、ガソリンの揮発臭。

彼は女のそばに身をかがめ、あらわになった背中に壜を傾ける。トクトクと小気味の良い音を立てて、中のガソリンが白い肌に注がれる。

量は少しでいい。肩甲骨から脇腹へ、二筋の線を引くだけでいい。

やがて——。

きちんと壜のキャップを閉めてポケットに戻すと、彼は代わってライターを取り出す。火を点け、それを注意深く女の背に近づけ……。

闇の中に、ぼっと燃え上がる炎。

その赤い揺らめきを瞳に映して、彼はしばし、陶酔したようにその場に立ちつくす。

――翼が燃える。

――翼が。

太陽に焼かれた畸型の翼を炎の中に見ながら、彼の目は狂気に揺れる……。

（1）

四月三日の朝、迷路館の一室〈イカロス〉において発見された舟丘まどかの死体は、

「『畸型の翼』……例によって、小説の冒頭部の何枚かですね」

画面に呼び出した文章に目を通すと、島田は宇多山たちを振り返って云った。

「どう思いますか、これを」

「秘密の通路の入口付近に、犯人が落としていったフロッピーディスク……」

細く隙間を見せたままの〝鏡の扉〟に目をやりながら、宇多山は考え考え言葉をつなげた。

「舟丘さんが競作のために書きはじめていた小説、のようですね。タイトルは『畸型の翼』、被害者は舟丘さん自身。どうやら、神話のイカロスをモティーフにした作品らしい。ということはですね、もともとこのワープロのディスクポケットに入れてあったものを、犯人が持ち去ろうとして……」

ツッつッ、と島田の舌打ちが聞こえ、宇多山は口をつぐんだ。

「よく考えてみてくださいよ、宇多山さん」

「…………」

「舟丘さんが襲われた状況は、さっき広間で検討済みでしょう？　犯人は彼女のポケットブザーの音に驚き、とどめを刺すこともできず、この部屋を密室状態にしたまま逃げ出したんだ。このフロッピーを持ち出すような余裕が、いったいどこにあったって云うんですか」

「確かにまあ、それはそうですが」

「だいいち舟丘さんが昨夜したためた〝手記〟には、自分はまだ一行も原稿を書いていない、と明記してあった。手記が書かれたのは、二日の午後十一時二十分。一方、この『畸型の翼』の作成月日も四月二日となっている。

それから、思い出してください。須崎さんの部屋、清村さんの部屋、林さんの部屋、どの部屋のワープロにも、文書保存用のフロッピーは三枚しか用意されていなかった。このことは、最初の日の井野さんの説明にもありましたよね。ところがどうですか。このフロッピーを入れると、ここには全部で何枚あることになります?」

「――四枚」

「そうです。一枚多い」

「あっ」

と、そこで短く高い声を上げたのは、宇多山ではなく鮫嶋だった。

「そういうことだったんですか。とすると――」

評論家は生白い額に掌を当てながら、

「ああ、何ていう……」

「お分りになりましたか、鮫嶋先生」

島田が訊くと、

「――ええ、たぶん」

鮫嶋は薄い唇をちろりと舌で湿してから、

「逆だったんですね」

と云った。

「逆？」

わけが分らず、宇多山は首を捻《ひね》る。鮫嶋は、この時どこまで島田の考えを理解していたのだろうか、何とも複雑そうな面持ちでこう云った。

「順序が、私たちが今まで思い込んでいたのとは逆だったんですよ。――そうですね、島田さん」

「そのとおりです」

島田は鋭い視線を〝鏡の扉〟に投げかけながら、

「犯人は、四人の作家たちが書いた四つの作品に見立てて、それぞれの殺人を行なった。これが、今まで僕らが信じさせられてきた事件の構図です。けれども真相は逆だった。つまり、そもそも四つの作品自体が犯人の創作物だったんです。被害者たちの手によってたまたま書かれた作品の内容が見立て殺人の題材に使われたのではなく、そういった殺人を行なうつもりで犯人が事前に作品を用意しておいたんです」

「犯人が、作品を？」

「何よりの証拠が、このフロッピーです。これは犯人がここから持ち去ろうとしたものではなく、ここへ持ち込もうとしたものだった。犯人は、事前に作成月日を『四月二日』に改めておいたこの文書をこのディスプレイに呼び出し、作品の内容に沿った見立て工作を行なったうえで、この場を去るつもりだったんです。ところが予想外の出来事のため、急いで逃げなければならなくなった。その際に、こいつをあそこに落としていってしまったってわけです」

ぽかんと口を開けて立ち尽くす宇多山を後目《しりめ》に、島田は開いた〝鏡の扉〟のほうへ足を向けた。

「行きましょう。鮫嶋先生も一緒に来られますか」

「――はい」

「あっ。待ってください」

宇多山は慌てて島田のあとを追った。

「私も行きます」

「じゃあ――」

と、島田は桂子のほうを振り返り、

「奥さんは、そうですね、角松さんを連れて広間に戻っていてくださいますか。めったなことはもうないでしょうから」

「あ……はい」

彼女もまた事態の急転に混乱しているらしい、当惑顔で曖昧《あいまい》に頷《うなず》いた。

「二人だけにしておくのは危険では？」

宇多山が云うと、島田はきっぱりとかぶりを振ってみせた。

「大丈夫ですよ。もう犯人は、誰も殺しはしないはずです」

「しかし……」

なおも心配げに妻のほうを見やる宇多山に、島田は云った。

「四つの小説に見立てた四つの殺人。最後の一つは不完全に終わりましたけどね、曲がりなりにも犯人は、こうしてみずからの〝作品〟を完成させたわけですよ。だからもう、心配は要らない」

「…………」

「まだ分りませんか。――じゃあね、宇多山さん、犯人が残した四つの作品のタイトルを思い出してみてください」

「はあ」

宇多山は首を傾げつつ、島田の言葉に従った。

「『ミノタウロスの首』――『闇の中の毒牙』――『硝子張りの伝言』――そしてこ

の、『畸型の翼』」

「これはね、犯人が僕らに対して残していったみずからの署名でもあるんですよ」

「犯人の、署名？」

「そう。四つのタイトルそれぞれの、最初の文字を拾っていくとどうなります？」

云われるままに、文字を拾ってみる。——と。

「ええっ⁉」

何が何だか分らず、宇多山は悲鳴のような声を上げた。

「それが答えですよ」

島田は淡々と云い放った。

「『み』『や』『が』『き』——となりますね。宮垣葉太郎その人こそが、この連続殺人事件の犯人だったんです」

第十一章　アリアドネの糸玉

1

幅五十センチ余りの狭い通路が、左右に延びていた。恐らくこの迷路館の周囲をぐるりと巡り、どの部屋へもこれを通って行けるようになっているのに違いない。

両側の壁に床、高い天井――すべてコンクリートの打ちっ放しである。〝鏡の扉〟の裏面は頑丈な鉄の把手《とって》が付いた黒い板張りで、部屋の正式なドアと同様に、その部屋の名称を刻んだ青銅のプレートが貼り付けられていた。

照明のスイッチは、扉横の壁面にあった。まばらな間隔で天井からぶらさがった剝《む》き出しの電球が、お情け程度の弱い光で闇を払う。

島田を先頭に鮫嶋、宇多山という順で一列になり、三人は〈イカロス〉の部屋から右方向へと進路を取った。口に出しては云わなかったが、島田はこのまま館の周囲を右まわりに進み、目的の部屋——宮垣葉太郎の書斎・寝室である〈ミノス〉へ行こうというつもりなのだろう。

埃《ほこり》の臭《にお》い、そしてかすかに黴《かび》の臭いも入り混じって、ひんやりと澱《よど》みきった空気。左手、すなわち外側の壁にはところどころ細かな亀裂が走り、それらに沿って黒っぽい染みができている。

(宮垣先生が犯人?)

さっき島田が示したその「答え」を、宇多山はまだ信じられないでいる。

それ以上の説明を、島田はしようとはしなかった。とりあえずここまで、とでも云うように軽く両手を広げ、すぐさまこの通路に踏み込んでいったのだった。

(そんなことが、いったいありうるのだろうか)

宮垣葉太郎は一昨日、死んだのではなかったのか。寝室でみずからの命を絶ち、あの遺言を残したのではなかったのか。

ベッドの上で瞼《まぶた》を閉じていた老作家の安らかな顔を、宇多山はこの目で見た。あれは本当の死に顔ではなかったというのか。

しかし——。

井野満男は確かに、宮垣の死を告げた。井野だけではない。あの黒江辰夫という男も、はっきりと彼の死を認めているのだ。その宮垣が事件の犯人だなんて、どうしてそんなことがありうるというのだろう。

通路は〈イカロス〉の部屋の外周に沿って右方向へ直角に折れ、少し進むと今度は左に曲がる。さらにまた右へ直角に折れたところで、島田が足を止めた。

「これが、娯楽室の鏡の裏ですね」

と云って彼は、右手の壁面に現われた黒い扉を示した。なるほど、そこには〈DAIDALOS〉と刻まれた青銅板が貼られている。

「それから、こいつを見てください」

島田は扉の手前三十センチほどの位置を指さした。見ると、コンクリートの壁のちょうど目の高さあたりに、一辺十センチ足らずの黒いプラスティック板が貼り付いている。

「何ですか、それは」

鮫嶋が訊くと、島田は右手の指先で黒い板の端を摘《つま》んだ。すると、上部に蝶番《ちょうつがい》が取り付けられているらしい、これを軸にして板がぺらりとめくれあがった。

「覗《のぞ》き窓ですよ」

プラスティック板の下は、その部分のコンクリートが円く抉《えぐ》り取られており、板張りの壁の裏側が覗いていた。板張りの隙間からは、細い光線がこちらの薄闇に洩《も》れ出してくる。

「ほんの小さな隙間です。プラスティック板で蓋をしてしまえば、室内からはまったく分らないようになってるんでしょう」

島田の低い声が通路に響いた。

「この覗き窓を使って、彼はいつでも室内の様子を窺《うかが》えたわけですよ」

「彼」とはやはり、宮垣葉太郎のことなのか？

この家の主人である宮垣が、誰にも内緒でこの通路を造らせ、ひそかにこの暗がりの中を徘徊《はいかい》していた。――ありえない話ではない。客人を迎えた時には、そうやって部屋から部屋へと忍び歩き、「屋根裏の散歩者」さながらの楽しみに浸《ひた》っていたのかもしれない。しかし、それにしても……。

娯楽室を通り過ぎ、次の応接室〈ミノタウロス〉とその次の図書室〈エウパラモス〉も通り過ぎ……三人はやがて、〈MINOSS〉のプレートが貼られた問題の扉の前に辿《たど》り着いた。

「ここだ」

島田が鉄の把手に手をかけた。

「書斎のほうには鏡はなかった。位置からしても、この向こうは寝室でしょうね」

ゆっくりとそして、扉が開かれる。

一昨日の夕方、井野に案内されて訪れたあの時と寸分変わることなく、その部屋は天井から射し込む朝の光の中にあった。

奥の壁ぎわ——〝鏡の扉〟から出てすぐ左側——に据えられた大きなベッド。ナイトテーブルの上に置かれたグラス、白い錠剤の入った薬壜《くすりびん》。それから——。

人の形に盛り上がったベッドの掛け布団。

(ああ……宮垣先生)

通路から寝室に歩み出た宇多山は、白い布が被せられた枕の上の膨らみを見やりながら、

「これはどういうことですか」

と、島田に向かって訊いた。

「宮垣先生は、ちゃんとそこに……」

島田は宇多山の言葉を無視して、つかつかとベッドのそばまで足を進めた。そうしてまるで躊躇《ちゅうちょ》するふうもなく、枕の上の布を取り去る。

「あっ！」

「ああっ！」

宇多山と鮫嶋の口から、同時に短い叫び声が上がった。

「ご覧のとおりです」

布の下にあった顔――その苦悶《くもん》の表情からすいと目をそらし、島田は云った。

「やっと見つかりましたね」

それはまぎれもなく、宮垣葉太郎の秘書、井野満男の顔だった。

2

井野はすでに息絶えていた。

布団をめくり、島田がその死体を少し調べてみたが、外傷は見当たらない。ただ、喉を自分の手で掻きむしったような痕跡があって、この点は清村の死体の様子と似ている。恐らく彼も、例のニコチンの濃厚液によって命を奪われたのではないか。そう推察された。

立ち尽くす宇多山と鮫嶋を促し、島田は隣の書斎へ通じるドアを開けた。

「誰もいない……」

特注の木製ラックに収められたAV機器。おびただしい数のレコードやCD、ビデオテープなどが並んだ棚。ワープロと電話機が置かれた書斎机。革張りのアームチェア。——人影のない室内をざっと見まわして、島田は呟《つぶや》いた。

「どこへ行ったんだろう」

足速に部屋を横切り、トイレと浴室を覗いてみたあと、

「ここにはいないみたいですね」

島田は宇多山と鮫嶋を振り返った。

「もしかするともう、この家から出ていったのかも……ん？　やあ、そんなところに証拠品が残っている」

そう云って彼は、部屋の隅に置かれた小テーブルのほうを指さした。そのテーブルの下に、なるほど、いくつかの意味ありげな品々が散らばっている。

宇多山をドアのそばに残して、鮫嶋がそちらへ歩み寄った。

「ガウンに軍手……このガウンは宮垣先生のものですね。ああ、どっちもこんなに血で汚れている」

「その黒いのはハンマーですね。そいつで舟丘さんを襲ったんだな」

「絞殺に使った紐もありますよ。この壜は……さっきの小説に出てきましたね、ガソリンが入っているんでしょうか。――〈MEDEIA〉のプレートもある。例のドアから取り外したものですね」

「ううむ」

部屋の中央で腕を組み、島田は唸《うな》った。

「返り血を浴びた衣服に凶器。こんなものをここに残していったとなると……」

「島田さん！」

宇多山はそこでようやく、〈イカロス〉の部屋からずっと抱きつづけていた疑問を吐き出すことができた。

「説明してください、島田さん。宮垣先生は亡くなったんじゃなかったのですか」

「隣の部屋にあったのは、井野さんの死体だったでしょう？」

「ええ。しかし一昨日《おととい》、私たちは確かに先生のご遺体を……」

「だからね、あれは死体じゃなかったんですよ」

できの悪い生徒に説いて聞かせるように、島田は云った。

「ただ目を閉じて、死んだふりをしているだけだった。あの時はみんながみんな、まんまと騙《だま》されてしまいましたけれども」

「井野さんは？　それにあの黒江医師……」

「彼らはもちろん、本当のことを知っていましたよ。知っていて、僕ら八人を騙す手伝いをしたんです。宮垣先生の誕生日、四月一日のお遊びとして」

「――エイプリルフール？」

「そうです」

島田は腕組みを解くと、書斎机の下からアームチェアを引き出して坐った。

「すべての計画はそこから始まった。一昨日、宮垣先生の〝自殺〟を告げた井野さんの言葉を、いったん清村さんが笑い飛ばしましたっけねえ。何とも皮肉な話じゃないですか」

「…………」

「宮垣葉太郎の自殺、ここで聞かされたあの遺言テープ、莫大な遺産の相続権をかけた競作……すべては〝嘘〟だったんです。すべては宮垣先生自身が、井野さんと黒江さん、二人の協力を得て演じた狂言だった」

島田は前屈みになり、膝《ひざ》の上に両肘を落とした。

「僕がやっとそれに気づいたのは、さっき広間で、舟丘さんが残した〝手記〟の最後の記述について考え直してみた時です。彼女が気にしていた『車』とは、いったいどの車のことだったのか。

　宮垣先生のベンツ？　それとも宇多山さんの車でしょうか。両方とも、別に彼女が訝しむような点はない。彼女は僕らよりも早くここに着いていたんだから、そもそも宇多山さんの車を見てはいない。とすると、残るのは一台だけです」

「——黒江医師の？」

　宇多山は、駐車場に駐められていた例の白いカローラを思い出した。

「そう。あのカローラです。見たところかなり旧型の、ね」

「それがどうして……」

「変だとは思いませんか。あの車の持ち主は黒江辰夫という五十年配の男だった。ところが彼は、井野さんの紹介によれば、宮津市のN＊＊病院の内科部長だっていうじゃありませんか。そんな地位にある人物が乗る車として、あのカローラはあまりにもふさわしくない」

「はあ。確かにまあ、そう云われてみると」

「舟丘さんはきっと、そのことを妙に感じたんだと思います。僕はそこからさらに疑いを進めた。あの黒江辰夫という男は本当に病院の内科部長なんだろうか、と」

「なるほど」

鮫嶋が小さく手を打った。

「それで、電話帳を？」

「ええ。あの電話帳で、黒江辰夫という名前を探してみたんです。一人だけ、宮津市在住で同じ名前の人物が見つかりました。他の町も調べてみたけれど、同姓同名はなかった。——で、その黒江辰夫の職業として付記されていたのは、案の定『医師』ではありませんでした。『教員』とあったんです。

黒江辰夫というあの男は、宮垣先生の幼馴染《おさななじ》みか何かなんじゃないか。僕はそう思います。宮津で学校の教師をしている黒江氏は、宮垣先生に頼まれて、〝宮垣葉太郎の死〟を証言する主治医の役割を演じさせられたわけです」

宇多山は息を呑む。鮫嶋は深々と頷《うなず》く。二人の顔を交互に見ながら、

「ここから先は多分に僕の想像が入ってきますから、そのつもりで聞いてください」

と、島田は続けた。

「まず、宮垣先生の身体が治療困難な病に冒されていたというのは、これは恐らく本当の話なんだろうと思います。自分の命が長くないことを知り、そこで彼はこの前代未聞の犯罪計画を企てた。

四人の〝弟子〟たちをこの迷路館で殺害する。その真の動機がどういうものだった

のか、明確な説明は僕にはできません。ただ、一連の事件に見られる、鮫嶋先生が云うところの『自己主張性』から考えて、彼はこの犯罪を、作家としての自分の〝最後の作品〟だと、そんなふうに意識しているのではないか。この辺の問題は、本人の口から聞いてみなければ何とも云えませんね。

さて、次に宮垣先生が行なったのは、秘書の井野さんと友人の黒江氏に〝四月一日の狂言〟への協力を取り付けることだった。この際、彼が自身の健康状態について真実を明かしたのかどうかは分らないけれども、いずれにせよ、たとえばこういうふうに二人を口説いたんだと思います。

自分の後継者として若い作家たちを育てようとしてきたが、特に目をかけている四人にしても、どうも充分に才能を生かしきれていないようだ。そこで、私はこの計画を思いついた。私が死に、その遺産をかけた競作という状況を与えてやれば、彼らはきっと、今の実力以上の力を発揮してくれるに違いない。期間中、私はあくまで死んだものとして身を隠しつづけ、出揃った四人の作品を審査する段になってから姿を現わし、タネ明かしをする。

単にみんなを騙《だま》すのが目的ではない、と彼は強調したでしょうね。未完成な〝弟子〟たちにより良い作品を書かせるためだ、と。

四月一日、そんなこととは夢にも知らず、僕らはこの家を訪れた。井野さんと黒江偽医師の口裏を合わせた演技によって、僕らはすっかり〝宮垣葉太郎の自殺〟を信じさせられ、さらには事前に作成してあったあの偽《にせ》の遺言テープが公開された。

そしてその夜、宮垣先生は、井野さんと黒江氏には知らせていなかった真の計画を実行に移したわけです」

島田の話を聞きながら、宇多山はちらりと書斎机の上を見た。手前の端に、例のカセットテープが置きっ放しになっている。

「第一の殺人は、彼自身があらかじめこの部屋のワープロで書いておいた『第一の作品』に従って実行された。恐らく、さっきの通路を通って直接、須崎さんの部屋を訪れたんでしょう。死んだはずの宮垣先生の姿を見て、須崎さんはさぞや驚いたことでしょうけど、そこはうまく事情を説明して納得させ、彼は須崎さんを応接室へ連れ出した。隙を窺って頭を殴り、首を絞めて息の根を止め、必要な見立て工作を施す。そのあと彼は再び須崎さんの部屋へ行って、ワープロの画面に自分の書いた『ミノタウロスの首』を呼び出しておいた」

「首を斧で切ったのは？　結局どういう目的だったんでしょうか」

と、宇多山が質問した。

「それはね」

島田はほんの少し口ごもってから、

「別に固執したいわけじゃないけれども、やっぱり僕が示したあの論理が正しかったんじゃないかと思うんです」

「自分の血の痕を隠すため、という？」

「ええ。ただ、それは手足や顔の怪我からの出血、あるいは鼻血といったものではなかったのかもしれない。僕にはどうも、宮垣先生は最終的に警察の手から逃れようとは考えていない気がするんですね。とすると、後に鑑識が入って血痕の分析が行なわれること自体は問題じゃなかったはず。問題はむしろ、残された血痕から僕らの疑いが、必要以上に早く自分に向けられてしまうことだったはずです。

そこで思うんです。もしかしたらあの現場に残された血痕の原因は、喀血《かっけつ》とか血痰《けったん》とか、そういった出血だったんじゃないかと」

「喀血、血痰……」

「素人の考えですけどね、肺癌を患っている宮垣先生が須崎さんを殺した際、たとえば喀血の発作に見舞われてしまったとして、その血痕には何か、普通の出血とは異なる特徴が見られたんじゃないか。激しく咳込んで多量の血痰を吐いてしまったのだとしても、同じことが考えられます。元医師の桂子夫人がそれを見て、喀血もしくは血痰である可能性を指摘し、なおかつ僕らの中に一人も〝該当者〟がいないなんて話になると、これはまずい」

「なるほど」

額に垂れた前髪を撫《な》で上げながら、鮫嶋がしきりに頷いた。

「喀血は泡沫を伴う、とも聞きますし……なるほどね」

「犯行を終えると宮垣先生は、隣室の井野さんをここに呼びつけた。いや、それはあるいは、須崎さんを殺す前だったのかもしれませんね。翌朝になって死体が発見される前に、彼は何としても、自分が実は生きていることを知り、玄関の合鍵を預かっている井野さんの口を封じておかねばならなかった。そうとも知らず主人の呼び出しに応じた井野さんは、いとも簡単に猛毒の犠牲となってしまった。

そのあとの三つの事件に関しては、ほぼさっき広間で検討したとおりでしょう。ただ、決定的に僕らが間違っていたのは、一連の見立て工作の意味づけです。

清村さんのワープロにあった『闇の中の毒牙』、林さんのワープロにあった『硝子張りの伝言』――これらはともに、彼らが書いたものではなかった。犯行のあと宮垣先生が、あらかじめ用意しておいたフロッピーの文書をそれぞれの画面に呼び出しておいたものだったわけです。清村さんが〈メデイア〉の部屋で毒殺されたのも、林さんが自分のワープロの前で刺殺されていたのも、すべては犯人が、みずからの書いた作品を使って行なった〝見立て〟だった。

舟丘さんについても、宮垣先生は同様の工作を行なうつもりだったんですね。ところが、ポケットブザーが鳴らされるという不慮の事態のせいで、『畸型の翼』の〝見立て〟は遂行されずに終わったんです。あまつさえ、慌てて秘密の通路へ逃げ出した時、持ってきたフロッピーをあそこに落としていってしまった」

「林さんのワープロに残っていた、あの『wwh』というメッセージは？　あれも宮垣先生が、自分で残していったものだったと云うのですか」

宇多山が問うと、島田はひょいとアームチェアから立ち上がり、

「その可能性のほうが高いと思いますね」

と答えた。

「キーボードに付いていた血の汚れも、犯人の工作だったんだと思う。林さんの身体を机の前まで運んであの姿勢を取らせ、ワープロの画面に持ってきたフロッピーのデータを呼び出し、秘密の通路から部屋を出ていった——そんな犯人の行動の、さらにそのあとで、実はまだ息絶えていなかった林さんがあの文字を打ち込んだのだという

解釈は、さすがに無理がありすぎるでしょう」

「しかし、そこでわざわざ〝鏡の扉〟を示すような手がかりを残していったというのは……」

「確かに妙ではありますね。秘密の通路の存在を知られないためにドアのバリケードを崩したのだという、さっきの理屈とも矛盾する」

細い腰に両手を当てて、島田は続ける。

「けれども、どうでしょう。この連続殺人を、宮垣葉太郎が命を懸けて創り上げた一個の〝作品〟として見るならば、彼は謎を解くための〝手がかり〟の一つとして、あれを僕らに提示したんじゃないか。そんなふうに考えられなくもない」

「はあ。でもそれは……」

「そもそもこの事件全体が、そういった要素を持っていると思うんです。鮫嶋先生の言葉をお借りするなら、『劇場性』とでも云うんでしょうか。

一連の、いかにも探偵小説じみた装飾。――巨額の遺産を巡る競作というシチュエーション。密室と化した地下の館。ミノタウロスに見立てた第一の殺人。迷路の構造をトリックに利用した第二の殺人。第四の殺人ではイカロスの〝燃えた翼〟がモティーフに使われるはずだった。第三の殺人を装飾するものとして、事件の解明につながるダイイング・メッセージが加えられるのは、むしろ当然のことでさえある。――そう思いませんか、宇多山さん」

「…………」

「極めつきは、四つの作品のタイトルに隠された、『み』『や』『が』『き』という署名です。いかにも宮垣葉太郎らしい稚気じゃないですか。さあどうだ、と彼は僕らに手袋を投げていたんですよ。どうだ、私の創ったこの謎が解けるか、ってね」

そう云ったところで島田は、ふと気がついたように書斎机のほうを振り返った。とたん、「やっ」と声を上げ、ひとっ飛びに机の前まで行く。

「これを見てください」

そこに置かれたワープロの画面を覗き込んで、彼は宇多山と鮫嶋を手招きした。

「何か書いてあるのですか」

張りつめた声で鮫嶋が尋ねる。島田はディスプレイから目を離し、二人にそれを示した。

「たぶんこいつは、いったんこの書斎に戻った宮垣先生が、いずれ僕らがやって来るだろうと考えて残していったメッセージですよ」

アリアドネの右手より糸玉を手繰《たぐ》れば、
迷宮の扉は開かれよう。
ミノス王の部屋にて、最後の幕を。

3

午前九時。

三人は書斎を出て、大広間で待機していた桂子たちと合流した。

角松フミヱは、宮垣葉太郎その人が犯人だったという、先ほどの〈イカロス〉における島田の言葉をどこまで理解したものか、多少は気を取り直した——と云うよりも、居直った様子である。宇多山たちが広間に戻ると、黙って厨房へ立ち、盆に人数分の茶を淹《い》れて持ってきてくれた。

「やあ、どうも。ありがたい」

熱い湯呑みを両手で包むようにして、島田はうまそうに茶を啜《すす》った。それから、き

ゆっと眉《まゆ》をひそめて廊下のドアのほうへ視線を投げ、

「やっぱり、あのアリアドネ像か」

ぼそりと呟いた。首を傾げる桂子に、宇多山がかいつまんで事の次第を説明する。

その横で島田は、

「この家に何か、球形のものはないでしょうかねえ」

と、鮫嶋に向かって訊いた。

「球……丸いものですか」

鮫嶋が訊き返すと、島田は目顔で頷いて、

「ア、アリアドネの糸玉、ですよ。その代わりになるようなものが欲しいんです。なるべくよく転がる、ボールみたいなものがあればいいんだけど」

「それをいったい、どうしようと？」

「扉を開くんです」

当然だろうとでも云うように、島田は答えた。

「まず九十九パーセント、この家にはさっきの通路以外にもう一つ、隠された通路があると思うんです。そしてたぶん、それは書斎のワープロに記されていた『ミノス王の部屋』へ続いている」

「〈ミノス〉というのは、あの書斎に付けられた名前でしょう」

「あそことは別に、本当の〈ミノス〉の部屋があるのだと思うんです。あの書斎のドアに貼られたプレート、鮫嶋先生もお気づきでしょう？　〈MINOSS〉――綴りが違う。Sが一個よけいなんだ」

「ええ。そのことには以前から気がついていましたが」

「これもまた一つの手がかりだったんですよ。この書斎は真の〈ミノス〉ではないっていうね。本当の〈ミノス〉は、どこか別の場所に、誰も知らない隠し部屋として存在している。宮垣先生は恐らく……」

「娯楽室にあるよ」

と、とつぜん嗄れた声がした。島田も鮫嶋も宇多山も桂子も、驚いてその声の主を見た。

「ビリヤードの玉は、丸いやろう」

島田の坐《すわ》った椅子の後ろにちょこんと立ち、声の主、角松フミエはそう云った。

「そうか。それがあったか」

額をぱんと手で打ち、島田は椅子から立ち上がった。

「ありがとう、おばさん」

自分の胸のあたりまでしか身長のない老女にぺこりと一礼すると、彼は独り、勢いよく廊下に駆け出していった。

＊

「こういうことだと思うんです」

大広間のドアを出て右——例のアリアドネ像の前に立つと、島田は娯楽室から持ち出してきた白いビリヤードのボールを皆に示した。

「『アリアドネの右手より糸玉を手繰《たぐ》れば』とありましたね。このボールが、その糸玉の代わりです」

そう云って彼は、差し出されたアリアドネ像の右掌の上にボールを載せた。すると……。

「後ろに下がって。触らないように」

集まった皆に島田が注意する。わずかに手前に傾いた掌《てのひら》の上で、置かれたボールがゆらりと揺れ、こちらに転がり落ちてきたのである。

コーン、と硬い音を響かせて、ボールは床に落下した。そしてそのまま、勢いに任せてまっすぐに転がっていく。

五人が見守る中、転がったボールはトイレと浴室へ向かう曲がり角の壁に突き当たり、いったんそこで停止した。が、まもなく壁伝いに右へ動きだし、曲がり角の隅まで転がると、今度はやって来た方向——大広間のドアの方向——へ戻りはじめた。北へ延びた直線廊下に続く壁の切れ目に出ると、次はそこから、左右に分れた枝道を右のほうへ、滑らかなタイルの上を転がりつづける。

「思ったとおりだ」

転がるボールのあとを追って歩きながら、島田が云った。

「アリアドネ像を出発点として、この廊下の床には微妙な傾きが持たせてあるんですよ。『アリアドネの右手より糸玉を手繰れば』……たぶん、このボールの行き着いた場所に『迷宮の扉』があるんだと思う」

右の枝道に入ったボールは、突き当たりの壁に当たってはその向きを変え、道なりにゆっくりと転がっていく。宇多山はいまだに信じられぬ思いで、桂子の手を引いて島田のあとに続いた。

ボールはやがて、単純なループを形成した箇所を通り抜け、袋小路に行き当たって停止した。少しのあいだ待って、再びボールが転がりださないことを確認すると、島田はついてきた四人を振り返り、

「ここらしいですね」

と云った。(Fig.4「迷路館部分図」参照)

突き当たりの壁には、清楚な女性の顔を象《かたど》った石膏の仮面《マスク》が掛けられていた。歩み寄ると、島田は両手を添えてその仮面を壁から外し、静かに床に置いた。

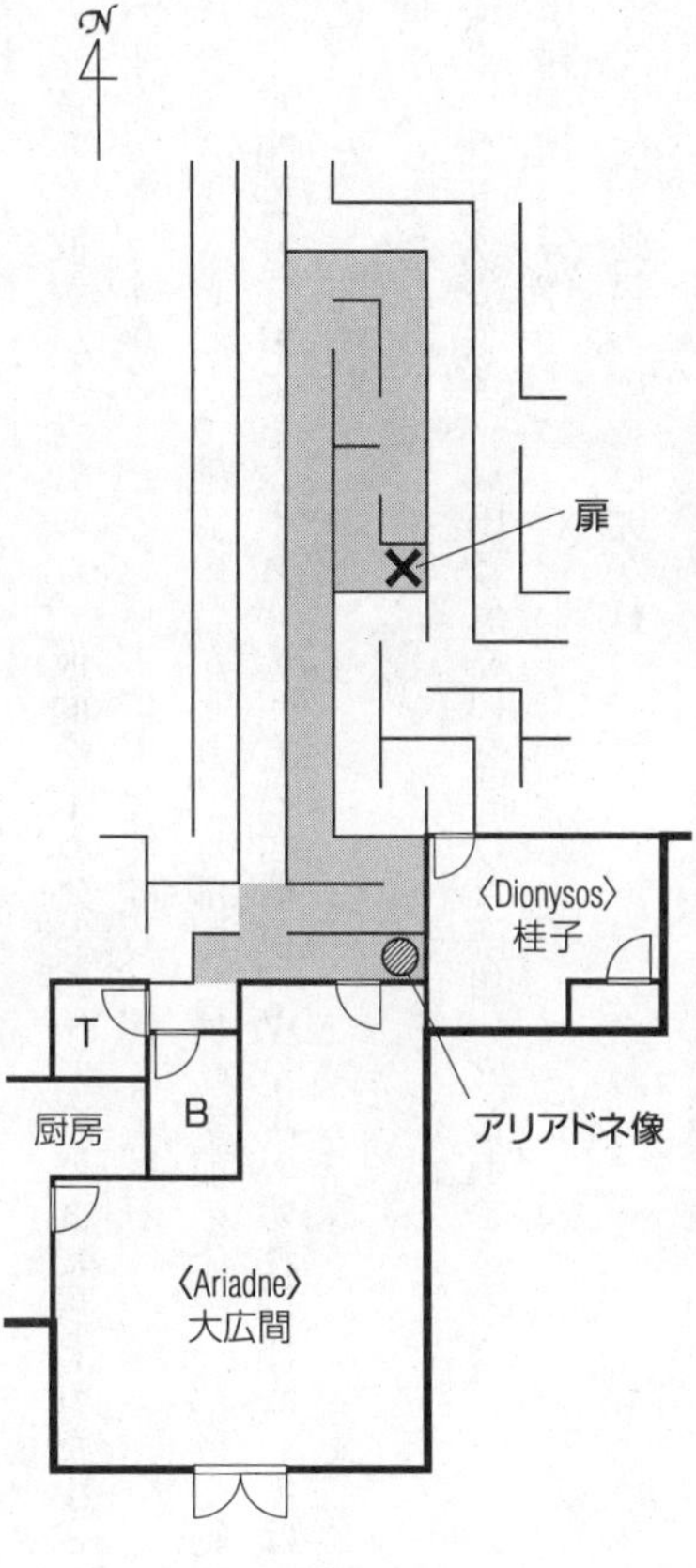

Fig.4 迷路館部分図

「これだ」

と、そして彼が示したものは、仮面を取り外した後ろの壁面に現われた小さな黒いレバーだった。すかさずそのレバーに手を伸ばし、押し下げる。

チッ……と、どこかで硬質の音が鳴り、ほぼ同時に、手前の床の一部分が動いた。Pタイル四枚分、およそ六十センチ四方の面積が、タイルの切れ目に沿ってぱたんと下に落ちた——開いた——のだ。

「見事なもんだなあ」

感服したように呟き、島田は黒く口を開けた四角い穴を覗き込んだ。

「中村青司の労作ですね」

かくして「迷宮の扉」は開かれたのである。

4

鉄の梯子《はしご》が、垂直に下へ延びていた。

まず島田が、注意深く穴に足を下ろした。しばらくして、電灯のスイッチを見つけたらしい、穴の中でぽっと黄色い光が灯《とも》る。

けた。


「やあ、こいつは凄い」

わんわんと反響する島田の声が、下から聞こえてきた。

「鮫嶋先生、宇多山さん、降りてきてください」

桂子とフミヱはその場に残して、先に鮫嶋が、続いて宇多山が、黒い梯子に足をかけた。

「待っていて」

穴から首だけを出した恰好《かっこう》で、宇多山は心配そうな目を向ける妻の顔を見上げた。

「こっちは三人一緒だから、危険はないよ」

「気をつけてね」

片手を挙げてそれに応えると、宇多山は梯子を降りはじめた。

予想していたよりも梯子は長かった。二メートルか三メートル、いや、もっとあったろうか。

狭い筒のような部分を抜けると、やがて足が地に着いた。梯子を離れ、弱々しい光に照らし出されたまわりの空間を見渡して、

「これは――」

思わず驚愕の声を上げる。

「まるで洞窟じゃないですか」

ごつごつとした黒い岩肌が、左右、足許、そして天井にまで剝《む》き出しになっている。真上を見てみると、いま降りてきた梯子は、岩の天井に開いた四角い穴の中へと吸い込まれるように延びていた。

「どうやらこれは、天然のものみたいですね」

緩くカーブしながら延びる〝洞窟〟の奥に向かって足を踏み出し、島田が云った。肌寒いくらいひんやりとした地下空間に、その声が不気味に谺《こだま》する。

「鍾乳洞《しょうにゅうどう》といった感じじゃないなあ。風穴《ふうけつ》か、あるいは海蝕洞《かいしょくどう》が成長してここまで来たのか」

「わざわざこんな洞窟の上に家が建てられたんですか」

「わざわざってことはないでしょう。恐らく、地下構造の家を造るのに地面を掘っていて、たまたまこれにぶち当たったんじゃないかな。そういう例は確か、他にもありますよ。物凄い天然洞窟の上に、どこやらの庁舎が建っているっていう……。とにかく進んでみましょう」

電気が引かれているのが、まだしも幸いだった。もしもこれが、真っ暗な洞窟を懐中電灯で探検するなどという事態であったならば、宇多山はきっと尻ごみしたに違いない。

「ひょっとしたら、このままどこか外へ通じているのかもしれませんね」

歩きながら島田が云う。

「だとすれば、まさにアリアドネの糸玉は、僕らを迷宮の出口へと導いてくれたわけだ」

足許の状態はさほど悪くはなかった。ある程度の整備がなされているらしい。洞窟は徐々に広くなっていき、やがて左右にぽつぽつと枝分れの穴が現われはじめた。それらは無視して、岩肌に照明が設置された本道を進む。もしも宮垣が枝道のどれかに逃げ込んでいたとしたら、とうてい見つけ出すことは不可能と思えた。

「ねえ、島田さん」

あまりにも日常から懸け離れた風景にすっぽりと包み込まれ、何とも云い表わしがたい不安の波が心に押し寄せてくる。

「いったいその、本当にミノス王の部屋なんていうものが……」

宇多山が弱音を吐こうとした、その時である。

「あれだな」

先頭を行く島田がさっと腕を上げ、前方左手を指さした。無骨な岩肌の間に、それとは異質な焦茶色の部分がある。

「あのドアですよ」

島田は小走りに先へ進み、それ——確かにドアだった——の前に立った。

「二人とも早く。見てください」

木製の細いドア。扉板に貼り付けられたお馴染みの青銅板には、その向こうにある部屋の名がはっきりと刻まれていた。

〈MINOS〉

島田の手がドアのノブを握った。宇多山は息を止め、扉が開かれるのを待った。溜息を含んだ鮫嶋の深い呼吸が、かすかに耳に伝わってくる。

明りの点いたその部屋の光景が、まもなく目の前に現われた。

岩の壁で囲まれた狭い部屋だった。天井だけが異様に高く、床には深紅の絨毯《じゅうたん》が敷かれている。

ここまで運び込むにはかなり大きさの制限があったに違いない、調度品はどれも小ぢんまりとしたものばかりだった。中央に置かれた折りたたみ式の椅子。小さな書物机——この机の上には筆記用具の他に、宮垣が愛用していた金縁眼鏡、鍵束、一枚の白い封筒といった品々が並んでいる——。電気ストーブ。壁ぎわには、小振りな書棚と飾り棚が一つずつ。そして……。

「ああ」

部屋の奥に据えられた鉄パイプ製のベッド。その上に横たわったものを見て、宇多山は重い息を落とした。

「宮垣先生……」

乱れた毛布の下から両腕を投げ出し、苦痛に歪《ゆが》んだ表情のまま顔面を凍りつかせた、老作家の最期の姿。

——たとえばね、宇多山君、私には少年時代から強い願望が一つあった。

三ヵ月前に会ったとき宮垣が洩らしていたそんな台詞《せりふ》が、宇多山の心に去来する。

——一度この手で人を殺してみたい、という願望だ。……何十年も人殺しの話ばかり書いてきたのは、云わばその代償行為だな。

ふらふらと足をもつれさせながら、島田の横をすりぬけて部屋に入った。ゆっくりとベッドのそばまで進み、投げ出された細い右腕にそっと触れてみる。

まだ少し温もりが残っているような気がした。だがそれは、恐らく一瞬の錯覚だったに違いない。一瞬後には、もはや彼が帰らぬ人となってしまっている事実を、冷たく硬いその感触が告げていた。

足許の絨毯で、何かが光った。のろのろと身を屈め、手を伸ばそうとしたところではっと止める。

鋭い針の尖端を輝かせ、赤褐色の液体をわずかだけその中に残した小さな注射器が、そこには落ちていたのである。

エピローグ

迷路館の地下二階――〈ミノス〉の部屋の机の上にあった白い封筒の中には、ワープロで印刷された文書が数枚、残されていた。

エピローグ

私が書き残すこの最後の文章のことを「遺書」とは呼ぶまい。あえて、そう、「エピローグ」と銘打とう。作家宮垣葉太郎の〝最後の作品〟、その終章……。

私がちりばめた謎をすべて解き明かし、この部屋を訪れ、今この文書を読んでいる者は、はて、誰だろうか。

須崎昌輔。清村淳一。林宏也。舟丘まどか。――四人の作家たちの殺害に私が成功していたとして、その者は昨年「水車館」の事件を解決に導いたという〝名探偵〟、島田君だろうか。それとも鮫嶋君か、宇多山君か。

いずれにせよ、君（あるいは君たち）がこれを読む頃には、私はすでに――今度こそ本当に――死の扉の向こう側にいることだろう。

この犯罪の実行を思い立った時から、最後はみずからの手で、この老いた命を葬り去るつもりでいた。回復の見込みがない病にこの身が冒されている事実を知らされ、創作の力も衰え、なおのらくらと生きつづけるのは、私の主義には合わない。この人生の終わりに、残る力のすべてを注ぎ込んで一つの〝作品〟を仕上げ、そこで私は潔くこの世を去ろうと思う。

犠牲者となる四人――井野君を入れると五人になるか――には、まことに申し訳のない話だ。何のために彼らを発掘し、これまで可愛がってきたのかと、さぞや非難を浴びるだろう。私個人としては彼らに対して何の怨みも憎しみも持っていないのだから、詫《わ》びろと云われれば、いくらでも詫びよう。

ただ、後悔は決してしない。結局のところ、そう、私はそういう人間だということなのだ。

私の人生はすべて、己《おのれ》が納得のいく〝探偵小説〟（いささかあくどい、自己陶酔的な云い方をすれば〝犯罪芸術〟）を創り上げる仕事に捧げられてきた。ならば、その人生に幕を下ろすに当たり、この迷路館を舞台とした宮垣葉太郎最後の作品を、彼らの血によって描ききってみよう。そう決意した。

良心の呵責《かしゃく》がまったくないわけではない。しかし、そんなものではもはや止められない深み（それを狂気と呼びたくば呼ぶが良い）にまで、私という人間の精神は踏み込んでしまったのだ。

ああ、これ以上くだくだと書くのはやめよう。弁解じみた、などと思われてはかなわない。

「冷酷無比の殺人鬼」――そんな決まり文句で社会の糾弾を受けるであろう己の行為を、同じレヴェルで正当化しようなどというつもりは、私にはこれっぽっちもないのだから。

筆を擱《お》く（ワープロという文明の利器の恩恵を受けていると、この言葉もしっくり来ないものだが）前に、私の遺産の件について触れておかねばなるまい。

まさか、犯罪者の名を冠した文学賞を設けろとは云えまい。そのことはもういい。ここで告白してしまうと、私には血を分けた後継者が一人、実は存在するのだ。法律的にもさして問題はないはずだ。遺産はすべて、その後継者に贈るものとする。

——了

一九八七年四月一日　午前二時

華麗なる没落を前に

宮垣葉太郎

——了

あとがき

本来この一文は巻頭に置かれるべきものなのだが、「あとがき」を本文のあとに読まれる律儀な読者はあんがい少ないと思うので、あえて巻末に付すことにした。従って、以下の文章は未読の方に対する「前口上」と受け取られたい。

この作品を〝小説〟としてこのような形で発表することに、私自身、いまだいくばくかの躊躇《ちゅうちょ》を覚えないでもない。というのも――『迷路館の殺人』なる書名を見てすでにお気づきの方もおられるかもしれない――、この作品は現実のある殺人事件を直接の題材として書かれたものだから、である。

小説中の日付と同じ、一九八七年の四月に起こった事件だった。著名な作家の住まう奇妙な館《やかた》で発生した怪事件として、当時これは、一部のマスコミによってかなりセンセーショナルに伝えられようとした。

しかしながら結局、彼らはこの事件の全貌をうまく捉えきれなかった観がある。それもそのはずで、この事件はある非常に特殊な状況の下で起こったものであり、その実相を知る関係者が誰一人として、事件についての取材に応じようとしなかったのだ。警察当局は当局で、あまりにも異常な事件の様相にひどく困惑し、明らかとなった〝真相〟を一応のところは認めつつも、これを積極的に表に流そうとはしなかった。結果としてマスコミは、煮えきらない警察発表に基づく通り一遍の報道だけで、お茶を濁すしかなかったのである。

見てきたような口を叩《たた》く、と思われるかもしれない。

事件関係者が揃《そろ》って沈黙を通したのなら、では何故《なぜ》お前はその事件を題材にこの作品が書けたのか、と。

告白しよう。

私は実際にあの事件を「見てきた」人間なのだ。私こと鹿谷《ししや》門実《かどみ》は、一九八七年の四月に「迷路館」で起きたあの連続殺人事件の、関係者の一人なのである。

今回その私が、自身が巻き込まれたあの事件の顚末《てんまつ》をこういった形で発表しようと思い立ったのには、大きく云って二つの理由がある。

一つは、編集者某氏の熱心な勧めがあったこと。

いま一つは、あの事件の渦中で死んでいった「彼ら」に対する追悼の念、とでも云おうか。

いささか気恥ずかしい云い方になるけれども、「彼ら」のうちの少なくとも何人かは確かに、推理小説《ミステリ》というこの畸型《きけい》の文学をこよなく愛し、それに多大な情熱を注いできた人間であった——と、私は信じている。だから、このようにしてあの事件の、いわば〝推理小説的再現〟を試みることが、死者たちに対する何よりの手向《たむ》けになるのではないか、と考えたのである。

以上のような作者側の事情はしかし、おおかたの読者にしてみればどうでも良いことだろう。

どんないきさつがあったにしろ、畢竟《ひっきょう》これは「たかが推理小説」でしかない。読者にとっては、日常の退屈をまぎらわすための一編のエンターテインメントでしかないわけだ。もちろん、それはそれでいっこうに構わない話だと——むしろそうであってもらわねば困るとも——私は思っているのだが。

最後に——。

この〝小説〟に登場する人物名・地名等の固有名詞は、諸々《もろもろ》の事情に鑑《かんが》み、大半に仮名が用いられていることを明記しておかねばならない。かく云う私自身も、何喰《く》わぬ顔で作中に出てくるのだが、その際にも「鹿谷門実」というこのペンネームで呼ばれたりはしない。

関係者中の誰が鹿谷門実なのか。

興味を持たれる読者もおられるかもしれないが、それはまあ、云わぬが花というものだろう。

一九八八年　夏

鹿谷　門実

迷路館の殺人

一九八八年九月五日第一刷発行

KITANSHA NOVELS

定価六八〇円

著者—鹿谷門実 © 1988 KADOMI SHISHIYA Printed in Japan

発行者—内田直行

発行所—株式会社稀譚社

東京都文京区音羽＊＊-＊＊-＊＊ 郵便番号＊＊＊ 電話東京(〇三)-＊＊＊＊-＊＊＊＊ (大代表)

印刷所—高城印刷株式会社 製本所—中津製本株式会社

(この頁は乱丁ではありません)

〈エピローグ〉

1

　鹿谷門実著『迷路館の殺人』を読みおえると、島田はしばし、熱の残る頭で考えにふけった。

（昨年の四月、現実に起こった事件の〝推理小説的再現〟……）

（五人の男女を殺し、最後にみずからの命を絶った老作家……）

「あとがき」にあるように、作中に登場する人物たちは、探偵役の島田潔以外は全員が、多かれ少なかれ名前を変えられている。けれども、描かれた内容は現実の事件をほぼ忠実に再現したもので、その〝解決〟も、島田が知っているものと異なるところはなかった。

その後、合鍵を使って迷路館から脱出した彼らの通報により、ようやく事件は警察の手に渡った。捜査当局は、あまりにも常軌を逸した事件の様相に困惑しつつも、結局は館の主人である老作家（作中では「宮垣葉太郎」となっているが、現実には「宮垣杳太郎《ようたろう》」がその名前である）による大量殺人という〝真相〟を認め、騒ぎ立てようとするマスコミをよそに事件はひっそりと幕引きを迎えたのだった。

しかし――。

（それにしても、妙だ）

閉じた本の、薄い紫色のカヴァーを疲れた目で眺めながら、島田は首を捻る。

（いったいこの小説は、何のために書かれたのだろう）

著者の鹿谷門実は、事件の渦中で死んでいった「彼ら」への追悼の意味で、と「あとがき」に記している。しかし、それにしても……。

（……妙だ）

恐らく何か、他の意図があるのに違いない。でなければ、この小説の中に出てくるある不自然な点を説明することができない。

島田はだるい身体に鞭打《むちう》って起き上がると、机の上に放り出してあった手帳を取り上げ、電話機に向かった。

2

三日後――一九八八年九月五日、月曜日。

福岡市内のとあるホテルのレストランで、島田は鹿谷門実と夕食をともにすることになった。

鹿谷は現在東京に住んでいるのだが、折り良くこの日から九州へやって来る予定を立てていた。次の作品の取材も兼ねての旅行だという。三日前、電話をかけてそれを知った島田は、そこで久しぶりに鹿谷と会う約束を取り付けたのだった。

「さて、そろそろ本題に入りますか、センセイ」

雑談を交わしながら食事を終え、食後に頼んだコーヒーが出されたところで、島田はそう切り出した。相手はたぶん、彼の目的を充分に予想していたのだろう、にやりと笑みを見せて、ちょっといずまいを正した。

「本日のテーマはこの小説であります」

わざとしゃちほこばった口調で云い、島田はテーブルに出してあった『迷路館の殺人』を目で示した。

「先日この本が送られてきて、僕はすぐに読んでみた。現実の事件をモデルにしているとは云え、一編のミステリとしてみてもかなり楽しめる作品になっていると思う」

「お世辞は抜きにしましょうよ。あなたらしくもない。こないだの電話では、ああだこうだと注文をつけていたじゃないですか」

と云って、鹿谷ははにかむように微笑した。

「確かにまあ、注文はつけたが……」

島田は苦笑いで応じて、本の上に置いてあった煙草の箱に手を伸ばす。

「ところで、実はこの小説を読みおえて、どうしても一つ気に懸かる問題があってねえ。電話で話せるような内容ではないからあの時は云わなかったんだけれども、今の機会に訊いておきたいと思って。——よろしいですかな、センセイ」

「その、センセイというのはやめてくれませんか」

鹿谷は居心地が悪そうにコーヒーを啜《すす》り、

「どうもその、からかわれてるみたいで困るんですよね」

「いいじゃないですか、センセイ」

島田は唇を緩め、

「そのうちに慣れるから」

「慣れるとは思えないなあ」

当惑顔で頭を掻く相手を愉快な気分で見据えながら、島田は煙草に火を点《つ》けた。

「単刀直入に訊いてもいいかな」

「どうぞ、何なりと」

「この小説『迷路館の殺人』では何故、ある作中の人物について、故意に読者の誤解を招くような記述がなされているのか」

「あれ。やっぱりばれましたか」

「すぐに変だと思ったさ。妙に歯切れの悪い描写だし、それにね、その程度の知識は僕にもあったから」

「そりゃあまあ、そうでしょう」

「ただ、嘘の記述は一つもなかったね。すべて、どちらとも取れる曖昧な書き方で済ましている。現実事件の〝推理小説的再現〟と述べた手前、明らかに現実に反するような書き方はできなかったってわけですか、センセイ」

「そういうことです。どうもその、いわゆるフェア、アンフェアっていう言葉が頭に染みついていて、その辺は必要以上に気を遣《つか》ってしまうもので」

「はん、なるほど」

島田は頷《うなず》いた。

「かなりきわどい部分もあるが、フェアプレイという点ではずいぶんと苦労の跡が見えたね。たとえば、これはいま問題にしている箇所とは違うところだけれども、『プロローグ』の最後の部分とか」

「『むろんこの時、宇多山は思ってもみなかったのである。まさかこれが、生きている宮垣葉太郎と言葉を交わす最後の機会になろうとは』――ですか」

「そう。確かにそれが、宇多山にしてみれば『言葉を交わす最後の機会』だったわけだ。死んだふりをしている『生きている宮垣葉太郎』と会う機会はあったが、言葉を交わしてはいない。なかなか微妙な文章だね、ここは。

それから、第二章で客たちが宮垣と対面する場面。純粋な〝地の文〟では一言も、死んだふりをしていた宮垣の身体を指して『死体』という言葉は使われていない。同じく『宮垣の死』とか『自殺』とかいった記述も、登場人物の会話中にしか見られない。黒江辰夫のことを『医師』と述べた地の文もない」

「挙げていけばきりがありませんよ。でも、そういう読み方をしてもらえれば、作者も苦労のしがいがあるってものです」

鹿谷はまた頭を掻きながら、

「話を戻しましょうか。あなたの云う、ある人物についての誤解を招くような記述の意味を、じゃああなたは、どんなふうに解釈するわけですか。何か考えはあるんでしょう？」

「まあ、一応ね」

と答え、島田は相手の表情を窺《うかが》う。鹿谷は椅子の背に深く凭《もた》れかかると、何やら楽しげに目を細め、

「聞かせてください」

と云った。

「思うに――」

島田は煙草を灰皿に置いて、自分の考えを述べた。

「世間に伝えられている真相、そしてこの小説の中で示された真相は、実は誤りだったのではないか。つまり昨年の四月、迷路館において五人の男女を殺した犯人は宮垣葉太郎ではなかった、ということだ」

「なるほどねえ」

鹿谷は眉《まゆ》一つ動かさず、

「で、その理由は？　それに代わる答えは？」

「否定材料のほうは、少々いい加減なものなんですよ、センセイ。証拠も決定的な論証もあるわけではない。それでも挙げるとすれば、たとえばそう、例の〝首切りの論理〟における〝喀血説《かっけつせつ》〟だね。いったい、喀血の発作を起こすほど肺を冒された老人に、あれだけの犯行をなしとげる体力があったものか。喀血じゃなくて肺癌《はいがん》由来の血痰《けったん》だったにしても、同じ疑問は残るだろう」

「ふうん。それから？」

「これは作中でも触れられている問題だけれども、第三の事件において、宮垣みずからが残したとされる偽《にせ》のダイイング・メッセージと、ドアのバリケードを崩した行為との、意図の矛盾。これ見よがしに書斎に放置してあった、ガウンや凶器などの証拠品……」

「それらについては一応、一貫性のある説明がなされているでしょう。この事件は宮垣葉太郎が命を懸けて創り上げた〝最後の作品〟だったのだから、と」

「なるほどそれも、ある程度の説得力はあるでしょうね、センセイ。しかし逆に云うと、あまりにもできすぎている。あまりにも、宮垣葉太郎ならばさもあらん、といったふうに、いかにもそれらしい道具立てが揃《そろ》いすぎているんだな」

「…………」

「という具合にね、いったん疑ってかかってみると、ある一点を転換のポイントとして、この事件はまったく異なる解釈が可能になってくる。すなわち、宮垣葉太郎は犯人ではなかった。真犯人は別のある人物で、すべてはその人物が、宮垣を犯人に仕立て上げるために行なった偽装工作であった、と」

「その『ある一点』というのは何なんでしょう」

「犯人は何故、須崎昌輔の首を斧で切る必要があったのか」

島田が云うと、鹿谷は顎《あご》の先をゆっくりと撫《な》でながら、

「さすがですね」

と微笑んだ。

「で、その答えは？」

「作中ですでに述べられているとおりさ。現場を汚してしまった自分の血の痕を隠すためだろう」

「宮垣以外の、生き残った者たちの中には、誰一人として〝該当者〟はいなかったはずですが？」

「だからそれは、怪我や鼻血の痕跡を持つ者はいなかったというだけで。そうでしょう、鹿谷センセイ」

新しい煙草を抜き出しながら、島田は云った。

「怪我でも鼻血でもない。なおかつ犯人は、現場の絨毯《じゅうたん》をみずからの血で汚してしまった。宮垣の喀血あるいは血痰という説を拒否するとすれば——」

「拒否するとすれば?」

「残る可能性は一つだろう。女性の生理出血」

「そう」

鹿谷は満足げに頷いた。

「僕がそれに気づいたのは、情けない話ですが、事件後ずいぶんと時間が経ってからでした」

「犯人は女性だった。須崎を殺した真犯人は、恐らく生まれて初めて行なってしまった殺人のショックで、へなへなとその場に尻を落としてしまったんだな。そしてまずいことに、そのショックと、犯行前からずっと続いていた精神的緊張とが肉体に働きかけた結果、正常な状態よりも相当に早いタイミングで、その月の生理が始まってしまったのではないか。

スカートを穿《は》いていたんだろうね、彼女は。何の準備もしていなかったため、下着から染み出して絨毯を汚してしまった自分の血を見て、彼女は慌てた。あとでこの血痕が鑑識にまわされるような事態になれば、犯人になるべき宮垣の血液型と一致しないばかりか、それが彼女の血液であることまで判明しかねない。そこで……」

「お見事です」

と、鹿谷が称讃した。島田は続けて、

「生き残った女性のうち、宇多山桂子は当時、妊娠六ヵ月の安定期で経過も順調だった。角松フミヱは、登場人物表によれば六十三歳。高齢のため、すでに月のものは上がっていたはず。となると――」

「単純な消去法ですね」

鹿谷があとを受けて云った。

「残る女性は一人しかいない。――鮫嶋智生。そうです。真犯人は彼女だったんじゃないかと思うんですよ」

3

「事件のあと、明らかになったはずの〝真相〟に疑問を感じはじめたのは、宮垣葉太郎の死体の解剖所見を教えてもらった時でした」

鹿谷は真顔で語った。

「死因はニコチンによる中毒死。死亡推定時刻は、四月三日の午前四時を中心とした前後約二時間。これは宮垣が舟丘まどかを襲ったあと、いったん書斎に戻ってから地下二階のあの部屋へ行き、そこで自殺したという事実を裏付ける時間ではあった。

ところがですね、彼の肺癌の病状が、考えていたよりもだいぶ軽かったことが解剖の結果、判明したんですよ。その状態では喀血の発作があったはずはない、というほどにね。多量の血痰を吐いたというのも考えにくい、とも云われました。

それでも警察にとっては、例の〝首切りの論理〟なんて、何ら有効な証明力を持つものじゃなかったから、結局のところ事件は、見えるがままに処理される運びとなった。それはそれでまあ、仕方のない話だったとは思います。だけど僕としては、どうしても納得がいかなかったんですよ。加えて、最後に発見された宮垣の遺書の問題があった。遺産相続人として『血を分けた後継者』の存在を告白した、あの……」

「作中の名前で云うと、鮫嶋洋児という九歳の子供が、その後継者だったわけだ」

「そうです」

「鮫嶋に割り当てられた部屋の名が〈パシパエ〉だったというのも、一種の暗示だと受け取れるねえ。パシパエという人物はミノス王の妃《きさき》、畸型の王子ミノタウロスの母……」

どうしてこの小説では、ある作中の人物について、故意に読者の誤解を招くような記述がなされているのか。——その「作中の人物」とはすなわち、評論家鮫嶋智生のことであった。

鮫嶋智生が女性である（現実にはそうなのだ）という情報は、この小説のどこにも記されていない。むしろ、あたかも男性の評論家であるかのように描かれていた。もっとも、鮫嶋のことを男性だと明記した文章もまた、作中にはいっさい存在しない。「智生《ともお》」というのは、男性にも女性にも当て嵌《は》まる名前だ。「白いスーツでも着こなせば、若い頃は〝美青年〟で通用しただろうなと思わせる」といったきわどい表現もあるが、この人物の性別に関する描写は総じて、どちらとも取れる曖昧な書き方で済まされているのである。

ゆっくりと煙草を吹かしながら島田は、この三日間でまとめあげた自分の推理を話した。

「宮垣葉太郎と鮫嶋智生は、かつて愛人関係にあった。小説中の記述にも、わずかながらそれがほのめかされている。『二人でこの館にこもり、ミステリ談義に明け暮れて一夏を過ごしたという逸話もある』とかね。

九歳という子供の年齢から逆算すると、彼女は当時、たぶん二十七、八。宮垣は五十歳。好色漢としても知られていた宮垣のことだ、その夏に二人が関係し、結果、彼女が妊娠してしまったのだとしても不思議ではない。

ところが、宮垣は徹底した独身主義者であるばかりではなく、非常な子供嫌いでもあった。加えて不幸にも、生まれてきた子に重度の精神遅滞があったということもあり、彼は決して、その子供を我が子として認めようとはしなかった」

その時の、そしてその後およそ十年間の、彼女の心中はいかなるものだったか。想像するのは難しい。しかし彼女が、父親の名を公にすることも叶《かな》わず、女手一つで子供を育てながら、その一方で、我が子の存在を無視する宮垣と親しい付き合いを続けてきた事実を思うと、島田はそこに何かうすら寒いものを感じてしまう。

果たして彼女は、愛人として父親として、あまりにも冷たい宮垣を憎んだだろうか。――憎んだに違いない、きっと。

何とかして不憫《ふびん》な我が子に、せめて宮垣の持つ莫大な財産を与えてやりたいと願っただろうか。――願ったに違いない、きっと。

そうして彼女は十年近くの間、そういった感情をひた隠しにして宮垣との親交を保ちつつ、ようやく息子の認知だけは取り付けることに成功したわけである。

なのに、宮垣は自分の死後、財産はすべて「宮垣賞」制定・運営の基金に充てるのだと云って譲らなかった。認知がある以上、遺留分の請求は可能である。けれども、本来ならば全部が子供に与えられるべきものなのだ……。

……そして、昨年の春。

深刻な病を患った宮垣は、そんな己の逆境さえも利用して、還暦祝いの一大狂言を企画した。

四人の〝弟子〟たちを追い込んで彼らの実力を引き出す。単なる悪戯《いたずら》というわけではなく、宮垣の意図として、そのような純粋な〝親心〟があったのは確かだろう。もしかしたら、たとえば宮垣自身も「迷路館の殺人」をテーマに短編を一本書き、四人の作品と合わせて還暦記念に出版しようとでもいう思惑があったのかもしれない。「ひそかに一つ、考えていることもあるしな」と、正月に訪れた宇多山を相手に語ったのも、実はそういう腹があったからではないか。

恐らく鮫嶋は、事前にその企てを聞かされて、〝騙《だま》される側のスパイ〟のような役割を命じられたのだろう(これは〝騙す側〟のうち、少なくとも黒江辰夫に対しては伏せられていたことになる)。そしてそれに便乗して、彼女はみずからの犯罪計画を立てたのだ。

十年ものあいだ心の中に蓄積され、いびつに変容した宮垣への憎しみを晴らすと同時に、その財産をすべて我が子に贈らせ、なおかつ彼女自身も罪の裁きから逃れうるような、そんな犯罪の計画。それによって息子の洋児は、狂った殺人者を父親に持ってしまうこととなるが、どのみち知恵の遅れた彼には、突き刺さる世間の目の意味を正確に理解する能力がない。ならば……と、彼女はその計画の実行を決意したに違いない。

宮垣以外に、五人の人間を殺す必要があった。いかにも宮垣葉太郎らしい犯罪として、事件を絢爛《けんらん》に飾り上げるためである。

タイトルに宮垣の名前を織り込んだあの四つの作品の冒頭部も、彼女が事前に、同じ機種のワープロを使って書いておいたものだった。秘密の通路や地下洞窟の件も、宮垣から聞かされて知っていたと考えておかしくない。

須崎昌輔。井野満男。清村淳一。林宏也。舟丘まどか。――宮垣葉太郎〝最後の作品〟の犠牲者として彼らを順に殺していき、最終的には地下二階の〈ミノス〉の部屋に身を隠していた宮垣を〝自殺〟させる。みずからの犯罪を告白したうえ、遺産相続人たる実子の存在を明らかにした偽の〝遺書〟を添えて。末尾の署名はおおかた、本物の宮垣のサインを正確にトレースしたのだろう。署名以外はワープロで書かれたこの"遺書"の法的効力は、確かなものではないかもしれない。だが、それにしてもとにかく、「血を分けた後継者」＝洋児の存在を関係者に広く知らしめる効果はあるし、その意味も大きい。彼女はそう考えたわけで……。

「犯行に際して、特に須崎の首を切る作業や林を刃物で殺す段では、彼女は返り血を予想し、宮垣のガウンで身を包んでいたに違いない。そのガウンや、指紋対策に使った軍手などの品々は全部、〝証拠品〟として書斎に残しておいた。後に書斎のワープロから見つかった、『エピローグ』のデータが入ったフロッピーも、当然ながら彼女が残しておいたものだ。

一番の綱渡りは、最後の舟丘まどか殺しだっただろうね。宇多山が必要以上に早く清村の死体を発見したのも、まどかのポケットブザーが鳴りだしたのも、彼女にしてみればまったく予期せぬ出来事だった。慌てて現場から逃げ出した彼女は、そのまま一気にすべての片をつける必要に迫られた」

いったん書斎へ行って凶器やガウンを置き、ワープロの画面に宮垣の居所を暗示するメッセージを表示したあと、用意しておいた偽の遺書と合鍵の束、ニコチンを仕込んだ注射器を持って、大急ぎで地下二階の洞窟へと向かった。ブザーの音を聞いて起き出してくるかもしれない者たちと鉢合わせしないよう、恐らく彼女は「秘密の通路

↓広間↓洞窟への入口」というルートを採ったはずである。

〈ミノス〉の部屋に忍び込み、眠っていた宮垣をニコチンの注射で〝自殺〟させる。偽の遺書と鍵束を机の上に置くと、再び大急ぎで上階へ戻り、広間の様子を見にいっていたふりをして宇多山夫妻との合流に成功した。

あとはもう、残った者たちが、宮垣葉太郎が犯人であるという偽の真相を突き止めるのを待つだけだった。もしも彼らの考えがうまくそちらへ向かわないようならば、彼女がみずから探偵役を演じるつもりだったのかもしれない。

「ただし、彼女が窮地に立たされる危険はまだ消えていなかった。とどめを刺しそこねた舟丘まどかが、息を吹き返す可能性があったからだ」

まどかが襲われた時、部屋にはスモールライトが点《つ》いていた。その光できっと、彼女は鮫嶋の顔を見たのだろう。だから彼女は、息絶える前にいったん意識を取り戻した際、あのような動きを取ったのだ。その時ちょうど〝鏡の扉〟の前に立っていた島田潔に向かって腕を差し上げるという……。

「作中の説明では、犯人が侵入してきた秘密の扉を指し示したのだ、ということになっているね。しかし、本当のところはそうではなかったんじゃないか。どうかな」

と、そこで島田は一息ついた。テーブルの上の『迷路館の殺人』を手許に引き寄せ

て、片手でぱらぱらとページをめくりながら、

「まどかが目を覚ました時、部屋にいた各人の位置を思い出してみよう。――宇多山夫妻はベッドの傍らにいた。角松フミヱは部屋の隅に坐《すわ》り込んでいた。そして、鮫嶋智生はワープロの前……ベッドを挟んで姿見の正面に当たる場所に立っていたんだよね。つまり――。

まどかがこのとき示そうとしたのは、島田潔ではなく、〝鏡の扉〟でもなく、その鏡の中に認めた鮫嶋の影だったというわけだ」

「いやあ、お見事な推理ですね。拍手ものです」

じっと島田の説明に耳を傾けていた鹿谷は、そう云って実際に軽く手を叩いてみせた。

「ほんと、さすがだなあ」

「ここでそういうふうに褒《ほ》められても、あまりいい気分じゃないな」

唇を筒のように尖《とが》らせて、島田は「さて」と腕組みをした。

「そこでだね、僕は訊きたいわけですよ、センセイ。この小説『迷路館の殺人』が鹿谷門実の手によって書かれた、その本当の理由を」

「これはメッセージのつもりなんですよ」

真顔で島田の目を見返しながら、鹿谷は答えた。

「さっきあなたが話したようなことを、今頃になって担当の捜査官に伝えてみたとしても、とうてい信じてくれるとは思えない。たとえ信じてくれたとしても、物的な証拠は何もないのだし、それにね、何だか教師に告げ口をする嫌みな優等生みたいで、あんまり僕の趣味じゃない。かと云って、そうである可能性が高い〝真相〟に気づいていながらこのまま黙っているのも、僕だって一応まっとうな一市民としての自覚はありますからね、多少その、罪悪感めいたものを覚えてしまう。

そこで、編集者——この本の中の名前で云うと宇多山英幸氏ですね、彼の勧めもあったので、こういった形の小説を書いてみようと考えたわけです。

4

すなわち、詳しい事情を知らない人間にはまったく普通のミステリとして読める。ある程度の事情を知っている人間には、現実にあったあの事件の〝再現小説〟として読める。むろん、ある一点——鮫嶋智生をいかにも男性であるかのように描いている点ですね、これに関して、何某《なにがし》かの引っかかりを感じる者はいるだろうけれども、そこから今みたいな結論を導き出せる人間はそうそういないでしょう。そしてさらに、ある特定個人——真犯人である鮫嶋智生にとっては、まぎれもない〝告発〟のメッセージとなりうる。——とまあ、そんな形の小説です。

これを読んだ彼女は当然、首を傾げるだろう。自分があたかも男性のように描かれていることに、そのくせ男性であるとはどこにも明記されておらず、読み方によっては女性とも取れるような書き方であることに、強烈な不審を抱くに違いない。真相解明の重要なポイントは、実は性別にある。彼女はそれを、誰よりもよく承知しているでしょうからね。そうして彼女は理解するはずです。〝首切りの論理〟から導かれる『犯人は女性である』という結論を、この本の著者は見抜いているのだ、と。

もっとも、そのメッセージを受け取った彼女がどういった行動を選ぶか……たとえば自首するとかしないとか、そこまでは僕の関知するところじゃありませんけどね」

「ふうむ」

島田は腕組みをしたまま、低く唸《うな》った。

「なるほどな。そういう了見だったのか」

「おやおや」

と、鹿谷は肩をすくめた。

「あなたのことだから、僕の口から云わせはしたものの、本当はこれくらい先刻お見通しだったんじゃないんですか」

「買いかぶられてるな」

島田は同じように肩をすくめてみせた。

「ま、我が家の次男坊――大分県警の某警部殿に比べれば、多少は柔軟性のある脳細胞だとは自負しているが」

ふふっ、と笑い声を洩らす推理作家の顔を改めて見据えながら、「ところでね」と島田は言葉を続けた。

「最後にもう一つ、訊いておきたいことがありましてねえ、鹿谷センセイ」

「いい加減しつこい人だなあ。そのセンセイっていうのは、こう、背筋がむずがゆくなる」

「推理作家と云えば立派なセンセイだろうが」

「まだデビューしたてのほやほやじゃないですか」

「いずれ偉くなるさ」

「どうだか」

鹿谷はまた肩をすくめ、

「で、もう一つ質問っていうのは？　鹿谷門実というペンネームの由来ですか」

「さすがにそれはすぐ分ったよ」

空になった煙草の箱をくしゃりと捻《ひね》り潰して、島田は云った。

「SHISHIYA-KADOMI……本名をローマ字にして綴り替えたものだろう」

「はい、ご名答」

「僕が訊きたいのはね、この小説の中にあるもう一つの〝嘘〟のことさ。第一章の半ば過ぎ、島田潔と清村淳一の会話において、〝名探偵〟たる島田が明らかに故意の嘘をついている」

「ああ、あれですか」

鹿谷はにやにやと目を細めながら、

「気にさわりました？」

「別にそういうわけじゃないが」

「『家の恥を晒《さら》すことになるけれど、長男が目下、行方知れずの状態なんですよ。勉っていう名前なんですけどね、十五年前にふらっと海外へ出たっきり、戻ってこないんだなあ』——でしたっけ。いやあ、僕もね、一族きっての秀才で、国立大学の、れっきとした犯罪心理学の教授先生であられる兄上を捕まえて、ひどい云いようだとは思ったんだけれども」

「確かにな」

その当人——島田家の長男である島田勉は、憮然《ぶぜん》とした表情をわざと作って相手をねめつけた。

「怒らないでくださいよ、兄さん。あなたのそういう顔、大の苦手なんだなあ。単に話を面白くするためだけの法螺《ほら》だったわけでもないんだから」

鹿谷門実こと島田潔はそう云って、悪戯好きの子供のような笑みを見せた。

「僕だって、ほら、エイプリルフールには一つくらい嘘をついてみたいじゃありませんか」

——了

〈註記〉
ギリシャ神話については、
*高津春繁訳『アポロドーロス　ギリシア神話』岩波文庫　一九七八年改版
*山室静『ギリシャ神話』教養文庫　一九八一年再版
*曾野綾子・田名部昭『ギリシアの神々』講談社　一九八六年
等を参考にさせていただきました。
作中、固有名詞のローマ字表記は高津訳に依拠。ただし、カナ表記については短母音読みに統一しました。

新装改訂版あとがき

　若くて分別がなくて、何とも無邪気に軽やかに遊んでいるなあ……。

というのが今回、久々に『迷路館の殺人』を通読してみて最も強く感じたことである。先に上梓した『十角館の殺人』『水車館の殺人』の〈新装改訂版〉に準じたテクストの改訂作業を進めるうち、その若さ・分別のなさを微笑《ほほえ》ましく思うとともに、あまりにも気恥ずかしくて随所で逃げ出したくなった。そういう意味も含めて、前二作よりもかなり精神力の要る仕事だった。

　デビューして一年、一九八八年九月に発表した長編第三作。執筆はその年の早春から初夏にかけての数ヵ月だったと記憶している。僕はまだ二十七歳で、大学院の研究室に自分の机を持っていた。

　今より二十一歳も若かった当時の自分を思い出しながら、これは本当にあの頃にしか書けなかった作品だなあ、と痛感してしまう。具体的にどのようなところがそうなのかは、ここで語りすぎるとかえって読者の興を削《そ》いでしまいそうなので、云わぬが花……ということに。

それにしても、〈文豪〉や〈オアシス〉という実在した「ワープロ」の機種、〈親指シフト〉という入力システム、さらには「フロッピーディスク」……当時は最先端だった諸々《もろもろ》が、見事に「現代」からは消えてしまったり消えつつあったりする。この種のモノを利用したトリックを使う時にはやはり、耐用年数の限界を覚悟しておかねば、と今さらながら思い知らされる。

いわゆる「額縁小説」である。

「作中作」の趣向を盛り込んだ本格ミステリを徹底した形で書いてみよう、というのが出発点だったように思う。一作目の『十角館』が「島」と「本土」の二元中継、二作目の『水車館』が「現在」と「過去」の二元中継――と来て、さて次は？　と考えた結果だった。

若書きその他に対する気恥ずかしさは措《お》くとして、いま改めて読み返すとこの作品、大小さまざまなアイディアがてんこ盛り、といった観がある。執筆中は相応に苦吟した記憶もあるにはあるのだけれど、それでも「こういう小説を書くのが愉《たの》しくてたまらない」といった気持ちが全体から滲《にじ》み出ている。ああ、何ともはや羨《うらや》ましい……と、どうもこの作品については、ことさら他人事のように感じてしまう二〇〇九年現在の自分がいたりもする。

初期「新本格」の方向性の一つを端的に示したような作品だな、と思う。功罪相半ばす、というふうにも今は感じるものの、八八年の発表時は「あれれ?」というほどの好評をもって迎えられた憶えがある。いかに当時の読者が、このような「仕掛け」と「遊び心」満載の人工的な推理小説を待望していたか、ということだろうか。

のちに文庫化された際の「あとがき」では、「できればいつか一・五倍~二倍くらいの長さの『完全改訂版』を作りたいものだとひそかに考えています」と書いている。その時は半ば本気でそういう気分でいたようだが、あれは発表直後、「これではベニヤ板張りの黒死館だろう」みたいな声がマニア方面から聞こえてきたためだったのかもしれない。だったらいつか、ベニヤ板張りじゃないものにしてやろう、とでも考えたのだろう。

しかしながら今回、文庫化から十七年をおいて冷静に眺《なが》めてみて、そのような改稿は愚策だな、と思い直したところがある。この作品はこのくらいコンパクトな長さで、このちょっとライトな感じだからこそ、幅広い読者に歓迎されたのだろうから。仮にこれを、たとえばもっと重厚かつペダンティックな筆致で、「作中作中作」の分量を増やしたり深めたりしながら書き直して一〇〇〇枚のロングバージョンにしたならば、いたずらに複雑でとっつきの悪いものになってしまいかねない。何よりもこの作品が持つ、若書きならではの「軽やかさ」「愉しさ」等々が失われてしまうことになるだろう。

改訂に当たって、基本的には「これはこれで良し」と判断したゆえんである。

本書にもこのあと再録されている旧版の「解説」は、詩人で音楽評論家の相澤啓三さんが書いてくださった。三年前に他界された宇山秀雄（＝日出臣）さんを通して当時、若輩の新人作家に暖かくも厳しいエールを送りつづけてくださったのが相澤さんである。中井英夫さんの『虚無への供物』に登場する「藍ちゃん」のモデルになった方だ、ともお聞きしている。

あの頃いただいたたくさんの手紙は今も、「相澤さん」というラベルを貼ったファイルに保存してある。すべてが大変な励みになったし、刺激にも勉強にもなった。

この場で改めて、深く感謝いたします。

それから、本書のための新たな「解説」を書いてくださった折り紙作家の前川淳さん。作中に登場する「悪魔」の、正真正銘の発明者であられる。証拠として(?)、実物の写真と展開図も寄せてくださっている。

前川さんと僕の関係についてはその「解説」で詳しく述べられているので、そちらをお読みいただくとして……。

…………

…………

…………

……そんなわけでそれ以来、手紙やメールのやりとりでお付き合いが続いていた前川さんとは、二〇〇〇年の秋になって、とあるテレビ番組の収録で初対面の機会を得た。NHKのBSハイビジョンで同年十二月に放映された、『この素晴らしきモノたち 折り紙編』という番組だった。そこで直接、いろいろと創作折り紙に関するお話を伺った影響で、その後しばらく僕の頭の中では、「不切正方一枚折り＝本格ミステリ」論なる考えがグルグルしていたものである。

むかし送っていただいた「七本指の悪魔」の展開図を引っ張り出してきて懐かしく眺めつつ……前川さん、ありがとうございます。

二〇〇九年　十月

綾辻　行人

旧版解説

綾辻館への招待

相澤啓三
（詩人）

この扉を推《お》す者は幸いである。

不思議なたくみとたくらみを居ながらにして味わい、もつれた糸玉をたどりながら人の世の嘆きと憧れをかいまみて、長嘆息しつつおのれの平穏退屈な日常生活のために杯をあげて祝福するだろう。

この扉を推す者は呪われた者である。

やすやすと招き入れられた広間から、夜とも昼とも定かならぬ長い廊と、その先に続く枝道の行き詰まりの部屋部屋、その行き詰まりと見え封じられていると見えながら異界に通じる謎の空間に行き暮れるだろう。そこに閉じられた時間に、息つく暇もなく畏怖《いふ》と安堵《あんど》、驚愕と反転が幾度も繰り返されるうちに、いつしかなじんで、おのれも闇の奥に棲息する一箇の怪物と化して、さらなるたくみとたくらみの糸を吐き出していることに気付かないだろう。

この書物を推す役割を負うた者は、もっとも幸いにして、もっとも呪われた者である。

すべてが解明され、出口を示された時の外界の明るみがいかばかりのものであり、と同時に過ぎこしてきた時空の細部がいかほどに巧緻《こうち》にして、気難しい趣味人までも魅了するものであるかを、誰よりも声高く語ることを許された者であるから。そして、それを語ってしまうことは、この館《やかた》に赴こうとする人々の喜びを奪ってしまうことであって、館の見事な構成についても、細部のいたるところに秘かに描きこまれた隠し絵の楽しさ、素晴らしさについても口を封じられた者であるから。

これぞ美酒と言いながら、鼻をつまみ、目隠しをして乾杯の音頭をとるようなものではないか。

この書物を手にとった幸せにして呪われた者は、すでにワクワクし、ドキドキしているに相違ない。そういう方はためらわず扉を推されんことを。まだ何となく、と見こう見してためらっている方には、出口のあたりをちらと覗《のぞ》いてみても解決の手がかりはつかめはしませんよ、とご注意申し上げる他なく、まあともかく一刻も早く入口から入られんことを。

『迷路館の殺人』には入口の先に入口があり、出口の向うに出口がある。気の早い人は乱丁かと、買い求めた書店へどなりこみに行くだろうし、面倒くさがり屋さんは厄介なハードルかと、一寸たじろぐ気分が生じているかもしれないが、まあともかく二重扉だと思って通り抜けて頂きたい。出口だと思って出た後で振り返ったら、全く違った光景だったという仕掛けになっている。いやいや、これはもう言い過ぎというもの……。

綾辻行人のすべてのミステリー作品は、一作一作に、その内容にふさわしい構成の妙がこらされている。構成力はもちろん本格ミステリーの骨格であるが、綾辻作品の場合は、建築学的構造がそのまま建築の美学的外観をなし、一つとして同じパタンではない。綾辻行人の〝館シリーズ〟――この「迷路館の殺人」もその一つである――のどれか一つを訪れた者は、次々に別の館を訪れずにいられなくなる。そしてアヤツジストになる。

アヤツジストとは、筆者が自分がその遅ればせの一員となった綾辻ファンを名付けた名称であるが、そのアヤツジストを幻惑してやまない緻密な論理を生き生きとしたものにするのが綾辻行人の文章力であり、構成に血肉を備えさせる適切な描写力である。さんさんたる春の陽光に和む丹後半島の海岸の光景は、冬の日本海の暗澹《あんたん》たるかげりを孕《はら》んでいるし、そこに登場する人物は、そのしぐさ、その何気ない言葉遣いによってたちまちありありと生きた人間として立ち上がってくる。

もちろん何もかも最高では面白くもおかしくもない。明晰《めいせき》なイメージを作りだし、広汎な知の楽しみをちりばめる類《たぐ》い稀《まれ》な能力にもかかわらず、イメージのぼんやりした箇所や手ぬかりとも見えるところがないわけではない。アヤツジストの中でもひねた老読者は「うん若いな」などとつぶやいて、修正すべき点や加筆すべき細部を見つけるたびに悦に入ったりする。しかし読み了《お》えた瞬間、あるいは読み了ってずっと後になって、それらの瑕瑾《かきん》が巧妙な目くらましであることに気付く。

本格ミステリーはどうあるべきかということについては、その〝影の大家〟宮垣葉太郎を中心に据えた本書『迷路館の殺人』では明確な展望が示されている。一、冒頭の不可解性、二、中盤のサスペンス、三、結末の意外性はその条件であるが（本書は充分にこの条件を充たしている）、本書に登場する編集者によれば、

「いわゆる作品の完成度とか、売れる売れないかとか、そんなのは極端に云ってしまえば、私にとってはどうでもいい話なんです。こんなトリックは実現不可能だとか、

警察の捜査方法の記述が実際とは違うとかね、細かいキズをあげつらうしか能がないような作品評にもうんざりです。肝心なのはまさにその、何か過剰なものにどれだけ私の心が共鳴するかということ」

これがポイントであって、読者に過剰な読みという快楽をふんだんに与えてくれるのがこの〈何か過剰なもの〉に他ならない。具体的には、本書中で宮垣葉太郎の代表作を「小栗虫太郎の『黒死館殺人事件』、夢野久作の『ドグラ・マグラ』、中井英夫の『虚無への供物』の三大巨峰にも並ぶ日本推理小説史上の金字塔」であると推賞しているので、何を指すのかは了解できよう。

「その、一種独特な美学とペダントリーに彩られた作風、世界観、格調高い文体と厚みのある人間描写は、純文学畑からの称讃をも集めていたが、それでいてあくまでも〈たかがミステリ〉にこだわりつづけ、そこから離れようとしない」宮垣葉太郎の〝子供っぽいとも云えるような頑《かたく》なさ〟が、〝館シリーズ〟の綾辻行人が目ざすところでもあるだろう。

そして、その目標を裏切っていないし、裏切らないだろうというのが、アヤツジストが綾辻行人に寄せる興奮と期待である。もちろん綾辻行人は一九六〇年京都生まれの若い作家だから、一挙に芳醇《ほうじゅん》なペダントリー、ひねた厚みのある人間像などの老熟した技を自在に発揮するわけにはゆかなかった。そこで、若さの至らなさという瑕瑾を作品中に機能させる方法を選び、書きながら成熟する道をとったのだが、それを一本調子で推し進めていないのが綾辻行人の端倪《たんげい》すべからざるところなのである。

綾辻行人の一九九二年夏までの著作リストは次のとおりである（＊印で区切ったのは筆者の恣意《しい》によるものであることをお断りしておきます）。

1『十角館の殺人』講談社ノベルス一九八七年九月（講談社文庫）
2『水車館の殺人』講談社ノベルス一九八八年二月（講談社文庫）
3『迷路館の殺人』講談社ノベルス一九八八年九月（講談社文庫・本書）

＊

4『緋色の囁き』祥伝社ノン・ノベル一九八八年一〇月
5『人形館の殺人』講談社ノベルス一九八九年四月
6『殺人方程式——切断された死体の問題——』光文社カッパ・ノベルス一九八九年五月
7『暗闇の囁き』祥伝社ノン・ノベル一九八九年九月
8『殺人鬼』双葉社一九九〇年一月

9 『霧越邸《きりごえてい》殺人事件』新潮社一九九〇年九月
10 『時計館の殺人』講談社ノベルス一九九一年九月
11 『黒猫館の殺人』講談社ノベルス一九九二年四月

＊

建築家中村青司が設計、建築にかかわった館という閉じられた時空を舞台とする〝館シリーズ〟で出発した綾辻行人は、一歩一歩確実な歩みを示している。デビュー作『十角館の殺人』はみずみずしい魅力に溢《あふ》れながら、京大推理小説研究会という出自に忠実な、いくらか若い推理小説ファンの仲間うちの肯き合いという蒙古斑が残っているのだが、三作目の『迷路館の殺人』では推理ゲームにふける若い推理作家を相対化し、事件の進行中に登場人物の一人に、

「よく考えてみるとやっぱり、こんなのって普通じゃないと思う」

と語らせて、客観的な視点をとらせながら、それにも拘《かかわ》らず読者を渦中に否応なく巻きこんでゆく。第一期のピークというべきであろう。

この作品の後に、時空の閉じきっていないいわゆる変格ミステリーの〝囁《ささや》きシリーズ〟の二作を軸とする第二期が来るが、ここでは奔放なイメージ、ホラーのタッチ、

アクロバティックな構成、さまざまな文体実験、そして軽やかなフットワークが特長である。

そして〝館シリーズ〟に寄り添うごとき重厚な大作『霧越邸殺人事件』と〝館シリーズ〟の第五作でシリーズ第一期終了と銘打たれた〝凄愴絢爛《せいそうけんらん》たる〟『時計館の殺人』とによってさらに大きな歩みを踏み出している。

いよいよ緻密に、豊かに成熟しつつある作家だとはいえ、ここでも進歩と発展の史観が有効である筈もなく、たとえ『迷路館の殺人』からデビュー作にさかのぼって読むことになっても何ら遜色《そんしょく》のないワクワクドキドキにして味わいの深い作品に出遭えることは確かである。

『迷路館の殺人』の読みどころ、美味の美味たるゆえんを語ることを許されていないのが、かえすがえす残念であるが、過剰な読みの一つを付記しておこう。それは、推理小説界に全く疎《うと》い筆者にとって誰であるか見当がつかないのだが、おそらく綾辻行人が畏敬の念を抱いている先行のある作家に寄せる愛惜の情の深さである。本書はその人に、香り高い美酒とともに捧げるオマージュもしくはレクイエムであるがごとくである。

（一九九二年九月）

新装改訂版解説

紙の悪魔

前川　淳
（折り紙作家・国立天文台研究職員）

告白しよう。
わたしはじっさいにあの折り紙作品を「折った」人間なのだ。
わたしは、一九八八年の秋口に出版された『迷路館の殺人』の関係者の一人なのである。

と書いてみたのは、本書『迷路館の殺人』のプロローグの一節のもじりだが、いまを去ること二十年前、新進気鋭の作家・綾辻行人氏の新刊を、大きな期待を持って読み始めたわたしは、ミステリの本筋とはすこし違う事情で、現実と虚構の交錯を体験することになった。

ぼんやりとテレビを観ていたところ、知った風景が映るなと感じたのもつかの間、電波を伝わって送られる音声と現実の音声が反響していることに気づき、びくりとして振り返ると自分の後ろにカメラがある。たとえてみれば、そんな体験だった。

まずは、以下の記述だ。

「二本の手、二本の足、尖った二つの耳に鎗のような尻尾《しっぽ》、背中には二枚の羽根が付いている。無造作に投げ出されたそれは、黒い紙で作られた、見たこともないような〝折り紙〟だった。」（講談社ノベルス版より）

悪魔の折り紙といえば、「あれ」しかない。わたしは、「を！」というような声にもならない声を出し、立ち上がって、当時住んでいた狭いワンルームマンションの一室の中を、動物園の熊よろしく歩きまわった。

「落ち着け」などとひとりごとを言って、座りなおして読み進むと、こうあった。

「耳に翼、口、足、手にはちゃんと指が五本ある。これを、一枚の紙で、一つも切りめを入れずに作ったんですよ」

この描写で確信した。指を造形に取りいれた折り紙作品はほかにはない。これはわたしの作品だ。それを、作中の探偵役が折っている。奇妙な感覚だった。綾辻さんとは面識がなかったが、無断で使われたなどという感情はいささかもなかった。単純に驚き、そして、うれしかった。

『迷路館の殺人』の刊行から遡《さかのぼ》ること数年前、悪魔を表紙にしたわたしの作品集『ビバ！おりがみ』（前川淳作、笠原邦彦編 一九八三）という本が出版された。折り紙の世界では「革命を起こした」などと評判にもなったが、そこはマニアな世界のこと、そんなに広く知られた本ではない。その本の読者がこういうところにいたのだ、こういうひとがわたしの読者になってくれたのだ。

のちに、綾辻さんの友人に、折り紙も趣味とするセミプロ手品師のWさんというひとがいて、彼がわたしの本を紹介してくれたことが、直接のきっかけであったとわかったのだが、折り紙を一種の幾何パズルアートとしてとりあげたわたしの本が、才気あふれる書き手の眼鏡《めがね》にかなったことは、間違いがなかった。

それを、ひとから教えられたのではなく、こちらの趣味で手に取った本の中に見つけたことで、わたしの興奮はより大きくなった、というわけである。

フィクションにおいて、自分や自分の分身と出逢うという経験は、不思議なものだ。中井英夫さんの『虚無への供物』の中に、藤間百合夫《ふじまゆりお》という、三島由紀夫さんをモデルにした舞踏家が登場し、それを読んだ三島さんが、「ストーリーに関係なくてよいから、五十ページぐらい藤間百合夫のことを書いてくれ」と中井さんに頼んだ、という話がある。自らを巨匠に比すわたしの厚顔さはさらっと受け流してもらうとして、つまり、わたしも同様だった。「話に関係なくてよいから、作中の探偵にもっと折り紙を折らせてくれ」と。しかし、落ちついてみれば、すでにして、この作品には折り紙の描写は少なくないのだった。それは、雰囲気をつくり、作品世界を想像させる印象的な小道具として扱われていた。

かくして、いつもの「謎を解いてやろう」という読みかたとは随分《ずいぶん》違う状態で『迷路館の殺人』を読み終えたわたしは、「どこかの世界」で、作中探偵役の島田《しまだ》潔《きよし》氏とわたしは知り合いなのだろうと考え、綾辻さん宛てにではなく、講談社気付・綾辻さんのさらなる気付で、島田氏に「ひさしぶりですね」と手紙を書くという、気取ったことをした。ミステリファンにありがちな衒学《げんがく》趣味をちりばめた内容で、さきほど読み返したら、記憶以上に赤面ものだったので頭を抱えたが、綾辻さんはこれを喜んでくれた。

そう、わたしはミステリファンなのであった。それも、いまではたぶん珍しい、必読リストに赤鉛筆でチェックをしながら読んでいたようなファンだった。作中にミステリマニア代表として登場する島田氏のように、この世界には鬼と呼ばれるひとがいるので、偉そうなことは言えないけれども、わたしも、ホームズ譚に始まり、ヴァン＝ダイン、クイーンと読み進み、本邦では鮎川哲也さんを愛読し、'80年代には島田荘司さんの登場に快哉《かいさい》をあげていた、いわゆる本格ミステリ好きだった。

そのような者にとって、島田荘司さんの薦によって登場した綾辻さんは、手にとらないことはありえない作家だった。デビュー作の『十角館の殺人』にあった、島田荘司さんの檄文とも言える推薦文には、「なんだかたいへんなことになっているな」と、眉《まゆ》に唾《つば》をつけて読み始めたのだが、すぐに、「ああ、現代日本でこういう小説が新作で読めるんだ。うれしいなあ」と、綾辻行人という名前に二重丸をつけていた。そんなわけで、綾辻さん三作目の『迷路館の殺人』も、刊行から日をおかずに買って読んだのである。

さて。自分の作品集を、「折り紙に革命を起こした」などと、しれっと書いたが、綾辻さんの登場が、日本のミステリ界に革命を起こしたこと、こちらのほうは、今になってみると、明らかなことである。小説なるものは、古典も新刊も並列していて、同時代性は無視できてしまうので、一九七〇年代から八〇年代初頭が、いわゆる本格ミステリの冬の時代だったとの印象は、わたし自身には案外薄く、図式的な本格派⇕

社会派という対立もしっくりこない部分もあるのだけれど、近年、本格ミステリという か、「探偵小説」が復活し、コミックやアニメーションを含めて、名探偵が再びヒーローとして活躍する時代になったことの契機は、島田荘司さん、そして、講談社の宇山日出臣さんらの炯眼《けいがん》が見抜いていたように、綾辻行人そのひとの登場にあった、としてほぼ間違いがない。

しかし、つぶさに見ると、そこにもちょっとしたねじれがある。綾辻さんの小説は、本人も言っているように「名探偵もの」ではない、という逆説である。館シリーズには、島田潔という、島田荘司さんと、島田さんの創造した名探偵・御手洗潔《みたらいきよし》を足したような名前の探偵役が登場するが、その実、彼は名探偵とはやや違うのである。館シリーズで「人格」の肉付けが与えられているのは、あくまでも館であって、登場人物は確信的に駒《コマ》としてあっさり描写されているように読める。「名探偵もの」というのは、いわゆる「キャラ立ち」を軸にした物語だが、館シリーズは、物語の結構からいっても、そのかたちにはなりにくいのだ。島田探偵は、名前からして、それでいいのかというものでもある。

しかし、彼には、他の人物とは違った描写もあった。それのひとつが、折り紙を特技としているということだった。わたしはこれを、物語の世界構築のためにもどうしても必要な描写なのである！と我が田に水を引きまくって、よろこんだ。島田潔氏は、このエピソードによって島田荘司さん＋御手洗潔氏だけではない、「わたしの友人」という「人間」になったのである、などと、なんともまあ、尊大な納得のしかたをした。のちの綾辻さん宛ての手紙に、「島田探偵を殺さないでください」と、連続テレビドラマの助命嘆願ファンレターみたいなことも書いたので、尊大だけれど、ただのミーハーでもある。

と、それはさておき、折り紙は、きわめて名探偵に向いた趣味なのである。幼いころにだれもが一度は経験するので、多くのひとが、無邪気な幼年時代と結びついたイメージを持っていて、それはそれでよいのだけれど、もっともっと奥深い文化なのである！　えーと、熱弁になりそうなので、簡単に切り上げるけれど、ひとつだけ確認しておきたいのは、折り紙は、感性にも関わりながら、きわめて論理的なもの、とりわけ幾何学的な論理を必要とする遊びである、ということだ。そして、わたしがミステリを好きな最大の理由は、そこに、幾何学の美しさと同様の美しさを見るからなのである、と話は続く。

よくできた折り紙作品の構造は一個の定理であり、折り方の工程は、ひとつのストーリーであり、証明でもある。一方、よくできたミステリのトリックやプロットも定理であり、ストーリーや描写は証明でもある。

幾何学とミステリの類似は、ずっと言われてきたことでもある。江戸川乱歩さんが、幾何学の問題を黒板に描いて、補助線の美しさを示し、それによって、トリックと伏線の説明をしている写真、なんてのも見たことがある。ミステリの中のQ.E.D.（証明終了）は証明とは言えない場合も多いけれど、パズル性や人工性を徹底させることで、どこか突き抜けてしまった小説、それがわたしの本格ミステリ観だ。必然の網の目で構築されたみごとなつくりものの世界、第一に、そうしたものに触れたくて、わたしはミステリを読む。

ということで、どんどんマニアじみた弁舌になっているが、すこし、このスジで話を続けさせてもらうことにする。

幾何学とミステリということだが、当然、次のような疑問はある。幾何学の証明は、定理を説得させる道筋として書かれるが、ミステリのストーリーは、結論を隠すために書かれているじゃないか、と。しかし、ミステリにおける「結論」というのは、犯人の名前や犯行の方法のことではないのである。このあたりの事情は折り紙も似ている。折り紙でも、出来上がった造形だけが結論なのではない。そうでなければ、鋏《はさみ》を使わないとか、一枚の紙で折るなどは、どうでもよいことになってしまいかねない。つきつめていけば、どうでもよいことになっていくように思うこともあるのだけれど、すくなくとも、創作のモチベーションとしてはどうでもよくはない。そして、この、創作のモチベーションという問題は、ミステリの読者にとっても重要で、そこが読みどころになることもあるのだ。

本格ミステリにおける「結論」というのはなんだろうか。それはたぶん、奇想というものである。さまざまな制約に縛られながら、いや、縛られているからこそ、よくもこんなこと思いつくなあ、というもの。極言すれば、本格ミステリのストーリーテリングは、この奇想を読者に合理的に納得させてしまうために奉仕させられる。そこで、重要となるのが、折り紙での鋏の禁止にあたるような、制約なのである。これなくして、奇想はただの妄想となる。この制約には、たとえば、地の文で嘘を書いてはいけないというような、いわゆるフェアプレイの精神というものがある。

一般にミステリは、一度読んでしまえば終わりなどとも言われるが、そんなことはなく、再読もまた面白い。しかし、その再読の面白さは、フェアプレイがあってこそだ。綾辻さんの小説は、このあたりがとくに素晴らしい。今回あらためて『迷路館の殺人』を再読したが、仕掛けを知ったあとに読む、危ない橋を渡っている描写に、ひざをたたきまくりだった。じっさいにばんばんたたいていたらバカみたいだが、ほんとうにそんな感じだった。こうした読みかたは、作者の書き様《よう》の追体験とも言える。もちろん、作者の掌《てのひら》の上のことだが、この追体験の感覚は、作者の創作のモチベーションと、読者の読みの接点になる。評論家でもない読者に、こうしたテクニカルな読みかたをさせうる文芸は、ほかにそうはないだろう。まあ、「気持ちよく騙《だま》されたい」「雰囲気にひたりたい」というひとが最良の読者だとは思うのだが、こうした、パズル性、幾何学性、遊びに誘われた感覚、挑戦された感覚を伴った読み方は、ミステリの捨て難い魅力なのである。

遊びと言えば、この『迷路館の殺人』には、気がついたひとがにやりとしてしまうような、多くの細かい遊びも満ちている。たとえば、作中作の奥付。こうした細部における稚気の横溢《おういつ》にも、ミステリの魂は宿るのだろう。

プロットに直接絡むわけではないが、物語世界を表現するためのエピソードに折り紙を使ったことも、その遊びのひとつと言えるのかもしれない。などと、再び強引に我が田に水を引くわたしである。いや、断言してしまうが、ミステリと折り紙がどこか呼応することを、綾辻さんが感じ取ったがゆえの、折り紙という小道具《ガジェット》なのだ。

と、好き放題書いているうちに紙幅も尽きてきた。作者のつくった活字の迷路で遊ぶ読書体験ができるミステリは、ありそうでいて、そんなに多くはない、しかも、わたし個人にとっては、特殊なプレゼントまで秘められている。『迷路館の殺人』は、そんな本である。

そう、わたしは、『迷路館の殺人』の関係者の一人なのである。そして、こうして、解説まで書かせてもらっている。解説というよりは、なんというか、自慢話のような気もするが、これも、悪魔の導きであろう。

冒頭に「ミステリの本筋とはすこし違う」と書いたが、紙の悪魔が、現実と虚構の間に跳梁したのは、パズルを徹底させつつも、どこか過剰なものを生みださずにはいられない、綾辻ミステリらしい展開であると言えなくもない。現実と虚構は、一枚の紙の裏表のようなもので、交わることはまずないが、常にすぐそばにある。

折り紙の「悪魔」とその展開図

＊＊折り工程は、前川淳『本格折り紙』(日貿出版社、二〇〇七年)に掲載されています

綾辻行人著作リスト（2022年8月現在）

【長編】

1 『十角館の殺人』
講談社ノベルス／1987年9月
講談社文庫／1991年9月
講談社文庫――新装改訂版／2007年10月
講談社 YA! ENTERTAINMENT ／2008年9月
講談社――限定愛蔵版／2017年9月

2 『水車館の殺人』
講談社ノベルス／1988年2月
講談社文庫／1992年3月
講談社文庫――新装改訂版／2008年4月
講談社 YA! ENTERTAINMENT ／2010年2月

3 『迷路館の殺人』
講談社ノベルス／1988年9月
講談社文庫／1992年9月
講談社文庫――新装改訂版／2009年11月

4 『緋色の囁き』
祥伝社ノン・ノベル／1988年10月
祥伝社ノン・ポシェット／1993年7月
講談社文庫／1997年11月
講談社文庫――新装改訂版／2020年12月

5 『人形館の殺人』
講談社ノベルス／1989年4月
講談社文庫／1993年5月
講談社文庫――新装改訂版／2010年8月

6 『殺人方程式――切断された死体の問題――』
光文社カッパ・ノベルス／1989年5月
光文社文庫／1994年2月
講談社文庫／2005年2月

7 『暗闇の囁き』
祥伝社ノン・ノベル／1989年9月
祥伝社ノン・ポシェット／1994年7月
講談社文庫／1998年6月
講談社文庫――新装改訂版／2021年5月

8 『殺人鬼』
双葉社／1990年1月

双葉ノベルズ／１９９４年10月
新潮文庫／１９９６年２月
角川文庫（改題『殺人鬼 ――覚醒篇』）／２０１１年８月

9
『霧越邸殺人事件』
新潮社／１９９０年９月
新潮文庫／１９９５年２月
祥伝社ノン・ノベル／２００２年６月
角川文庫――完全改訂版（上）（下）／２０１４年３月

10
『時計館の殺人』
講談社ノベルス／１９９１年９月
講談社文庫／１９９５年６月
双葉文庫（日本推理作家協会賞受賞作全集68）／２００６年６月
講談社文庫――新装改訂版（上）（下）／２０１２年６月

11
『黒猫館の殺人』
講談社ノベルス／１９９２年４月
講談社文庫／１９９６年６月
講談社文庫――新装改訂版／２０１４年１月

12
『黄昏の囁き』
祥伝社ノン・ノベル／１９９３年１月
祥伝社ノン・ポシェット／１９９６年７月
講談社文庫／２００１年５月
講談社文庫――新装改訂版／２０２１年８月

13
『殺人鬼Ⅱ――逆襲篇――』
双葉社／１９９３年10月
双葉ノベルズ／１９９５年８月
新潮文庫／１９９７年２月
角川文庫（改題『殺人鬼 ――逆襲篇』）／２０１２年２月

14
『鳴風荘事件――殺人方程式Ⅱ――』
光文社カッパ・ノベルス／１９９５年５月
光文社文庫／１９９９年３月
講談社文庫／２００６年３月

15
『最後の記憶』
角川書店／２００２年８月
カドカワ・エンタテインメント／２００６年１月
角川文庫／２００７年６月

16
『暗黒館の殺人』
講談社ノベルス――（上）（下）／２００４年９月

17『びっくり館の殺人』
講談社——限定愛蔵版／２００４年９月
講談社文庫——（一）（二）／２００７年10月
——（三）（四）／２００７年11月

講談社ミステリーランド／２００６年３月
講談社ノベルス／２００８年11月
講談社文庫／２０１０年８月

18『Another』
角川書店／２００９年10月
角川文庫——（上）（下）／２０１１年11月
角川スニーカー文庫——（上）（下）／２０１２年３月

19『奇面館の殺人』
講談社ノベルス／２０１２年１月
講談社文庫——（上）（下）／２０１５年４月

20『Another エピソードS』
角川書店／２０１３年７月
角川書店——軽装版／２０１４年12月
角川文庫／２０１６年６月

21『Another 2001』
ＫＡＤＯＫＡＷＡ／２０２０年９月

【中・短編集】

1『四〇九号室の患者』（表題作のみ収録）
森田塾出版（南雲堂）／１９９３年９月

2『眼球綺譚』
集英社／１９９５年10月
祥伝社ノン・ノベル／１９９８年１月
集英社文庫／１９９９年９月
角川文庫／２００９年１月

3『フリークス』
光文社カッパ・ノベルス／１９９６年４月
光文社文庫／２０００年３月
角川文庫／２０１１年４月

4『どんどん橋、落ちた』
講談社／１９９９年10月
講談社ノベルス／２００１年11月
講談社文庫／２００２年10月
講談社文庫——新装改訂版／２０１７年２月

5『深泥丘奇談』
メディアファクトリー／２００８年２月
ＭＦ文庫ダ・ヴィンチ／２０１１年12月
角川文庫／２０１４年６月

6『**深泥丘奇談・続**』
メディアファクトリー／2011年3月
MF文庫ダ・ヴィンチ／2013年2月
角川文庫／2014年9月

7『**深泥丘奇談・続々**』
KADOKAWA／2016年7月
角川文庫／2019年8月

8『**人間じゃない　綾辻行人未収録作品集**』
講談社／2017年2月
講談社文庫（増補・改題『人間じゃない〈完全版〉』）／2022年8月

【雑文集】

1『**アヤツジ・ユキト　1987―1995**』
講談社／1996年5月
講談社文庫／1999年6月
講談社――復刻版／2007年8月

2『**アヤツジ・ユキト　1996―2000**』
講談社／2007年8月

3『**アヤツジ・ユキト　2001―2006**』
講談社／2007年8月

4『**アヤツジ・ユキト　2007―2013**』
講談社／2014年8月

【共著】

○漫画

＊『**YAKATA①**』（漫画原作／田篭功次画）
角川書店／1998年12月

＊『**YAKATA②**』（同）
角川書店／1999年10月

＊『**YAKATA③**』（同）
角川書店／1999年12月

＊『**眼球綺譚―yui―**』（漫画化／児嶋都画）
角川書店／2001年1月
角川文庫（改題『眼球綺譚―COMICS―』）／2009年1月

＊『**緋色の囁き**』（同）
角川書店／2002年10月

＊『**月館の殺人（上）**』（漫画原作／佐々木倫子画）
小学館／2005年10月
小学館――新装版／2009年2月
小学館文庫／2017年1月

＊『**月館の殺人（下）**』（同）
小学館／2006年9月

小学館――新装版／２００９年２月
小学館文庫／２０１７年１月

＊『Another ①』（漫画化／清原紘画）
角川書店／２０１０年10月

＊『Another ②』（同）
角川書店／２０１１年３月

＊『Another ③』（同）
角川書店／２０１１年９月

＊『Another ④』（同）
角川書店／２０１２年１月

＊『Another 0巻　オリジナルアニメ同梱版』（同）
角川書店／２０１２年５月

＊『十角館の殺人①』（漫画化／清原紘画）
講談社／２０１９年11月

＊『十角館の殺人②』（同）
講談社／２０２０年８月

＊『十角館の殺人③』（同）
講談社／２０２１年３月

＊『十角館の殺人④』（同）
講談社／２０２１年10月

＊『十角館の殺人⑤』（同）
講談社／２０２２年５月

○絵本

＊『怪談えほん８　くうきにんげん』（絵・牧野千穂）
岩崎書店／２０１５年９月

○対談

＊『本格ミステリー館にて』（vs.島田荘司）
森田塾出版／１９９２年11月
角川文庫（改題『本格ミステリー館』）／１９９７年12月

＊『セッション――綾辻行人対談集』
集英社／１９９６年11月
集英社文庫／１９９９年11月

＊『綾辻行人と有栖川有栖のミステリ・ジョッキー①』
（対談＆アンソロジー）
講談社／２００８年７月

＊『綾辻行人と有栖川有栖のミステリ・ジョッキー②』（同）
講談社／２００９年11月

＊『綾辻行人と有栖川有栖のミステリ・ジョッキー③』（同）
講談社／２０１２年４月

＊『シークレット　綾辻行人ミステリ対談集in京都』
光文社／２０２０年９月

○エッセイ

＊『ナゴム、ホラーライフ　怖い映画のススメ』（牧野修と共著）
メディアファクトリー／２００９年６月

○オリジナルドラマＤＶＤ

＊『綾辻行人・有栖川有栖からの挑戦状①
安楽椅子探偵登場』（有栖川有栖と共同原作）
メディアファクトリー／２００１年４月

＊『綾辻行人・有栖川有栖からの挑戦状②
安楽椅子探偵、再び』（同）
メディアファクトリー／２００１年４月

＊『綾辻行人・有栖川有栖からの挑戦状③
安楽椅子探偵の聖夜〜消えたテディ・ベアの謎〜』（同）
メディアファクトリー／２００１年11月

＊『綾辻行人・有栖川有栖からの挑戦状④
安楽椅子探偵とＵＦＯの夜』（同）
メディアファクトリー／２００３年７月

＊『綾辻行人・有栖川有栖からの挑戦状⑤
安楽椅子探偵と笛吹家の一族』（同）
メディアファクトリー／２００６年４月

＊『綾辻行人・有栖川有栖からの挑戦状⑥
安楽椅子探偵　ＯＮ　ＡＩＲ』（同）
メディアファクトリー／２００８年11月

＊『綾辻行人・有栖川有栖からの挑戦状⑦
安楽椅子探偵と忘却の岬』（同）
ＫＡＤＯＫＡＷＡ／２０１７年３月

＊『綾辻行人・有栖川有栖からの挑戦状⑧
安楽椅子探偵　ＯＮ　ＳＴＡＧＥ』（同）
ＫＡＤＯＫＡＷＡ／２０１８年６月

【アンソロジー編纂】

＊『綾辻行人が選ぶ！　楳図かずお怪奇幻想館』
（楳図かずお著）
ちくま文庫／２０００年11月

＊『贈る物語　Mystery』
光文社／２００２年11月
光文社文庫（改題『贈る物語　Mystery
九つの謎宮《めいきゅう》』）／２００６年10月

＊『綾辻行人選　スペシャル・ブレンド・ミステリー
謎009』（日本推理作家協会編）

講談社文庫／２０１４年９月
＊『連城三紀彦　レジェンド　傑作ミステリー集』
（連城三紀彦著／伊坂幸太郎、小野不由美、米澤穂信と共編）
講談社文庫／２０１４年11月
＊『連城三紀彦　レジェンド２　傑作ミステリー集』（同）
講談社文庫／２０１７年９月

【ゲームソフト】

＊『黒ノ十三』（監修）
トンキンハウス（ＰＳ用）／１９９６年９月
＊『ナイトメア・プロジェクト　ＹＡＫＡＴＡ』
（原作・原案・脚本・監修）
アスク（ＰＳ用）／１９９８年６月

【書籍監修】

＊『ＹＡＫＡＴＡ―Nightmare Project―』
（ゲーム攻略本）
メディアファクトリー／１９９８年８月
＊『綾辻行人　ミステリ作家徹底解剖』
（スニーカー・ミステリ倶楽部編）
角川書店／２００２年10月

＊『新本格謎夜会《ミステリー・ナイト》』（有栖川有栖と共同監修）
講談社ノベルス／２００３年９月
＊『綾辻行人殺人事件　主たちの館』（イーピン企画と共同監修）
講談社ノベルス／２０１３年４月

初刊、一九八八年九月講談社ノベルス。
本書は一九九二年九月に刊行された講談社文庫版を全面改訂した新装改訂版です。

|著者| 綾辻行人　1960年京都府生まれ。京都大学教育学部卒業、同大学院修了。'87年に『十角館の殺人』で作家デビュー、〝新本格ムーヴメント〟の嚆矢となる。'92年、『時計館の殺人』で第45回日本推理作家協会賞を受賞。『水車館の殺人』『びっくり館の殺人』など、〝館シリーズ〟と呼ばれる一連の長編は現代本格ミステリを牽引する人気シリーズとなった。ほかに『殺人鬼』『霧越邸殺人事件』『眼球綺譚』『最後の記憶』『深泥丘奇談』『Another』などがある。2004年には2600枚を超える大作『暗黒館の殺人』を発表。デビュー30周年を迎えた'17年には『人間じゃない　綾辻行人未収録作品集』が講談社より刊行された。'19年、第22回日本ミステリー文学大賞を受賞。

迷路館《めいろかん》の殺人《さつじん》〈新装改訂版《しんそうかいていばん》〉
綾辻《あやつじ》行人《ゆきと》

1992年９月15日旧版　第１刷発行
2008年７月14日旧版　第45刷発行
2009年11月13日新装改訂版第１刷発行
2024年９月10日新装改訂版第56刷発行

講談社文庫
定価はカバーに
表示してあります

発行者――森田浩章
発行所――株式会社　講談社
東京都文京区音羽2-12-21　〒112-8001
電話　出版（03）5395-3510
　　　販売（03）5395-5817
　　　業務（03）5395-3615

KODANSHA

デザイン―菊地信義
本文データ制作―DTP DATA 制作室
印刷―――株式会社KPSプロダクツ
製本―――株式会社国宝社

Printed in Japan

ISBN978-4-06-276397-4

講談社文庫刊行の辞

二十一世紀の到来を目睫に望みながら、われわれはいま、人類史上かつて例を見ない巨大な転換期をむかえようとしている。

世界も、日本も、激動の予兆に対する期待とおののきを内に蔵して、未知の時代に歩み入ろうとしている。このときにあたり、創業の人野間清治の「ナショナル・エデュケイター」への志を現代に甦らせようと意図して、われわれはここに古今の文芸作品はいうまでもなく、ひろく人文・社会・自然の諸科学から東西の名著を網羅する、新しい綜合文庫の発刊を決意した。

激動の転換期はまた断絶の時代である。われわれは戦後二十五年間の出版文化のありかたへの深い反省をこめて、この断絶の時代にあえて人間的な持続を求めようとする。いたずらに浮薄な商業主義のあだ花を追い求めることなく、長期にわたって良書に生命をあたえようとつとめるところにしか、今後の出版文化の真の繁栄はあり得ないと信じるからである。

同時にわれわれはこの綜合文庫の刊行を通じて、人文・社会・自然の諸科学が、結局人間の学にほかならないことを立証しようと願っている。かつて知識とは、「汝自身を知る」ことにつきていた。現代社会の瑣末な情報の氾濫のなかから、力強い知識の源泉を掘り起し、技術文明のただなかに、生きた人間の姿を復活させること。それこそわれわれの切なる希求である。

われわれは権威に盲従せず、俗流に媚びることなく、渾然一体となって日本の「草の根」をかたちづくる若く新しい世代の人々に、心をこめてこの新しい綜合文庫をおくり届けたい。それは知識の泉であるとともに感受性のふるさとであり、もっとも有機的に組織され、社会に開かれた万人のための大学をめざしている。大方の支援と協力を衷心より切望してやまない。

一九七一年七月

野間省一

講談社文庫　目録

講談社文庫　目録

稲葉博一　忍者烈伝ノ続
稲葉博一　忍者烈伝ノ乱〈天之巻〉〈地之巻〉
伊岡　瞬　桜の花が散る前に
石川智健　エウレカの確率〈経済学捜査と殺人の効用〉
石川智健　60《ロクジュウ》〈誤判対策室〉
石川智健　20《ニジュウ》〈誤判対策室〉
石川智健　第三者隠蔽機関
石川智健　いたずらにモテる刑事の捜査報告書
井上真偽《まぎ》　その可能性はすでに考えた
井上真偽　聖女の毒杯〈その可能性はすでに考えた〉
井上真偽　恋と禁忌の述語論理《プレディケット》
泉　ゆたか　お師匠さま、整いました！
泉　ゆたか　お江戸けもの医　毛玉堂
泉　ゆたか　玉《たま》の輿《こし》猫〈お江戸けもの医　毛玉堂〉
伊兼源太郎　地検のS
伊兼源太郎　Sが泣いた日〈地検のS〉
伊兼源太郎　Sの幕引き〈地検のS〉
伊兼源太郎　巨　悪
伊兼源太郎　金庫番の娘

逸木　裕　電気じかけのクジラは歌う
今村翔吾　イクサガミ　天
今村翔吾　イクサガミ　地
今村翔吾　じんかん
入月英一　信長と征《ゆ》く　1・2〈転生商人の天下取り〉
磯田道史　歴史とは靴である
石原慎太郎　湘南夫人
井戸川射子　ここはとても速い川
五十嵐律人　法廷遊戯
五十嵐律人　不可逆少年
五十嵐律人　原因において自由な物語
一色さゆり　光をえがく人
石沢麻依　貝に続く場所にて
一穂ミチ　スモールワールズ
伊藤穰一　〈増補版〉教養としてのテクノロジー〈AI、仮想通貨、ブロックチェーン〉
市川憂人　揺籠《ゆりかご》のアディポクル
五十嵐貴久　コンクールシェフ！
内田康夫　シーラカンス殺人事件
内田康夫　パソコン探偵の名推理

内田康夫　「横山大観」殺人事件
内田康夫　江田島殺人事件
内田康夫　琵琶湖周航殺人歌
内田康夫　夏泊殺人岬
内田康夫　「信濃の国」殺人事件
内田康夫　風葬の城
内田康夫　透明な遺書
内田康夫　鞆《とも》の浦《うら》殺人事件
内田康夫　終幕《フィナーレ》のない殺人
内田康夫　御堂筋殺人事件
内田康夫　記憶の中の殺人
内田康夫　北国街道殺人事件
内田康夫　「紅藍《くれない》の女《ひと》」殺人事件
内田康夫　「紫《むらさき》の女」殺人事件
内田康夫　藍色回廊殺人事件
内田康夫　明日香の皇子
内田康夫　華の下にて
内田康夫　黄金の石橋
内田康夫　靖国への帰還

2024年6月14日現在